KB270440

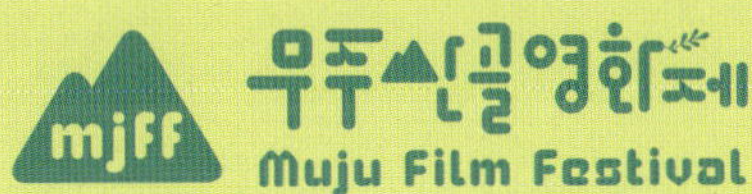

**Una Labo
Actorology**

백은하 배우연구소

next actor

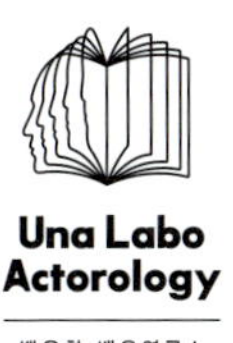

고
아
성

next actor

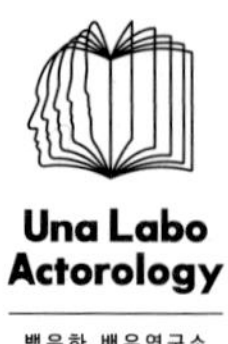

**Una Labo
Actorology**

백은하 배우연구소

next actor

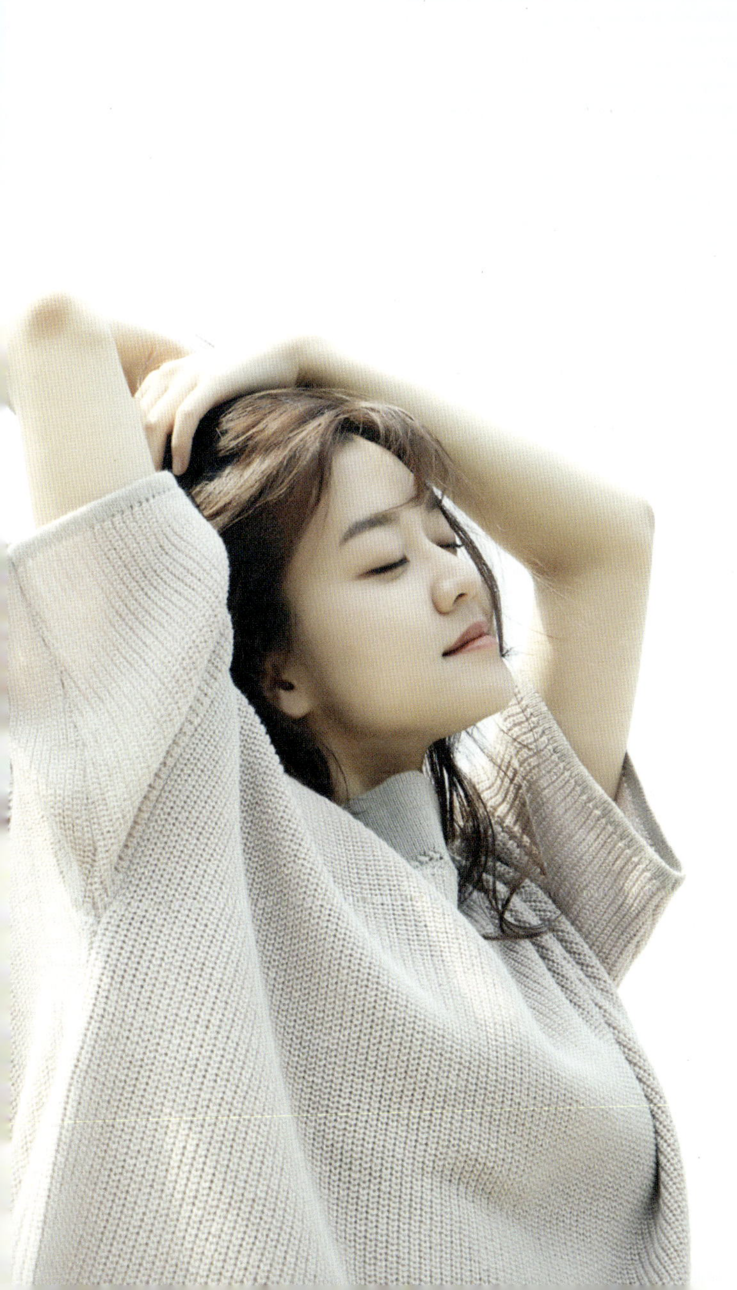

CONTENTS

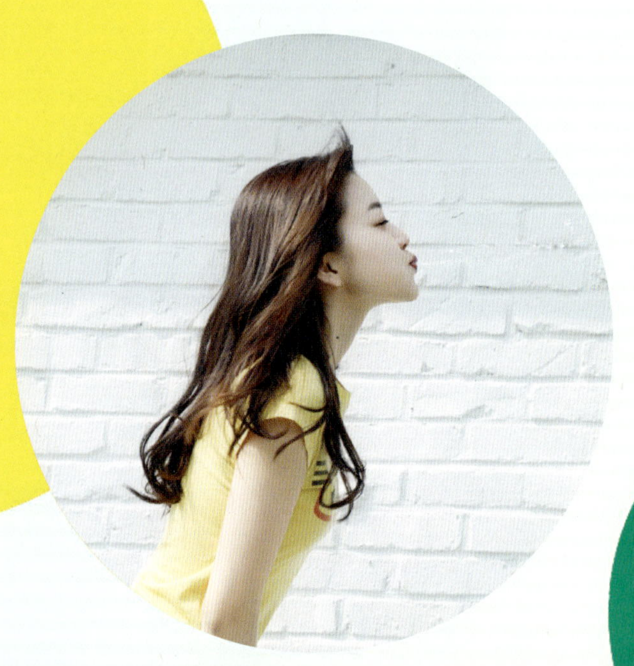

next actor

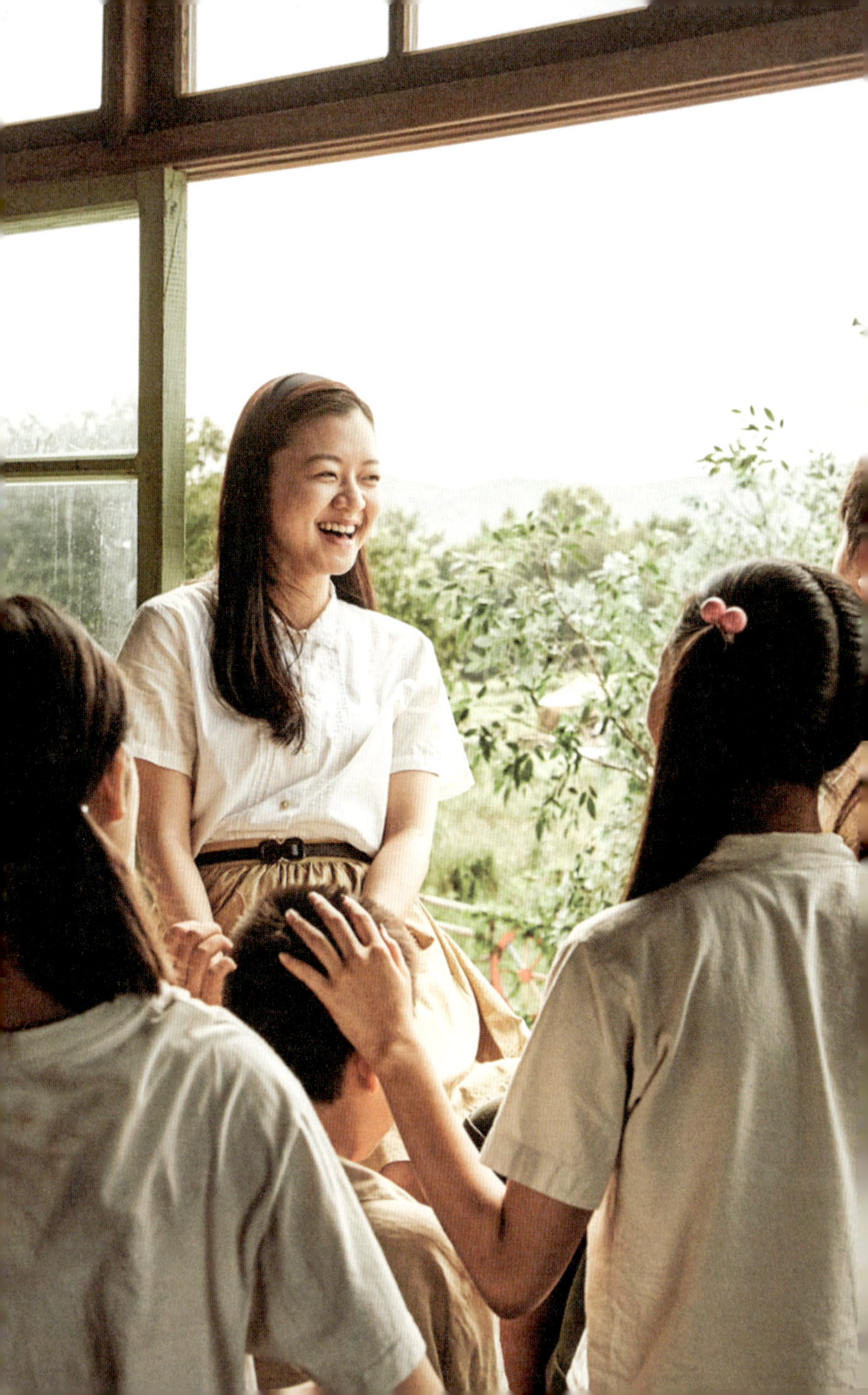

카메라를 요람으로,
스크린을 학교로

"…다음 넥스트 액터는 누구십니까?" <넥스트 액터 박정민>의 서문은 이런 문장으로 끝났습니다.
그리고 2020년 '넥스트 액터' 시리즈는 여기, 고아성의 이름을 적어 넣습니다.

무주산골영화제와 백은하 배우연구소가 공동 기획한 '넥스트 액터' 시리즈는 한국영화의 다음 100년을 이끌어갈 차세대 배우들의 명단을 작성하기 위해 2019년 시작되었습니다. 첫 배우로 박정민에 관한 글을 써 내려가며 새삼 깨닫게 된 것이 있습니다. 박정민은 2011년 독립영화 <파수꾼>으로 데뷔해 장편 상업영화 <시동>과 넷플릭스로 공개된 <사냥의 시간>까지 빠르게 대중과의 거리를 좁혀온 배우입니다. 그의 성장과 변화, 개인의 발자국을 따라가는 작업은 한국 독립영화계와 상업영화계가 어떤 방식으로 긴장하고 호응하는지, 동시대 젊은이들을 담아내는 이야기와 장르는 어떻게 달라졌는지, 대형 매니지먼트사 시대가 저문 후 신인 배우들은 어떻게 발굴되고 스타로 자리 잡을 수 있는지를 파악하는 시간이기도 했습니다. 결국 한 명의 배우를 집중적으로 살펴보는 과정은 그 배우를 탄생시킨 시대의 영화적 방향과

영화계의 경향을 동시에 이해하는 과정이었습니다.

지난해 무주산골영화제를 찾은 <항거: 유관순 이야기>에서 투명한 진심으로 의연하게 유관순을 부활시켰던 고아성 배우를 만난 후, 내심 다음 넥스트 액터의 주인공으로 그녀를 마음에 품게 되었습니다. 열세 살에 봉준호 감독의 <괴물>로 영화 데뷔한 고아성은 아역 배우라는 좁은 수로를 통과해 성인 배우의 바다까지 홀로 헤엄쳐온 배우입니다. 고아성 1992년생 을 시작으로 2000년대 등장한 90년대생 배우 유승호 1993년생, 심은경 1994년생, 여진구 1997년생, 김유정 1999년생, 김소현 1999년생, 그리고 새천년과 함께 세상에 당도한 김향기 2000년생, 김새론 2000년생, 성유빈 2000년생, 그 뒤를 잇는 남다름 2002년생, 탕준상 2003년 생, 안지호 2004년생, 김수안 2006년생, 이레 2006년생, 김시아 2008년생, 허율 2009년생 까지, 빠르게는 생후 29개월, 대부분은 열 살 이전부터 카메라 앞에 섰던 이들은 탄생 연도와 상관없는 각자의 커리어를 치열하게 쌓아가는 중입니다. 그중 누군가는 '아역'에 머물지 않고 독립된 '어린이 배우(Child actor)'로 천만 영화의 주역이 되기도 하고, 국내외 영화상을 거머쥐기도 합니다. 카메라를 요람으로 눈을 뜬 어린 배우들은, 스크린을 놀이터로 뛰놀고, 영화를 교과서 삼아 배우고 또 자라났습니다. '스위트'하기는커녕 누구보다 가혹했을 '마의 16세'를 지나 독립적으로 생존한 그들은 '생각보다 이 바닥에 오래 버틴 아이들'이 아니라 경험과 시행착오 속에 쌓은 자신만의 기술과 통찰을 품은 그저 조금 어린 연기 장인들입니다.

광고 모델로 시작된 카메라 앞에서의 삶만 해도 25년, 촬영을 마친 <삼진그룹 영어토익반>까지 열다섯 편이 넘는 장편 영화를 거쳐 벌써 데뷔 17년 차에 접어드는 배우 고아성은 '넥스트'라는 수식이 의아할 만큼 이미 완성형의 배우입니다. 하지만 고아성이라는

이름 앞에 굳이 '넥스트 액터'라는 타이틀을 붙이고 싶었던 것은
그가 여전히 다음을 꿈꾸는 배우이고, 우리는 여전히 이 배우의
다음이 궁금하기 때문입니다.

어른들이 한강의 괴물로부터 끝내 지켜내지 못한 아이는 홀로
단단하게 살아남아 차세대 배우들을 대표하는 얼굴이 되었습니다.
<넥스트 액터 고아성>은 배우 고아성이 시간의 트랙 위에
하나하나 새겨 넣은 체험의 기록입니다. 이 배우의 이야기는
특히 이른 나이에 영화라는 대륙을 향해 항해를 시작한 어린
배우들에게 꼭 들려주고 싶습니다. 이 책이 당신들의 노를 대신
저어줄 수는 없겠지만, 적어도 좌초 없는 항로로 안내하는 미더운
등댓불이 되리라 확신하기 때문입니다.

개별 배우의 특별함을 분석하고, 한 세대 배우들의 다양한 원류를
파헤쳐보는 '넥스트 액터'는 이제 2021년을 향해 갑니다. 다음
넥스트 액터는 지금 어디쯤 오시는 중입니까?

2020년 5월
코로나와 무주 사이
백은하

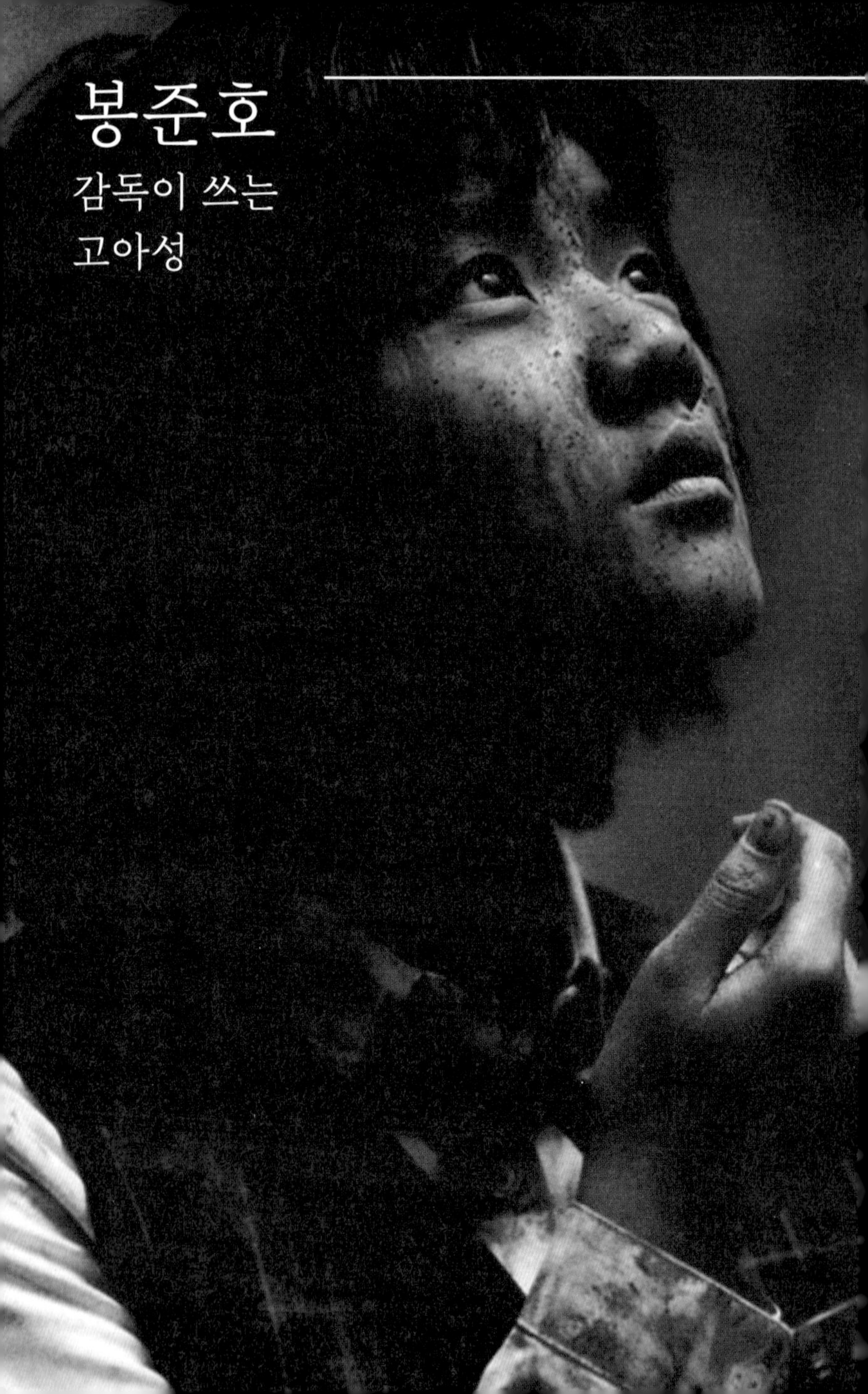
봉준호
감독이 쓰는
고아성

영화의 감정적 핵심을 지탱하는
대체 불가의 눈빛

고아성 배우의 크고 맑은 두 눈은 유약함, 강인함, 불안함, 단호함... 수많은 느낌을 동시에 뿜어냅니다. 〈괴물〉을 촬영하던 열세 살 때부터 이미 그러했습니다, 어둡고 죽죽한 괴물의 은신처 속에서 그 눈빛은 유난히 더 반짝이듯 빛을 뿜어냈고, 그녀의 존재감 덕분에 영화 전체의 강렬한 감정적 핵심이 지탱되었습니다. 지저분한 하수구 세트 속에서 시커먼 얼굴 분장을 한 가운데, 놀라운 집중력으로 카메라를 바라보던 그 눈빛이 아직도 기억 속에 생생합니다.

몇 년 뒤 〈설국열차〉에서는 심지어 '신인류'를 대표하는 눈빛을 연기했습니다. 실제로 수많은 인종과 남녀노소 명배우들이 뒤섞인 열차 세트 안에서, 그녀는 홀로 외딴섬처럼 움직였습니다. 태어날 때부터 덜컹거리며 달리는 열차에서 나고 자란 소녀가 마침내 대지의 하얀 눈을 밟는, 그야말로 'SF스러운' 기이한 여정을 고아성만의 독보적인 아우라로 표현해줘서 무척 고마웠습니다.

대체 불가능한 느낌, 이것이야말로 좋은 배우가 지닌 최고의 덕목이 아닐까 생각합니다.

감독 봉준호

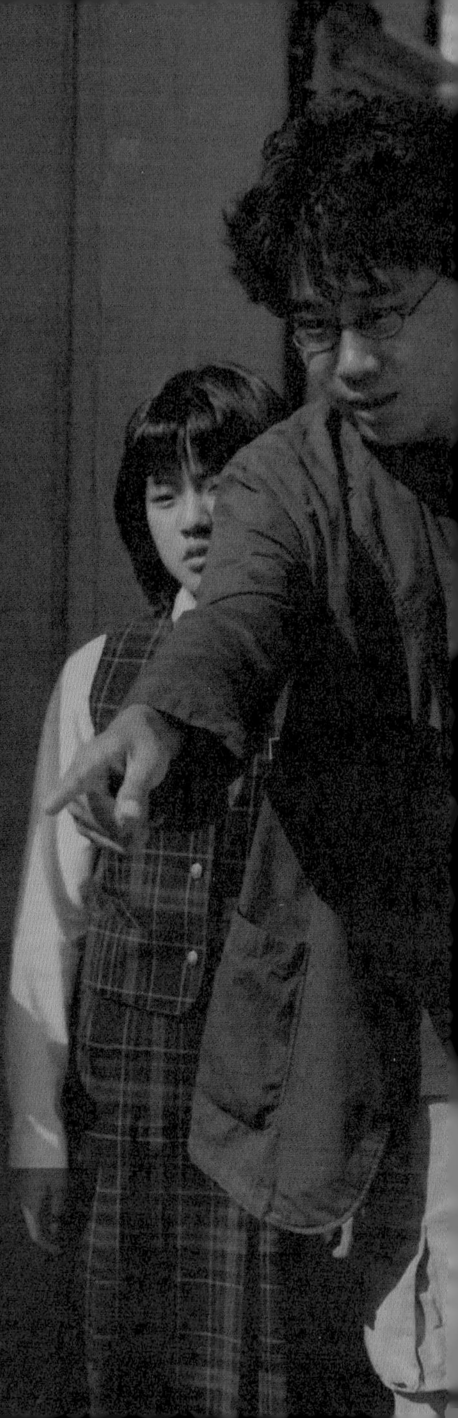

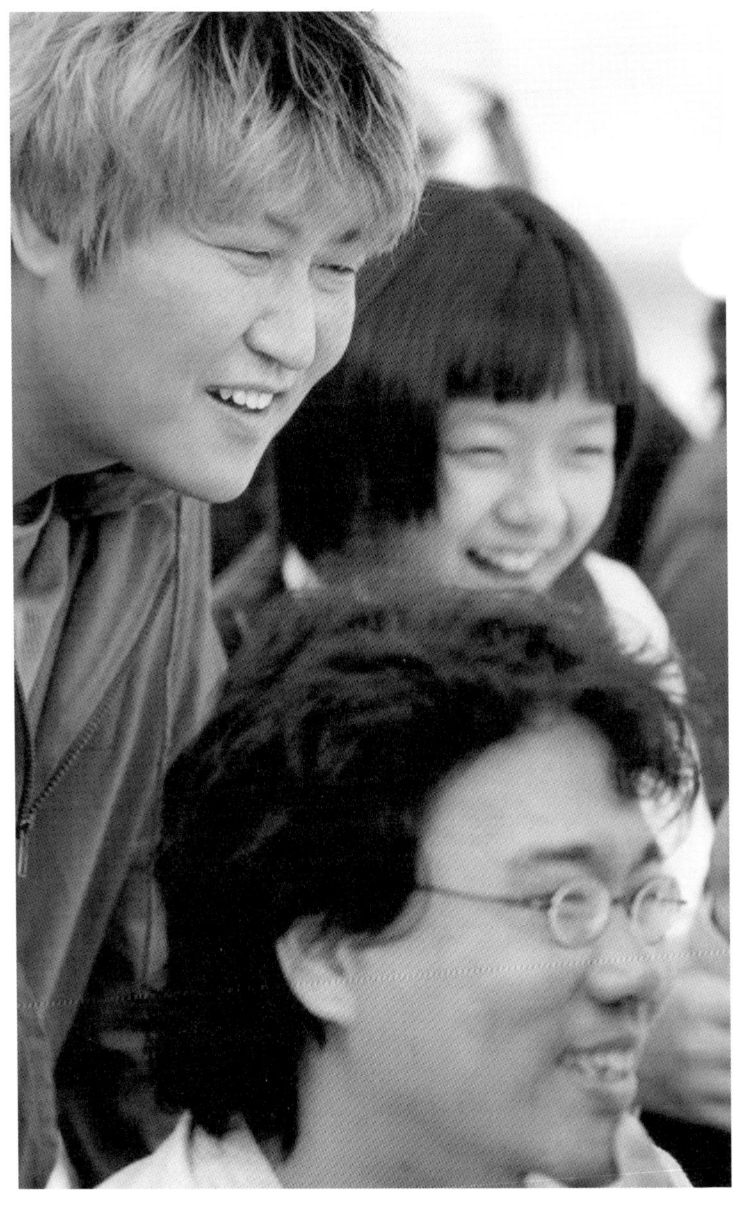

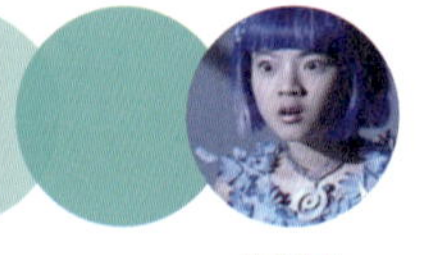

2004

<울라불라 블루짱>

하태진, 박용주

노다지

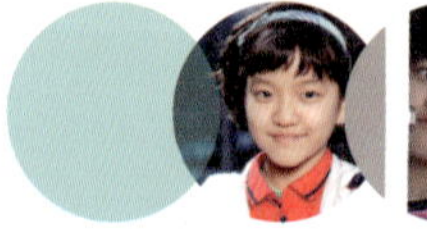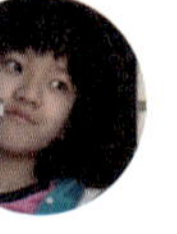

2005

<슬픈 연가>

유철용

어린 차화정

<떨리는 가슴>

신현창 외 5명

보미

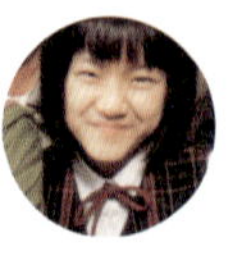

2006

<괴물>

봉준호

박현서

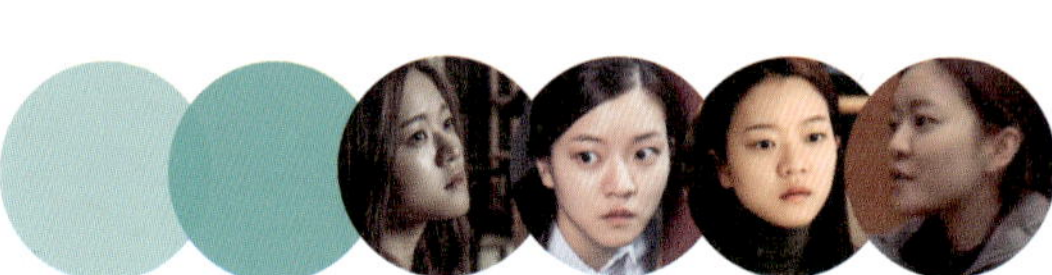

2015

<풍문으로 들었소>

안판석

서봄

<오피스>

홍원찬

이미례

<뷰티 인사이드>

백종열

우진

<지금은맞고그때는틀리다>

홍상수

염보라

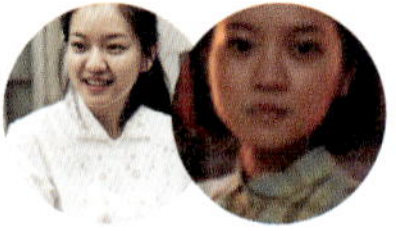

2016

<오빠생각>

이한

박주미

<심야식당: 도쿄 스토리>
4화 '오무라이스' 편

마츠오카 조지

유나

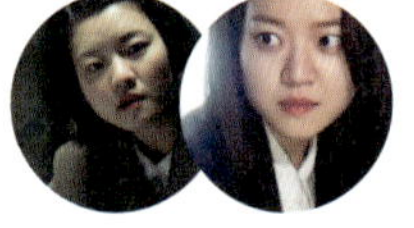

2017

<더 킹>

한재림

김양

<자체발광 오피스>

정지인, 박상훈

은호원

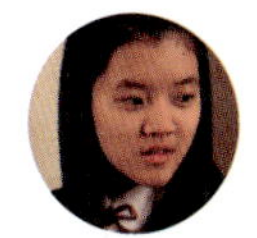 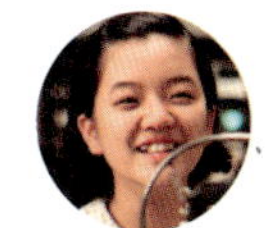 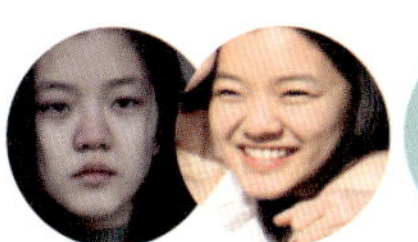

2007 **2008** **2009**

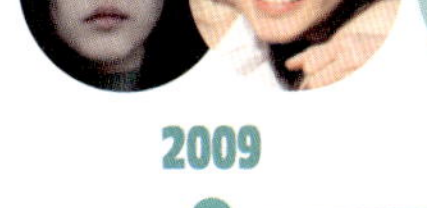

<즐거운 인생>
이준익
주희

<라듸오 데이즈>
하기호
순덕

<여행자>
우니 르콩트
예신

<결혼식 후에>
김윤철
김미래

 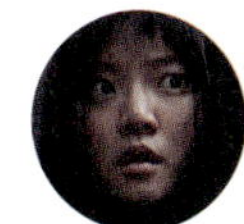 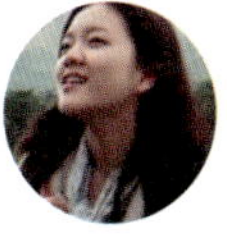 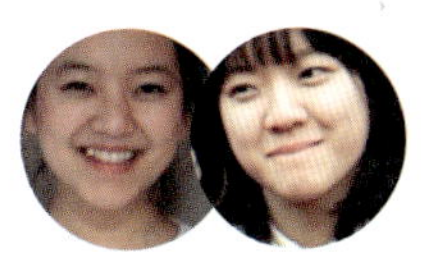

2014 **2013** **2012** **2010**

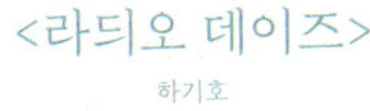
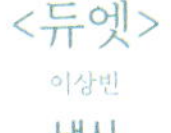

<우아한 거짓말>
이한
이만지

<설국열차>
봉준호
요나

<듀엣>
이상빈
낸시

<식스틴>
박보은
허유나

<공부의 신>
유현기
길풀잎

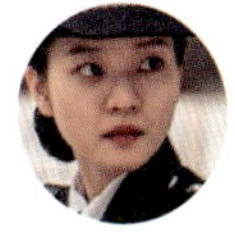 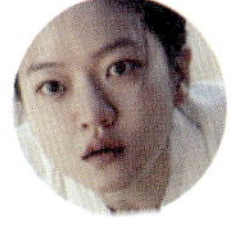 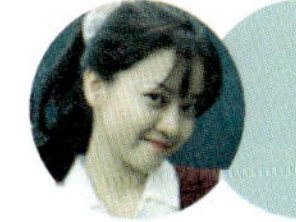

2018 **2019** **2020**

<라이프 온 마스>
이정효
윤나영

<항거: 유관순 이야기>
조민호
유관순

<삼진그룹 영어토익반>
이종필
이자영

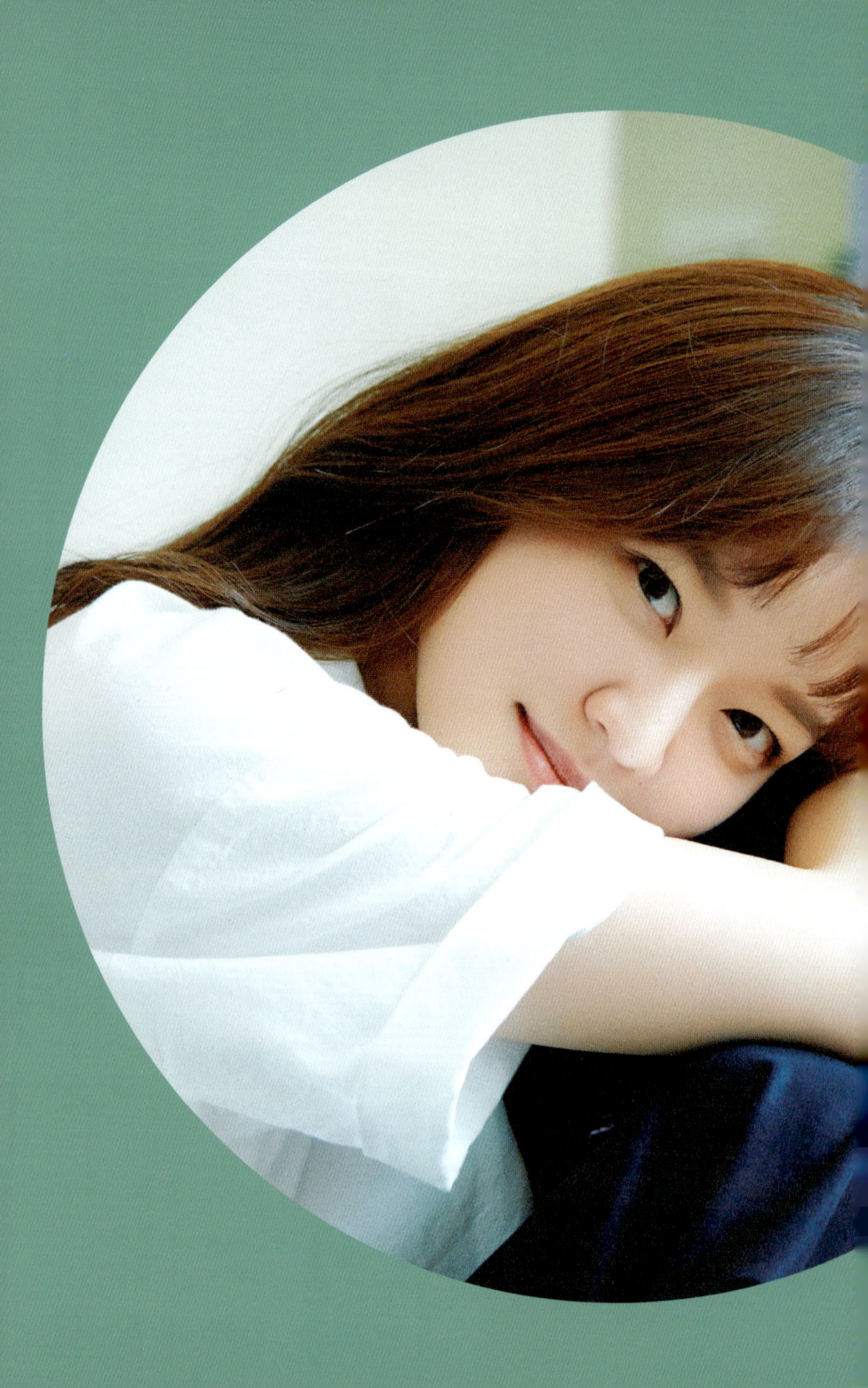

고아성 101

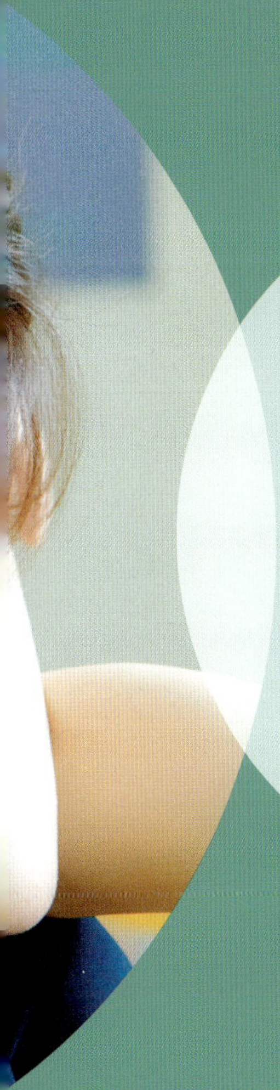

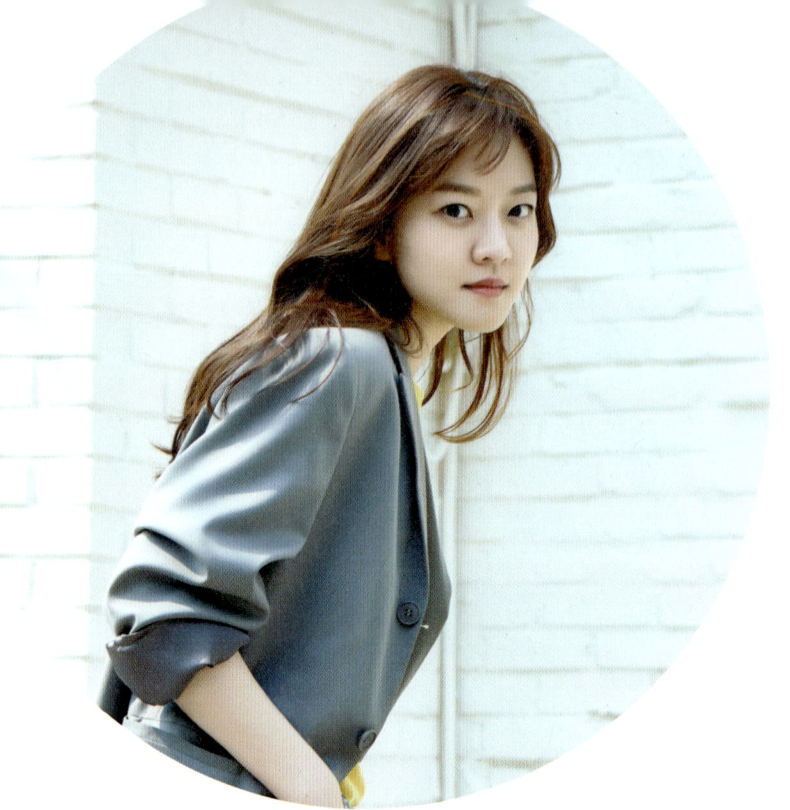

이름 고아성. 我(나 아) 星(별 성), 우리 별. 대한민국
최초의 인공위성 '우리 별' 1호가 발사된
1992년 8월 11일 전날 태어난 딸에게
아버지가 지어주신 이름

생일 그래서 1992년 양력 8월 10일

출생 제주도 화순. 네 살까지 부산에 살다가 서울로 이사.
초·중·고, 인생의 대부분을 용산구에서 보냄.

22,23

첫 무대 네 살 때 부산 광안리에서 열린 야외무대에 올라가 "지금은
외!출!중! 이오니 삐이이~ 하면 메모를 남겨주세요. 고맙습니다"
하는 전화 안내음 성대모사로 당당하게 2등 입상

카메라에 나온 첫 모습 학습지 광고. 어린 내 모습이 오롯이 담긴
첫 기억… 이러면 좋겠지만, 광고 콘셉트가 '학습지가 너무
재미있어서 아이가 의자에서 안 일어난다'여서 결국 낭만도 없고
얼굴도 없이 네 살 때 다리만 기록에 남음

노다지 드라마 데뷔작 <울라불라 블루짱>의 주인공. 우주의 평화를 지킬
블루스톤 행성의 공주

영화 데뷔작 <괴물>을 극장에서 본 횟수 열한 번

가장 길게 준비한 영화 <설국열차>. 4년, 2008년 캐스팅되고
2012년 크랭크인

가장 단기간 찍은 영화 <항거: 유관순 이야기>. 한 달, 22회차

가장 설레는 날 크리스마스

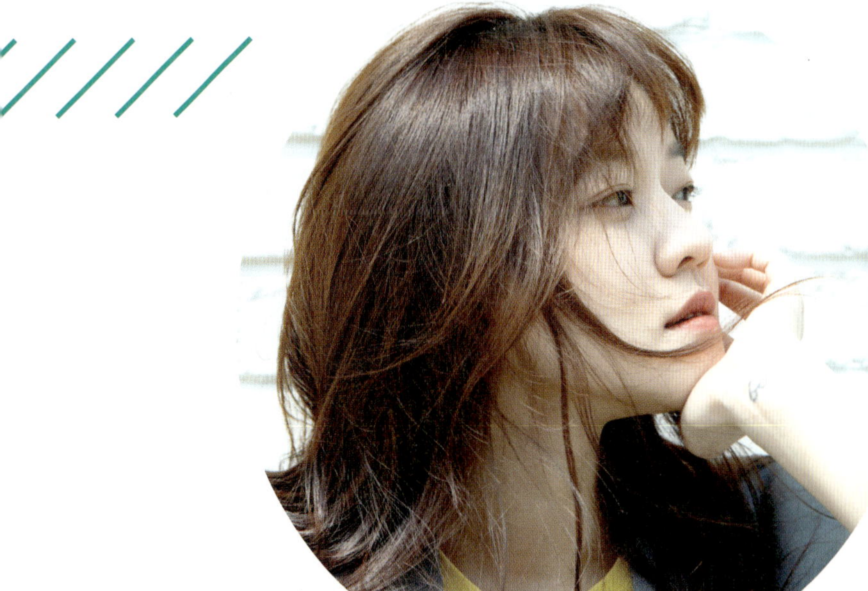

가장 가지고 싶은 초능력 차를 접었다 폈다 하는 능력. 주차는 늘 어렵습니다

사람을 볼 때 가장 먼저 보는 곳 얼굴

엄마가 나에게 자주 하는 말 일어났니?(안 일어남)

핸드폰으로 가장 많이 하는 것 루미큐브

나의 노래방 애창곡 '투 다이 포 To Die For', 샘 스미스

MBC 〈복면가왕〉 '야구소녀'라는 이름으로 나가서 듀엣곡 '나는 외로움,
너는 그리움', 솔로곡 '님 떠난 후' 열창

요즘 읽고 있는 책 소설 〈파친코 2〉

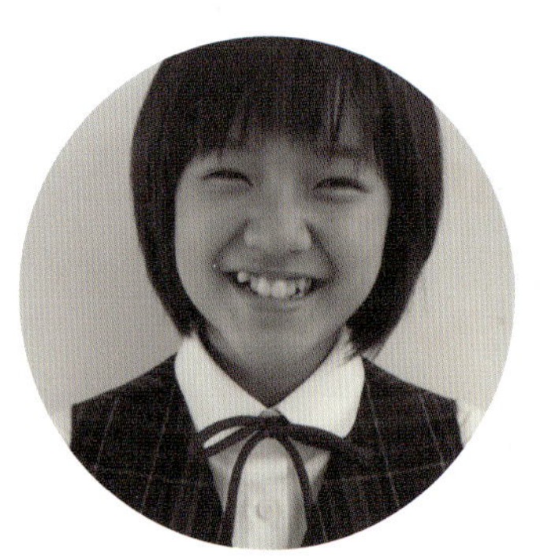

취미 요즘엔 다림질

좋아하는 아이돌 세븐틴

좋아하는 색 지금은 주황색

좋아하는 음료 커피

좋아하는 맛 찬뜨찬뜨

**보유하고 있는 영화 소품 중
가장 아끼는 것**
〈괴물〉 현서의 영정사진

좋아하는 간식 봉지 고래밥

좋아하는 술 맥주 빼고 다?

익스트림 마니아
다음 목표는 미국 뉴저지에 있는
세계에서 가장 무섭다는
롤러코스터

영화 속에서의 죽음
정말 아무 느낌이 없어요.
첫 영화를 죽고 시작해서
그런가? 대신 영화 속에서 다른
사람이 죽으면 너무 슬퍼요.
누군가의 영정사진을 보는 건
그냥 눈물이 나요

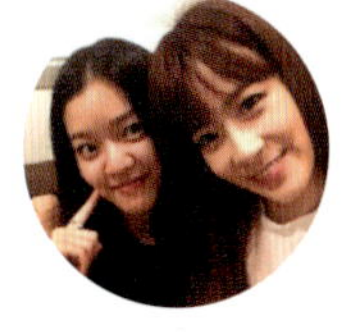

시정방　시간과 정신의 방. <드래곤볼>을 보고 만든 내 작업실이자 아지트의 이름. <오피스> 팀도 놀러 오고, 특히 류현경

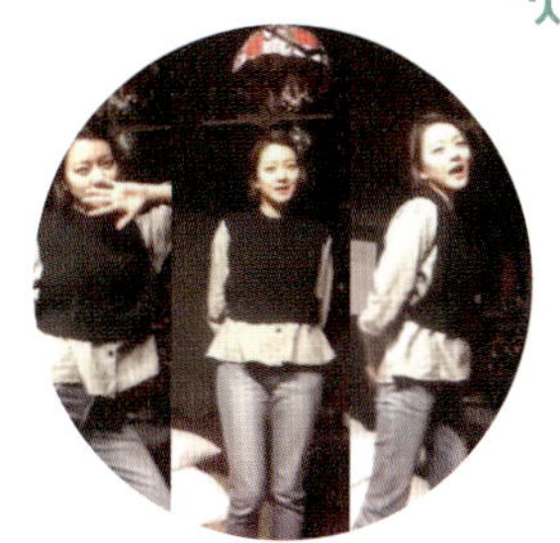

'시간을 달려서' 댄스　원래 K팝 댄스 연습을 혼자서 많이 하는 편인데 당시 그 노래에 빠져 있었죠. <더 킹>을 준비하던 배성우, 박정민 배우가 '시정방'에 놀러 와서 제가 연습하는 동영상을 찍어줬는데 한재림 감독에게 보내고 급기야 정우성 선배가 인스타그램에 올리게 되면서 어쩌다 보니 <더 킹>의 오디션 영상이 되어버렸죠

K팝 아이돌　나의 꿈. 정말 서른 전에 하고 싶었는데…

<더 킹> 특별출연

진하게 화장하고 커피 타는 김양은
사실 진짜 무슨 캐릭터여도
상관없다는 마음으로 촬영했어요.
저라는 배우는 늘 영화를 하면
일단 마음이 무거운데 그 부담이
없으니까 너무 좋더라고요. 그런데
현장에서 점점 회차가 늘어나고
신도 추가되니까, 김의성 선배님이
다시는 너 안 부른다고,
자기 신 다 잡아먹는다고
짜증냈죠.(웃음)
앞으로는 특별 출연 많이 해야지!

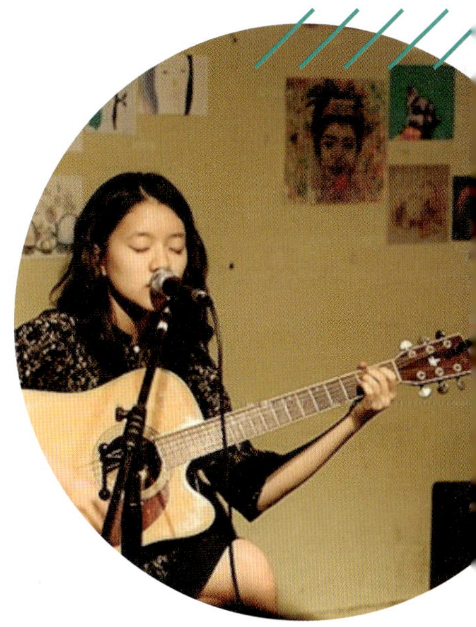

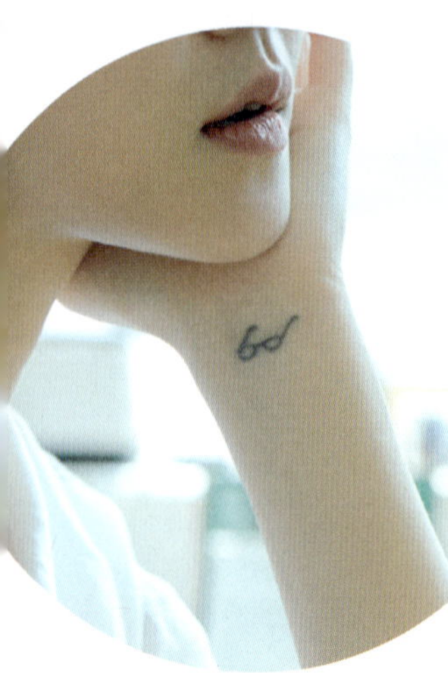

타투

왼쪽 팔목에 안경 모양 타투. 뜻을 물어보면
그때마다 좀 민망해요. 아무 의미가 없어서.
그때 좋아하던 책의 출판사 로고를
보고 이거다! 해서 결정했죠. <설국열차>
때 외국 스태프들이 다 어딘가에 타투가
하나씩 있어서 한국 오자마자 했어요. 한번
타투 시작하면 계속하게 될까 봐 무섭기도
했는데 아직은 유일하고요. 나중에 손주
볼 때도 있을 것 아냐? 걱정했지만 결국
있는지조차 잊고 살게 되더라고요

최근 제일 재밌게 본 드라마 <슬기로운 의사생활>

영어로 말할 때 <오렌지 이즈 더 뉴 블랙>의 채프먼을 따라 해요.
제일 멋지고 이상적인 여자 느낌이랄까?

최근 가장 감동했던 일 <삼진그룹 영어토익반> 촬영 중 손편지를
받은 일. 보조 출연 아르바이트로 연기 지망생도,
제 팬도 아니던 어떤 친구가 '언니는 며칠만으로도 사람
마음을 움직일 수 있다는 걸 알아주세요'라고 쓴 편지.
마침 가방에 편지지가 있어서 답장을 써줬어요. 여전히
감동받고 있고, 고마워하고 있어요

최근 일기에 적은 내용 '시간이 빠르다'

작년 '넥스트 액터' 박정민 배우에게 하고 싶은 말
박정민 후배님, 내가 더 낫다!

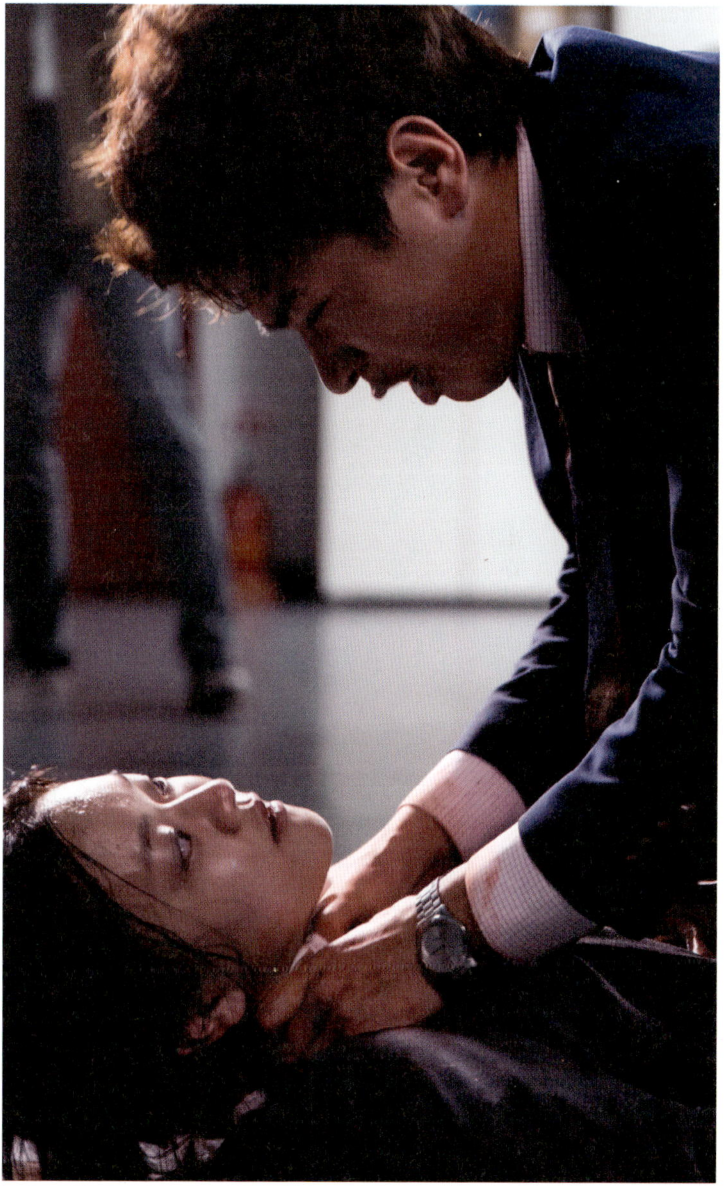

여섯 개의 얼굴

- 현서 그리고 고아성이 쓰는 <괴물>
- 예신 그리고 고아성이 쓰는 <여행자>
- 요나 그리고 고아성이 쓰는 <설국열차>
- 서봄 그리고 고아성이 쓰는 <풍문으로 들었소>
- 미례 그리고 고아성이 쓰는 <오피스>
- 관순 그리고 고아성이 쓰는 <항거: 유관순 이야기>

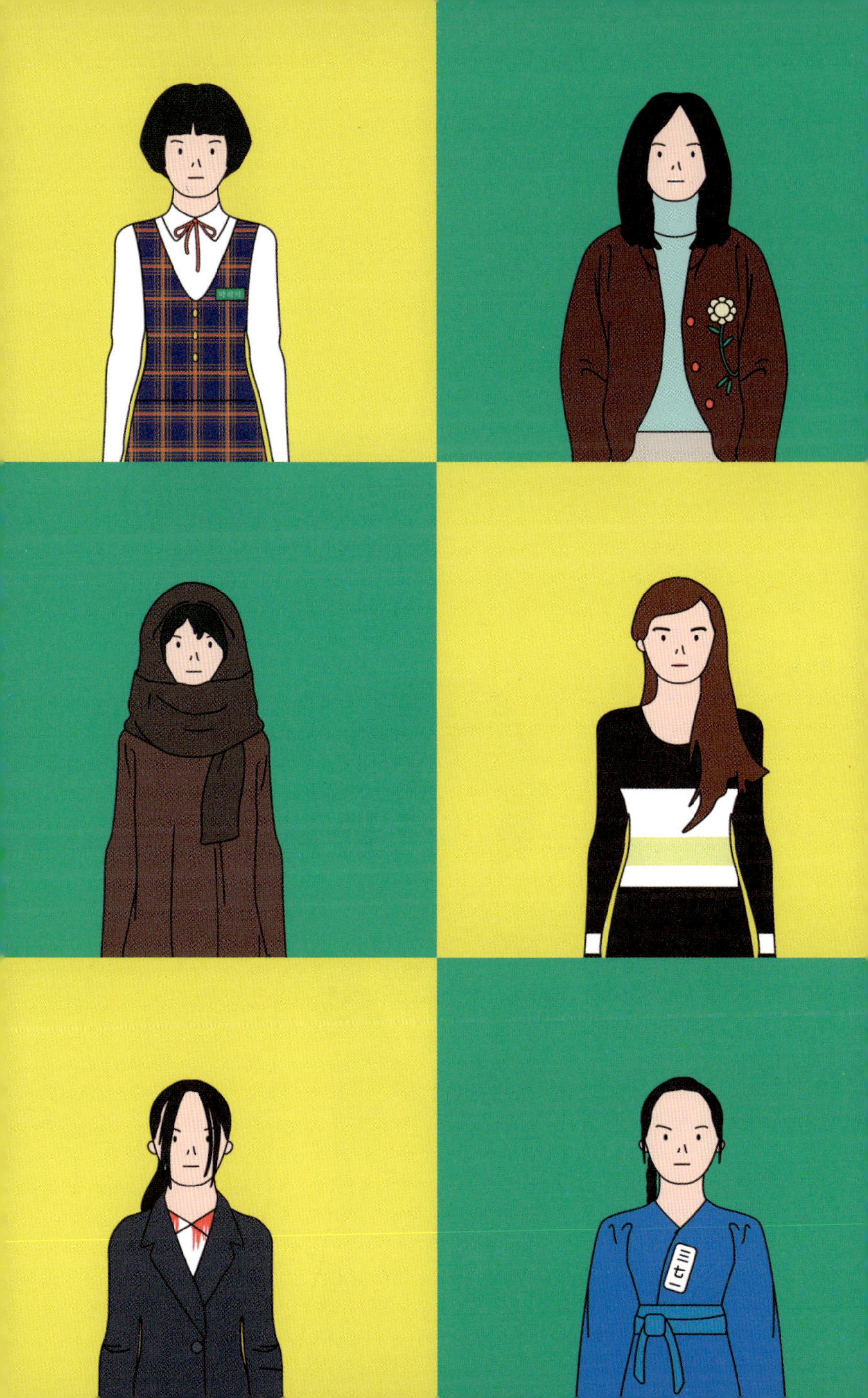

맥주가 먹고 싶은 소녀

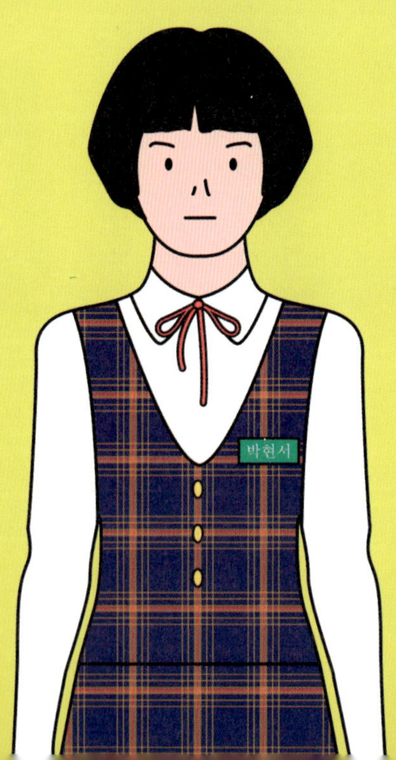

현서 /

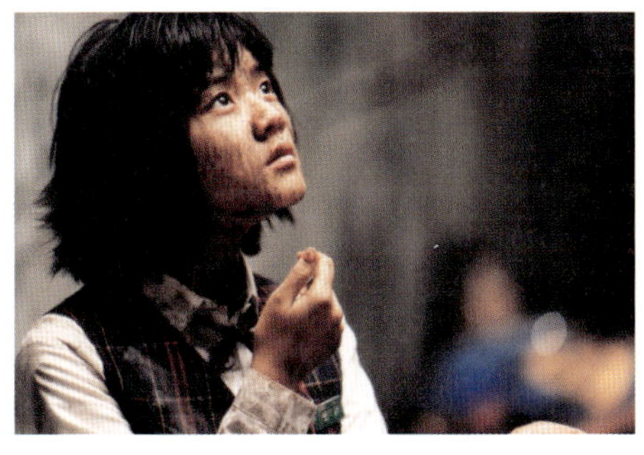

<괴물>
(2006)
봉준호

현서는 한강에 산다. 여의도 한강
둔치에서 매점을 운영하는 강두(송강호)는
어딘가 모자란 구석이 있는 아빠지만 그 덕에
현서는 또래보다 어른스럽고 똑똑한 딸이다.
딸을 끔찍이 아끼는 마음과 달리 여러모로
미숙한 어른인 강두가 성장기 딸에게 한번
마셔보라고 권하는 것은 영양 가득한 주스가
아니라 빨대 꽂은 맥주다. 그러던 어느 날
한강에 정체불명의 괴생명체가 나타난다.
아빠의 손을 잡고 달리던 현서는 어느 순간
눈앞에서 사라지고, 괴물의 꼬리는 눈 깜짝할
사이에 그 작은 몸을 낚아채서 물속으로
사라진다. 그렇게 현서는 합동분향소

영정사진 속에서 환하게 웃고 있는 불귀의 존재가 된다.

하지만 현서는 살아 있다. 좁은 매점에서 좁은 하수구로 이송되었을
뿐이다. 매점엔 세상을 볼 수 있는 작은 창과 가족이 있었지만, 괴물의
은신처에는 하늘로 뚫려 있는 구멍과 죽은 시체들뿐이다. 괴물의 눈을
피해 하수구 옆 공간에 홀로 숨어 있던 현서에게 온기를 가진 존재가
떨어진다. 괴물의 새로운 포획물 중 하나였던 소년 세주의 등장과 함께
현서는 이곳을 탈출할 구체적인 방안을 궁리한다. 죽은 이들의 옷을
수거해 긴 밧줄을 만든 현서는 세주에게 여기서 잠시만 기다리고 있으면
"누나가 의사, 119, 경찰, 군인 죄다 데리고 "오겠다고 안심시킨다. 하지만
결국 의사도, 119도, 경찰도, 군인도, 현서를 구하지 못한다.

"여기서 나가면 뭐부터 먹을 건지 생각해봐. 1등부터 10등까지 쫙."
괴물의 은신처에 잡혀 있던 어느 날, 두 아이는 탈출하면 먹고 싶은
음식을 이야기한다. "천하장사 소시지, 컵라면…" 같은 리스트를 줄줄
읊어대던 세주는 현서에게 "누나는 그럼 뭘 제일 먹고 싶어?"라고 묻는다.
그때 현서는 너무나 행복하고 아련한 목소리로 의외의 대답을 내놓는다.
"맥주, 시원한 맥주."
그건 아빠와 함께한 행복한 순간에 대한 마지막 기억이자, 결코 성인이
되지 못할 운명을 예감한 열세 살 소녀의 슬픈 바람이었을 것이다.

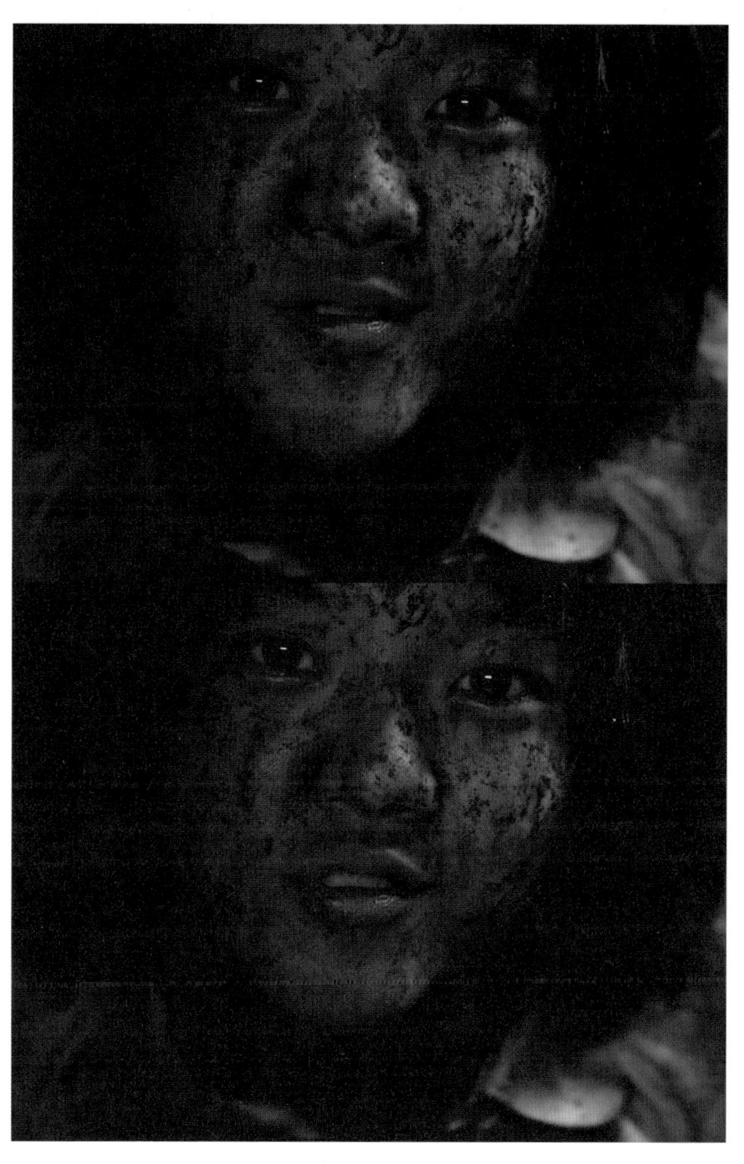

고아성이 쓰는 <괴물>

" 비릿한 한강 내음부터 수많은 스태프들,
커다란 하수구 세트장,
괴물 꼬리에 낚여 공중 5m 정도
올라갔을 때의 시점…
난 지금은 없어진 한강 매점 내부를
일일이 다 그릴 수도 있다.
이만큼 첫 영화는 강렬하다. "

평소에는 잊고 살다가, 그 당시에 찍은 사진을 보면 1인칭의 기억이 되살아날 때가 있다.
나에겐 <괴물>이 그런 것 같다. 봉준호 감독님과 최고의 배우들, 나의 첫 영화, 당시 최다 관객수 등등 상징적인 의미로 수북이 덮여 있지만 눈을 감고 차근차근 돌이켜보면 진정 내가 겪은 기억이 되살아난다. 비릿한 한강 내음부터 수많은 스태프, 커다란 하수구 세트장, 괴물 꼬리에 낚여 공중 5m 정도 올라갔을 때의 시점… 난 지금은 없어진 한강 매점 내부를 일일이 다 그릴 수도 있다. 이만큼 첫 영화는 강렬하다.

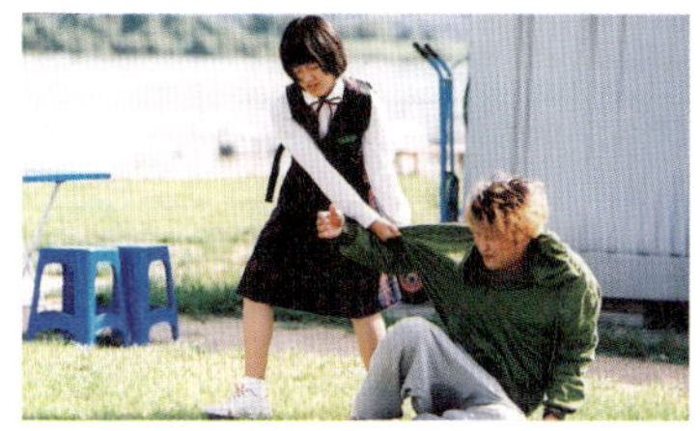 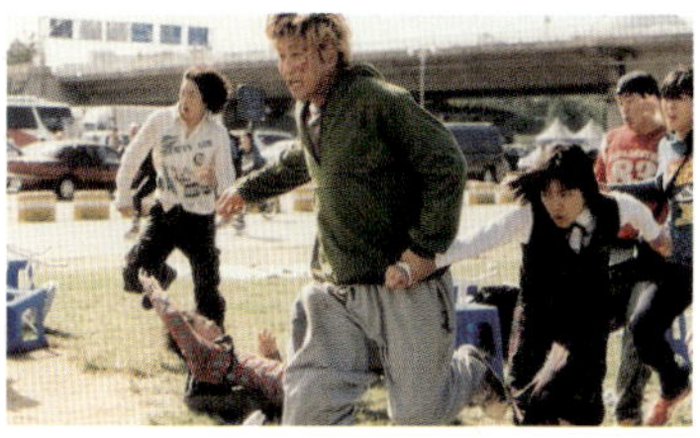

당혹스럽고 좌절했던 기억도 많다. 드라마 경험만 있던 터라 적응해야 할 게 한두 개가 아니었고 그중 최고는 모니터링을 해야 한다는 점이었다. 일종의 퍼포먼스를 마치자마자 곧바로 화면으로 확인한다는 게 그렇게 민망했다. 드라마 현장은 모니터는 있지만 감독님이 실시간으로 확인하기 위함이지 리플레이 용도는 아니었다. 사람들이 모니터링할 때 주로 쭈뼛거리며 현장에 있었던 것 같다. 그러다 내 연기가 좀 괜찮았다 싶은 테이크가 있어서 모니터 앞을 기웃거렸는데 너무나 후져서 충격받은 경험이 있다. 난 진짜 감정이라고 느꼈는데, 이렇게 가짜처럼 보일 수도 있구나. 몰입도와 상관없이 결국은 그렇게 보여야 하는 건가, 이 괴리를 어떡해야 하지….

또 테이크를 이렇게 많이 갈 수 있구나, 하는 것도 처음 알았다. 매점 안에서 고모의 양궁 경기를 보는 롱테이크 장면은 재촬영 포함 30 테이크로, 내 경험상 최다 횟수다. 똑같은 대사를 거듭 말하다 보면 감응이 짐짐 딜해지는네, 생생함과 에너지를 나눠 쓰는 스킬이 한없이 부족했다. 최고의 스태프들과 배우들, 감독님과 인사하고 집으로 돌아가는 길엔 늘 무언가를 골똘히 생각했다.

좌절은 현장에서 시작되지만 그걸 감당하고 극복하는 건 현장 밖에서 이루어진다.

입국이 거절된 여행자

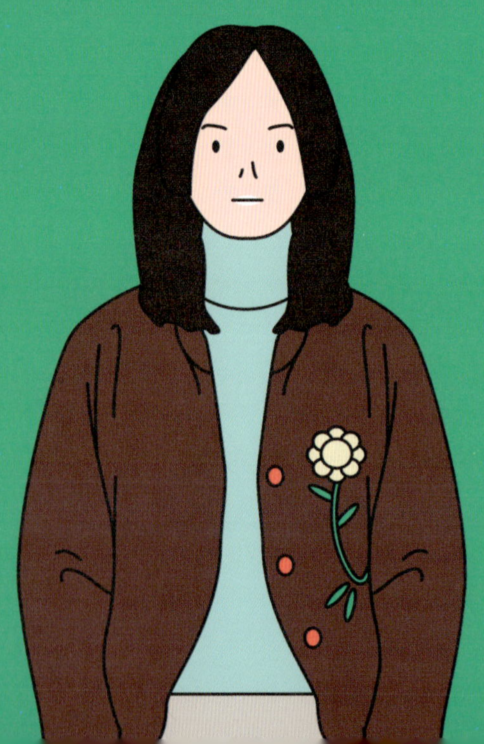

예신 //

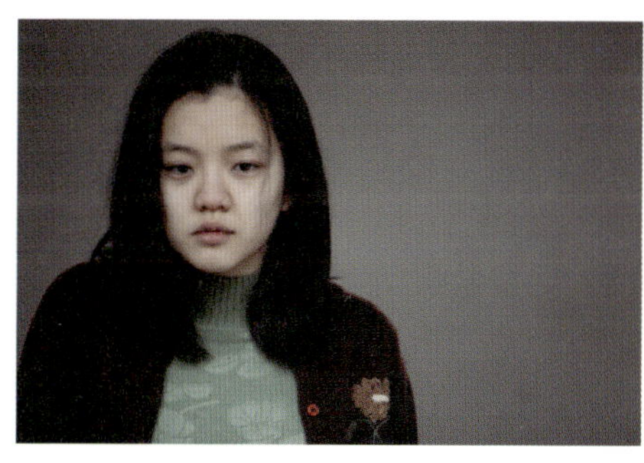

<여행자>
(2009)
우니 르콩트

예신은 보육원에 산다. 키가 허리춤에 오는 꼬맹이들 속에 섞여 있는 그녀는 단연 눈에 띈다. '고아(孤兒)'지만 더 이상 아이가 아니고, 수녀나 보모 같은 어른이자 보호자의 세계에도 속할 수 없다.

영화 <여행자>는 해외 입양이 급증한 1970년대를 배경으로 한다. 주무대인 보육원은 버려진 아이들이 수출되기 선 거치는 마지막 진열대 같은 곳이다. "멘스를 하지 않는" 어린 여자아이들이 최상급으로 빠르게 팔려나가는 이곳에서 소아마비 후유증으로 "몸도 성치 않은" 예신은 긴 시간 스스로 먼지를 털어가며 하루하루를

살아왔다. 간혹 자신을 데려가려는 가족이 있다 해도 "말이 입양이지
밥하고 빨래하는 식모"로 부리기 위함임을 이미 알고 있다.

그런 예신에게 함께 떠나고픈 '님'이 생겼다. 보육원에 들르는 자전거 탄
청년을 짝사랑하게 된 예신은 그에게 연애편지를 쥐여주고 도망치듯
뒤돌아 뛰어간다. 아니, 뛰어가고 싶었을 것이다. 절뚝거리는 오른다리
때문에 좀처럼 속도가 나지 않는 뒷모습은 아마 님에게 제일로 보여주고
싶지 않은 모습이었을 것이다.
그러나 예신의 마음은 끝내 받아들여지지 않는다. 그녀에게 거절이란
계절처럼 찾아오는 익숙한 것이었겠지만 이 계절은 유독 견딜 수 없을
만큼 시리다. 결국 예신은 죽어서 보육원을 떠나려고 시도하지만, 끝내
살아서 아이들 앞에 선다. "다시는 하나님이 주신 귀한 생명을 함부로
다루지 않겠습니다… 여기 여러분 앞에서… 약속합니다." 아직 죽음이
무엇인지도 모를 아이들 앞에서 반성의 다짐을 늘어놓던 예신의
목소리는 울먹거림으로 시작되지만 이내 멋쩍은 웃음과 함께 마무리된다.

예신은 입국이 거절된 채 긴 시간 터미널에서만 머물러야 했던 '여행자'다.
조국으로 돌아갈 수 없는 그녀는 잠시, 희망하는 나라로의 입국을
꿈꾸지만 또다시 거부당한다. 그리고 제3국행을 택하는 것으로 긴 여행을
마무리하려 한다. 예신이 향하는 곳은 진짜 삶의 터전일까, 아니면 또
다른 고단한 여행의 출발지일까? 우리는 끝내 알 수 없다.

   여섯 개의 얼굴

고아성이
쓰는
<여행자>

잘하고 싶다고, 똑같이 하고 싶다고
생각한 내가 한참 잘못된 것만 같았다.
예신을 연기하기 위한 접근 방법을
처음부터 다시 고쳐먹어야 했다.

영화사 사무실이 우리 집에서 먼 일산에 있었다. 오디션을 보러 가는 길이 길면 생각이 많아진다. 지하철을 타고 화정역을 가는 시간은 한 시간 반 정도. 소아마비를 가진 예신 역할을 위해 연출부가 보내준 예시 영상들을 보고 그 걸음걸이를 집에서 연습했다. 영상 속에는 소아마비 장애를 가진 사람들이 걷는 모습이 있었다. 특유의 리듬을 살렸으면 좋겠다고 했다. 당시 스마트폰이 없어, 집 데스크톱으로 본 영상을 계속

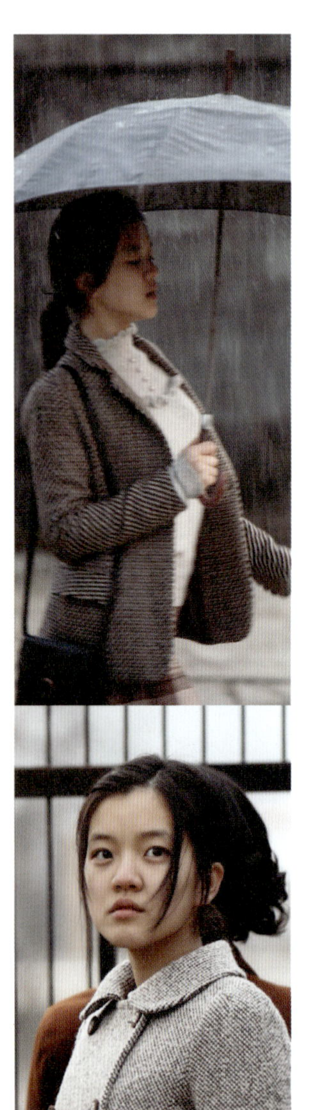

머릿속에 저장하려 애썼다. 이왕이면
대사를 다 외워가는 게 좋으니까
대본도 다시 한 번 점검하고….
그럼에도 내릴 역이 한참이나 남았고,
이미 훑은 내 준비 보따리를 다시
들추기 싫었다. 차라리 눈이나 감고 좀
쉬자고 마음먹어도 욕심이 스멀스멀
올라왔다.

'잘하고 싶다… 잘해야 하는데….'

눈을 떠보니 어떤 절룩거리는 사내가
걸어오고 있었다. 감독님이 요구했던,
내가 기억하고자 노력했던 그
리듬으로 내 앞을 지나갔다. 그럼에도
시선을 따라가지 못했던 건 내가
너무 못나고 부끄러워서였다. 잘하고
싶다고, 똑같이 하고 싶다고 생각한
내가 한참 잘못된 것만 같았다. 예신을
연기하기 위한 접근 방법을 처음부터
다시 고쳐먹어야 했다.
얼굴이 빨갛게 달아오른 상태로
오디션을 보고 나와 집으로
돌아오는 전철 안은 갈 때보다 더
길게 느껴졌다. 오른 열이 천천히
식어가며 오만가지 생각을 하다가
몇몇 일화가 떠올랐다. 영화 <말아톤>
기자간담회에서 초원이 포즈를
취해달라는 취재진의 요청에 그

여섯 개의 얼굴

자리를 박차고 나갔다던 조승우 선배님, 영화 <오아시스> 오디션
영상에서 테이프가 돌아가는데도 한참을 멍하게 앉아 있었다던 문소리
선배님, <나의 왼발>의 다니엘 데이 루이스와 고개를 떨구는 듯했던 어떤
카메라 워킹까지….

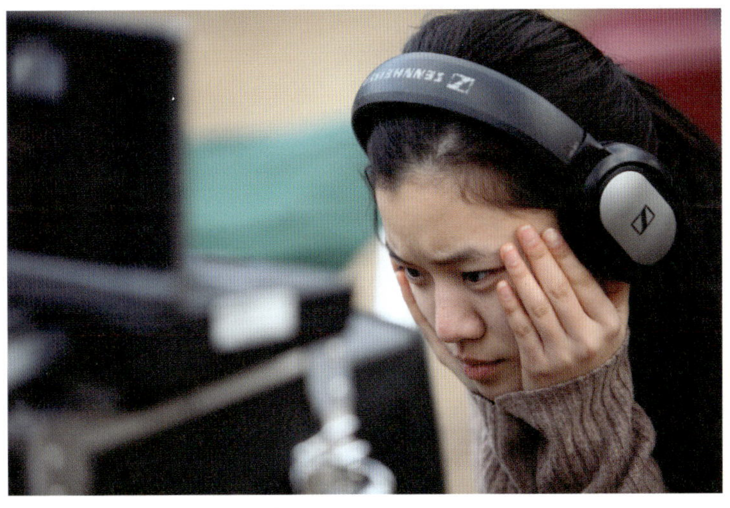

결국 배우의 애티튜드인 건가.
영화보다 앞서서는 안 되고 캐릭터 얼굴 너머로 들켜서도 안 되지만
배우가 작품에 임할 때 마땅히 갖추어야 할 예의와 태도가 있다. 그
태도를 바른 방식으로 거쳐야만, 한 인물이 비로소 오롯이 받아들여지고
결국 작품 전체의 분위기를 형성한다. 실존 인물을 연기해야 하거나, 아픈
시대를 배경으로 할 때나, 기성 배우일수록 어려운 어떤 것.
그녀의 뜨거운 죄책감은 현장에서도 계속되었다. 예신이 웃거나 눈물을
흘릴 때나 멍하니 있을 때에도 등 뒤로 부여잡고 있는 끈 같았다.
배우로서 처음 봉착한 윤리적 책임감이며 앞으로도 종종 부딪혀야 하는
일이었다.

새로운 인류의 첫 리더

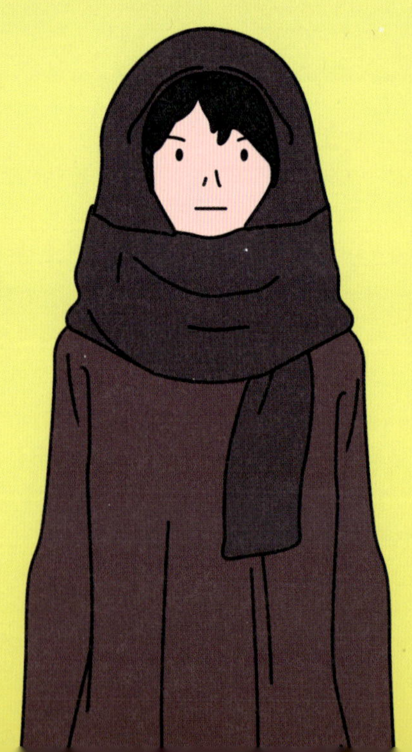

요나 ///

<설국열차>
(2013)
봉준호

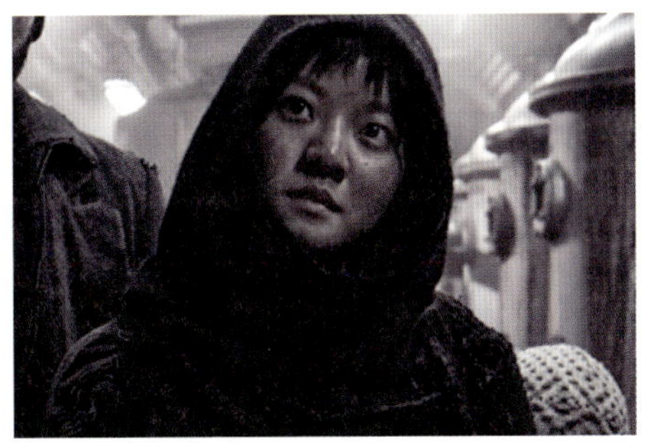

요나는 기차에서 산다. 17년 전,
지구에 새로운 빙하기가 찾아오고 인류
최후의 생존자들은 얼어붙은 세상 속에서
영원히 순환하는 열차에 탑승한다. 요나는
그 기차 안에서 태어난 '트레인 베이비'다.
설국열차의 중간 칸 보안 기술자였던 아빠
남궁민수(송강호)는 환각제인 '크로놀'을
모으는 데 미쳐 감옥 칸 신세고, 앞 칸
청소부로 일했던 이누이트족 엄마는 요나를
낳은 후 기차 밖으로 탈출을 감행했지만
이제는 창문 밖 설산 위 "제일 앞서 걷는
여자"의 형상으로만 남아 있다.
정체불명의 단백질 블록을 이유식으로 먹고

자란 요나는 '지상'이라는 단어에 대한 감각을 전혀 모른 채 덜컹거리는
기차의 흔들림을 세계의 리듬으로 알고 산다. 국적 불명의 악센트가 섞인
말투에 벽 너머의 상황을 꿰뚫고 감지하는 능력을 가진 요나는 영리한
어린 동물 같기도, 엉뚱한 북유럽 요정 같기도, 천년 묵은 요괴 같기도
하다.

2031년의 마지막 날, 아빠와 함께 감옥 칸에 누워 있던 열일곱 살의
요나는 꼬리칸의 리더 커티스(크리스 에반스)의 부름에 깨어난다.
"크로놀?" 머리칸으로 가는 문들을 열 때마다 크로놀을 받는 조건으로
혁명군에 합류한 아빠와 함께 요나는 생애 첫 여행을 떠난다. 처음으로
흙의 감촉을 느끼고, 살아 있는 동식물의 기운을 흡수하고, 문명과 환락의
이면도 목격한다. 그리고 마지막 문 앞에 다다랐을 때, 그토록 집착하며
모았던 크로놀이 딸에게 진짜 세상을 보여주고 싶었던 아버지의 위대한
유산임을 알게 된다. 크로놀의 폭발과 함께 혁명이 종식되고, 열차 속에
축조한 인공의 세계도 끝난다. 그러나 요나는 끝나지 않는다. 자신을
태어나게 만든 남자와 열차라는 생태계의 새로운 수장으로 선택된
남자의 주검 사이에서 요나는 마치 갓 태어난 아이처럼 울면서 눈을
뜬다. 기차 밖 세상의 순설 위로 첫 발을 내딛는 요나는 새로운 인류의 첫
리더다.

고아성이
쓰는
<설국열차>

" 기차의 환경 자체를 자연스럽게
받아들일 것, 윤리에 대한 감각이 지구에
살던 사람들과는 다를 것… "

시대극 세 작품(<라이프 온 마스> <항거> <삼진그룹 영어토익반>)을 연달아
찍은 시점에서 <설국열차>를 다시 돌이켜보니 조금 기이한 경험이었다는
생각이 든다. 최근에 나는 과거의 인물들을 되살리려 레퍼런스나
사료들을 붙들고 노력했던 반면 <설국열차>의 요나는 미래에 존재하는,
오로지 상상으로 만들었던 캐릭터다.

‘트레인 베이비’(*Train Baby*)

시나리오를 보기 전 처음으로 주어진 캐릭터 설명이었다. 기차에서
태어난 1세대를 칭하는 단어인데 요나는 그 대표적인 인물이다. 막연하던
내 캐릭터에 처음으로 선명한 상이 그려졌달까. 그때부터 무한한
상상력을 펼쳐봤던 것 같다. 일단 흔들리는 땅이 당연할 테고 모국도
모국어도 없을 것이다. 커티스(크리스 에반스)나 에드가(제이미 벨),
남궁민수(송강호) 같은 윗세대 캐릭터들이 가지고 있는 설움과 향수를
요나는 모를 테니, 기차의 환경 자체를 자연스럽게 받아들일 것, 마약을
하지만 윤리에 대한 감각이 지구에 살던 사람들과는 다를 것, 등등 제한
없이 흥미로운 상상을 뻗어나갔다.

촬영하던 순간들도 생생하다. 대규모 짐벌 기차 세트에 처음 올라서던
순간과, 어서 이 덜컹거림이 익숙해지길 기다리고 노력했던 것, 봉준호
감독님과 송강호 선배님과의 재회와 다양한 국적의 배우들과 어우러지던
신들, 그리고 촬영을 모두 끝내고 기차에서 하차하던 순간까지…
<설국열차>는 마법 같은 기억이자 여전히 미래에 가까운 매력으로 남아
있다.

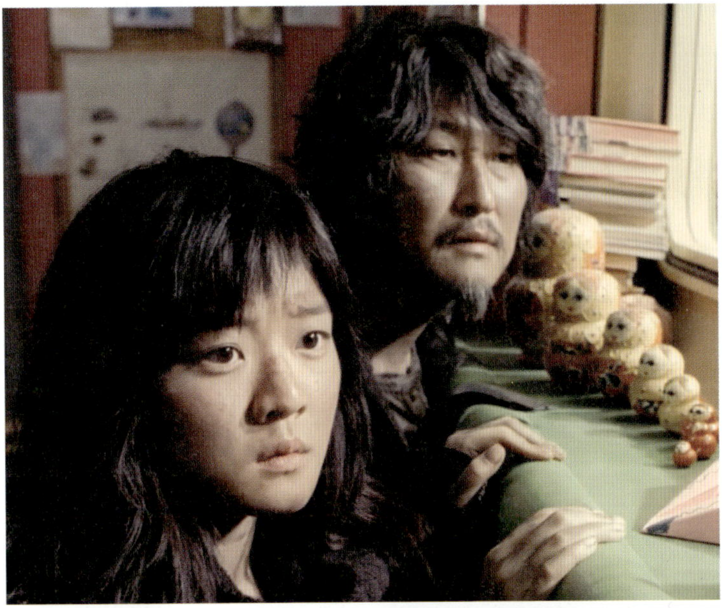

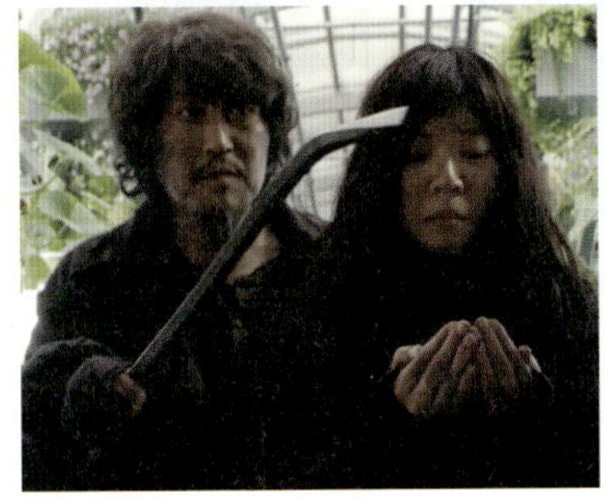
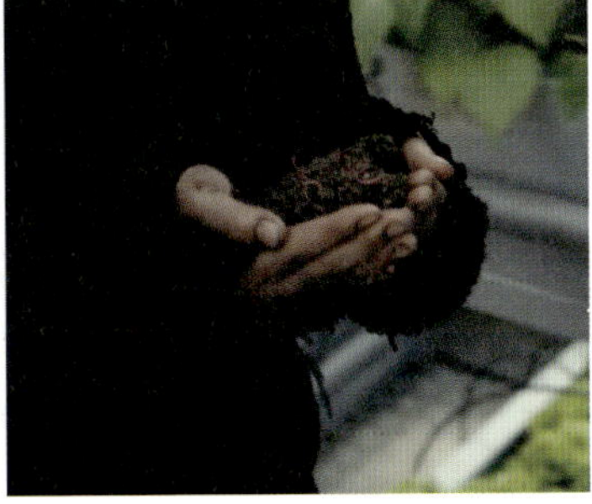

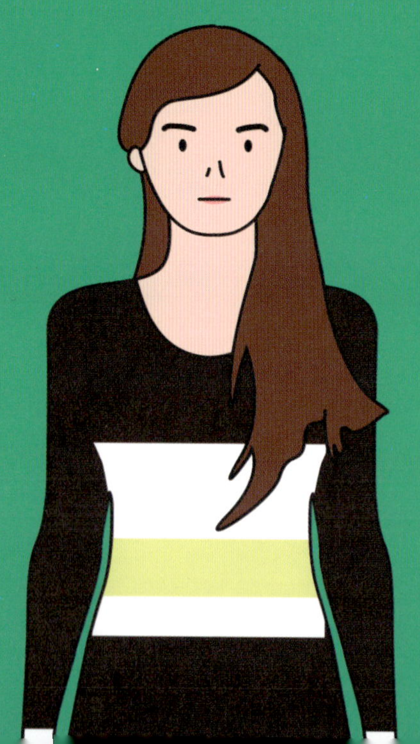

아찔하고 향기로운 꽃

고아성이
쓰는
<풍문으로 들었소>

'드라마는 정확한 과녁을 파악하고 가는 것.
영화는 서너 개 울타리를 꾸려가는 것.'

<풍문으로 들었소>는 그간 내 짬으로 세운 공식을 산산조각낸
드라마였다.
1회에서 내 남편, 한인상이라는 사람과의 첫 만남을 회상하는 장면이

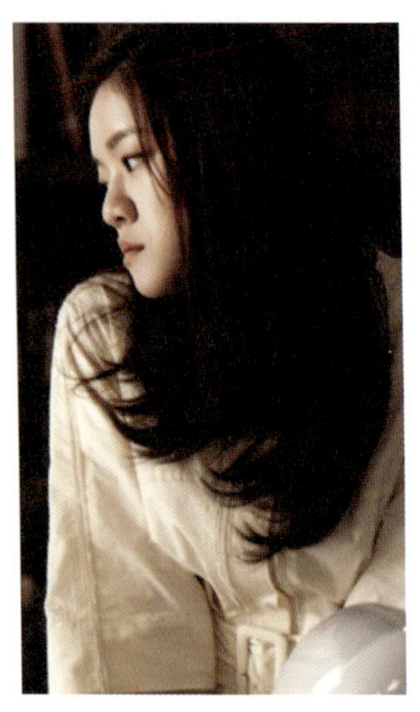

있다. 영어 캠프에서 시봄의 방으로
찾아온 한인상, 둘은 복도에 서서
열 줄 정도의 대사를 주고받는다. 첫
컷은 '무릎 샷knee shot' 정도의 사이즈로,
러프하게 처음부터 끝까지 대사를
주고받는 마스터 컷처럼 찍었다.
그런데 그 첫 컷을 오케이로 촬영이
다 끝났단다. 내가 어리둥절하며
감독님께 바스트 컷을 따로 안
찍냐고 물었더니 감독님이 이렇게
말씀하셨다.

"어차피 사람들은 콩나물 까면서
드라마 봐. 신이 풀샷으로 시작할
때는 좀 보다가 인물 얼굴로 가까이
들어가는 순간 다시 콩나물을 까면서
소리만 듣게 돼. 그런데 풀샷이
계속되면 이게 뭐지, 하면서 계속
보게 된다고. 나는 이 드라마의 목표가
한 명도 콩나물 못 까게 만드는 거야."
이렇게 고약한 감독님이라니….
나는 고생문이 열렸다 싶으면서
동시에 극도로 흥분했다. 앞으로
30회를 거듭하면서 얼마나 어렵고
또 행복할까. 연출의 힘이 큰
작품에서는 배우로서 약간 자율성이
떨어지고 무력해지게 마련인데
나는 뭣도 없으면서 덤비고 싶었다.

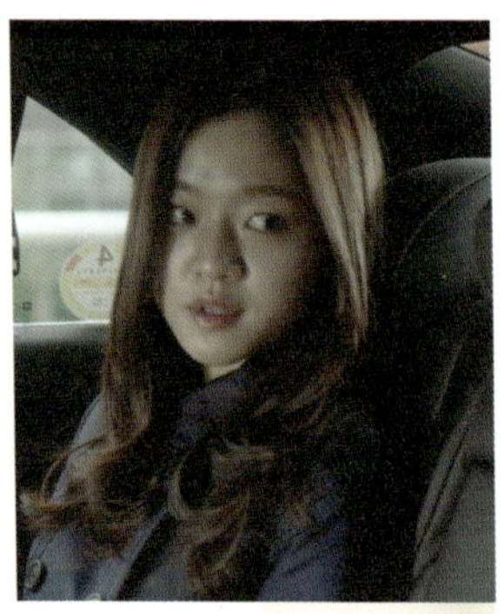

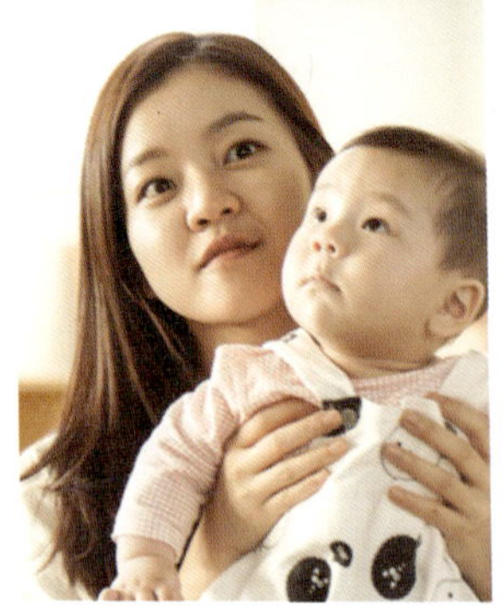

안판석이라는 무시무시한 감독님에게, 그리고 함께하는 연기 괴물들에게.
과연 6개월의 촬영 기간 동안 이 작품을 통해 배운 것은 어마어마했다.
앙상블의 참맛, 시청자들과 함께 호흡하는 기쁨, 다시금 새겨진 드라마의
매력 그리고 '고약한 감독님한테는 덤비면 안 된다'는 교훈까지… 5년이
지난 지금도 <풍문으로 들었소>는 여전히 안일함으로부터 나를 탈피하고
싶게끔 만들고, 여러 어귀에서 나를 채찍질한다. 드라마든 영화든 연기는
언제 어떻게 찍어도 그 사람이 되어 있어야 한다고, 과녁이고 뭐고 한
사람을 진득하게 느끼는 일뿐이라고.

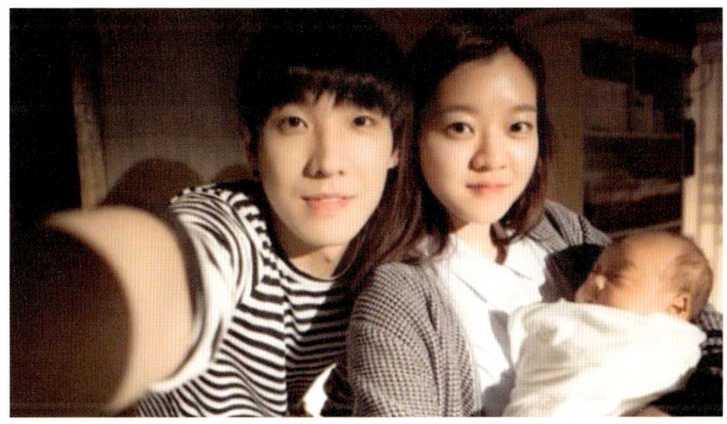

그리고
정성주 작가님께,
작가님을 만나고 나서 저는 약간 불행해진 것 같아요. 봄이가 어려움
끝에 인상이네에 시집오는 걸 허락받고 시부모님이 '너는 이제 이 집안에
맞는 사람이 되어야 한다'며 공부시켜서 검정고시 보러 가는 날, 저에게
주신 대사가 있죠. 시부모님이 은근히 며느리에게 기대하고 있는 걸 약간
놀리고 싶은 마음을, 봄이가 이제 너스레를 떨 만큼 이 집안에 적응이
되었음을, 그리고 이것쯤이야 하는 자신감까지 모두 표현되는 말.
"고졸 딸게요."
대사하면서 이때만큼 전율했던 순간이 더는 없었네요.

풍문으로 들었소   **53**

신경쇠약 직전의 인턴

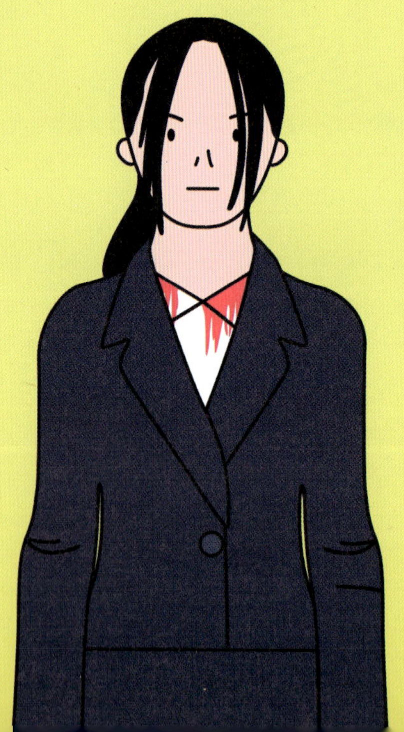

미례 /////

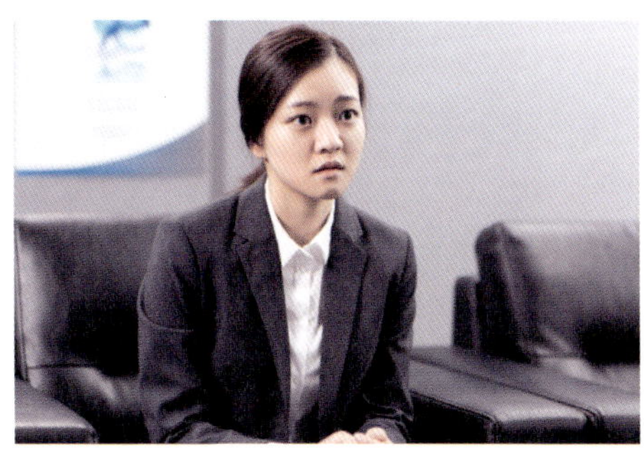

<오피스>
(2015)
홍원찬

미례는 '오피스'에 산다. 비싼 서울
월세 때문에 매일 만원 버스와 지옥철에
시달리며 출퇴근하는 그녀에게 집은 잠시 눈
붙이는 곳일 뿐이다. 광주에서 서울로 올라와
식품회사 인턴이 된 지 6개월. 누구보다
성실하게 일하고 있지만 정작 돌아오는
말은 "너무 잘하려고 욕심부리지 말고
적당히 눈치껏 하라"는 충고다. 누군가의
눈에 미례는 요령 없이 "삽질"만 하는 미래
없는 인턴인 것이다. "삐- 출근이 정상
처리되었습니다"라는 출퇴근 기록기의
체크음은 사회를 향한 미래의 간절하지만
불안정한 접속 신호처럼 느껴진다.

그러던 어느 날, 같은 사무실의 김병국(배성우) 과장이 가족 모두를
망치로 살해하고 잠적하는 끔찍한 사건이 발생한다. 그는 사무실에서
미례가 유일하게 의지하던 사람이었다. 과묵하고 책임감 있지만 요령
없는 성격 탓에 은근히 따돌림당하는 김병국은 단번에 미례가 자신과
같은 부류임을 알아본다. "제가 왜 과장님이랑 비슷해요, 왜!!!"라고
부정했지만, 미례는 김병국이 선물처럼 남기고 간 회칼을 "묵주"처럼
품고 하루하루를 버티는 중이었다. 게다가 자신보다 월등히 좋은 조건을
가진 새로운 인턴까지 등장하자 정규직 전환에 대한 불안, 언제라도 이
사회에서 튕겨져나갈지도 모른다는 공포는 점점 더 커진다.

김병국 과장이 사라진 후 사무실에서 발생한 죽음의 범인을 찾아가는
이야기가 <오피스>의 주된 축이라면, 또 다른 축은 사회생활을 막 시작한
20대 여성 미례가 겪게 되는 신경쇠약 직전의 불안과 공포다. 미례는
주눅들어 축 처진 어깨와 언제라도 눈물이 떨어질 것 같은 크고 퀭한
눈으로 사무실 여기저기를 귀신처럼 배회한다. 바람 부는 창문가에
위태롭게 서서 고층빌딩 아래로 떨어진 염하영(이세은)을 바라보는
미례의 얼굴에는 슬픔과 동시에 귀기가 서려 있다.
"애 이미례 아니야!" 죽어가던 팀원들이 마지막으로 봤던 것은 미례가
아니었는지도 모른다. 어쩌면 미례의 모습을 빌린 김병국 과장 혹은 출근
가방 속에 절망과 살의를 숨긴 채 매일을 견뎌내고 있는 이 세상 모든
회사원의 얼굴이었을 것이다.

 여섯 개의 얼굴

고아성이 쓰는 <오피스>

" 이 신을 꼭 찍고 싶어서 이 영화를 하게 되었다면 믿을는지, 여하튼 정말 그렇다. 절묘한 소외의 전이. 어디서든 숱하게 일어나는 잔인한 사회적 압박. "

점심을 먹으러 가는 회사원들. 엘리베이터 앞. 우리 너무 과장님을 따돌리는 거 같다, 누가 가서 물어라도 봐야 하는 거 아니냐, 희희덕거린다. 서먹한 과장님에게 여쭈러 가는 일을 인턴 미례가 떠밑는나. 과장님은 쓸쓸히 괜찮다고, 생각 없다고 웃으며 말하고, 다시 그 무리를 향해 달려가던 미례는 어느 순간 거리에 홀로 놓인다. 어쩌면 일부러 모두 전화를 안 받는 걸지도 모른다. 다른 회사원들만이 가득한 점심시간 거리, 미례는 그저 팔랑팔랑 걷는다.

이 신을 꼭 찍고 싶어서 이 영화를 하게 되었다면 믿을는지. 여하튼 정말 그렇다. 절묘한 소외의 전이, 어디서든 숱하게 일어나는 잔인한 사회적 압박.

'나는 아주 강박적이지만 반대로 이 모든 걸 한순간에 포기해버릴 의향도 있다'라고 썼던 예전 일기 속 나와 미례가 조금 닮았다는 생각도 들었다. 여하튼 시나리오를 읽고 내가 느낀 이 영화의 매력이 조금은 아리송했다. 촬영이 끝나고 나는 장렬히 전사했다. 예전에 <우아한 거짓말>을 찍으며 김희애 선배님께 감정을 너무 많이 써서 힘들다고 고민 상담했을 때 걱정할 거 없다는, 근력운동처럼 감정도 쓰다 보면 익숙해진다는 조언을 매일 꺼냈음에도 나는 소진되었다. 내가 잘했다면 뿌듯하기라도 했을 텐데 그것도 아니었다. 일상 복귀 대신 택한 여행길에서 한 편의 시를 접하게 되었다.
손유미 시인의 <수의 같은 안개는 내리고>의 첫 구절,

'신이 멀어 귀신의 손을 잡는다'

어렴풋이 알고 있었던 영화의 정체가 구체화되는 순간이었다. 나는 연기를 너무너무너무 좋아하지만 잘하지 못할 바에야 아주 정반대의 분야를 마스터해버리고 싶은 의향이 있다. 그렇게 된다면, 정말 속이 시원할 것 같다.

이 영화를 통해 얻은 또 다른 것, 덤이라 하기엔 너무 질기고 영향력이 상당하다.
김의성 선배님, 배성우 선배님, 류현경 선배님, 박정민 후배님.
이분들을 만난 건 내 20대의 가장 큰 행운이다.

 여섯 개의 얼굴

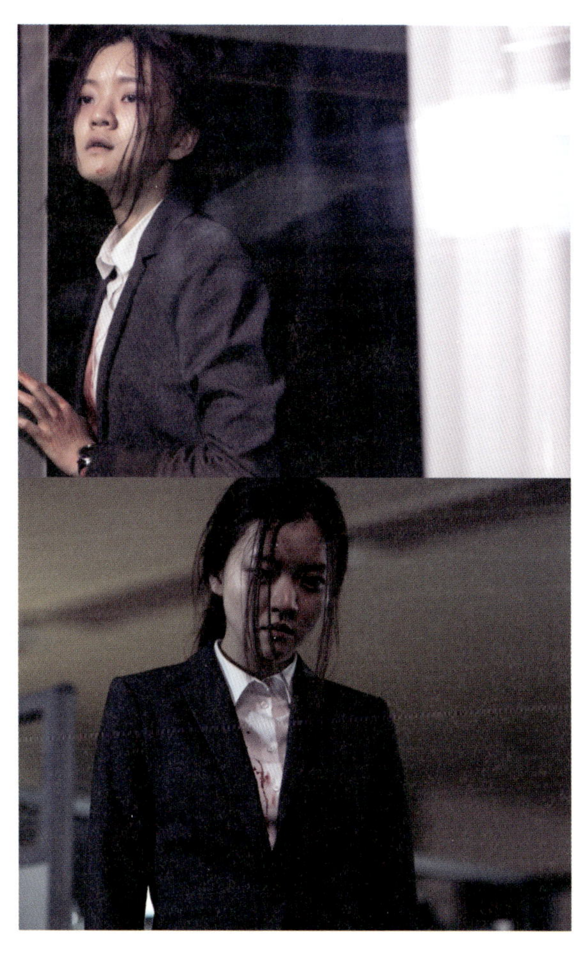

올곧은 반골의 얼굴

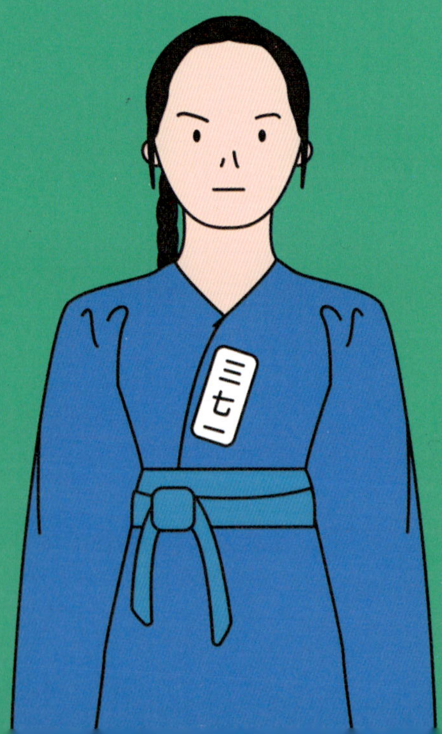

관순 //////

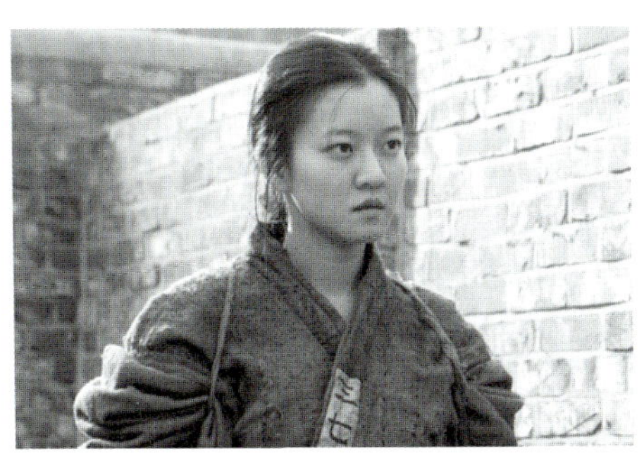

<항거:
유관순 이야기>
(2015)
조민호

관순은 감옥에서 산다. 병천 출신 열일곱 관순은 1919년 3월 1일에 이어진 '아우내 장터 만세 운동'을 주도한 죄로 재판을 받고 서대문 형무소로 이송된다. 고문으로 퉁퉁 부은 왼쪽 눈으로 꼿꼿이 노려보는 수감번호 삼칠일(三七一)에게 일본인 교도소장은 "조선인 특유의 반골상"이라고 빈정댄다. 제국주의 야욕으로 한 나라와 민족을 억압하는 일본의 앞잡이를 향해 두려움 없는 형형한 눈빛으로 대신 답하는 이 여성의 얼굴을 다시 보니, 제대로 반골상이다. '권위나 방식, 관습 등에 맹종하기보다는 자신의 방식을 고집'하는

반골 기질이야말로 '옳지 않은 것에 순종하지 않고 맞서서 반항' 하는
항거 정신의 시작이기 때문이다.

　　하지만 여옥사 8호실에 들어서는 순간, 반골(反骨)의 뼈는 빠르게
바른 방향으로 돌아온다. 3평 남짓한 좁은 감옥에서 한 무리의 조선
여성들과 어깨를 맞대고 걸어가는 관순은 독립운동을 대표하는 비범하고
상징적인 영웅의 초상이 아니라, 그 시대를 살아가던 평범하고 상식적인
여성의 얼굴을 보여준다. 선배 권애라(김예은)와 재회한 후배 관순은
기쁨과 먹먹함에 눈물 흘리고, 만세 운동 때 죽은 아들을 살려내라며
울부짖는 동네 아주머니 앞에서는 미안함에 연신 고개를 숙인다. "우리
꼭 개구리들 같네요… 개굴개굴개굴" 장난치며 웃는 모습은 영락없이
해맑은 열일곱 여학생이고, 또래 친구 이옥이(정하담)를 대신해 구타를
당하고 "일부러 아픈 척한 거예요"라며 허세도 떨 줄 아는 든든한 친구다.
김향화(김새벽)의 선창에 구슬프게 <아리랑>을 따라 부를 때는 나라를
빼앗긴 서럽고 슬픈 민족의 딸이다.

　　하지만 옥사 밖에서 관순은 여전히 꺾을 수 없는 꼿꼿함으로
시퍼렇게 날이 서있는 투사다. 독방에 갇히고, 견딜 수 없을 만큼의
매질과 치욕을 당하고, 손톱이 뽑혀나가는 악랄한 고문 속에서 관순의
육체는 점점 희미해져 간다. 하지만 반대로 한순간도 비겁할 수 없다는
관순의 의지는 점점 더 선명해진다. 마지막 순간까지 부끄럼 없이 "대한
독립 만세"를 외치고, "하나뿐인 목숨을 내가 바라는 것에 마음껏 쓰는"
자유를 누렸던 여성. 신화도, 전설도, 영웅담도 증발한 자리에 남은
마지막 결정(結晶)은 유관순이라는 사람의 말간 얼굴이다.

고아성이
쓰는
<항거: 유관순 이야기>

“ 연기에 대한 평가 중 어떤 것은 나를 뿌듯하게 혹은
땅끝까지 낙담하게 만들 만큼 제각각이다.
하지만 <항거>에서는 그것들이 영향을 줄 수 없는
나만의 견고한 영역이 존재한다. ”

비밀인데 캐릭터를 살뜰히 마스터하는 노하우는 그 인물을
살짝 우습게 보는 거다. 결국 내가 풀어나가야 할 부담스러운 대상을
귀엽게 여기는 순간, 그 캐릭터는 인간미 비슷한 것을 장착하게 된다.
가령 구석에서 평범하게 자료 정리하는 신에서 지문에다가 '세상
진지하다'라고 적어두면 내 캐릭터는 남몰래 귀여워진다. 사실 거창한
연기관 아래 정립된 건 아니고 전작 <라이프 온 마스>를 통해 습득하고

난 후 '다음 작품에서도 써먹어야지, 후후' 했던 것이다. 그리고 바로 다음 작품으로 유관순이라는 인물을 만나게 됐다.

우습게 보기는커녕 한 번도 위인 아닌 평범한 사람으로 생각해본 적이 없다. 내가 알고 있는 극히 일부의 유관순. 대표되는 한 장의 사진에서 비롯되는 정적(靜的)인 인간상. 그 사람이 걷고 말하고 행동해야 한다. 당당한 눈빛, 쪽진 머리, 곧은 자세 등 상징적인 요소들을 제외하고도 그 사람에 다다를 수 있는 본질은 무엇일까….
실제 인물을 연기하는 것은 보통일이 아니었다. 현장에서 나는 관순으로 불리고 실제 장소인 서대문 형무소에서 촬영할 때는 수많은 사람들의 기운이 느껴졌다. 맨발로 서 있을 때는 더더욱 그랬다. 그날엔 꼭 요란한 꿈을 꾸고 몸이 아팠다. 나뿐 아니라 다른 배우들, 스태프들도 그렇다고 했다. 그것마저 달게 받아들이고 싶은 마음이었다.

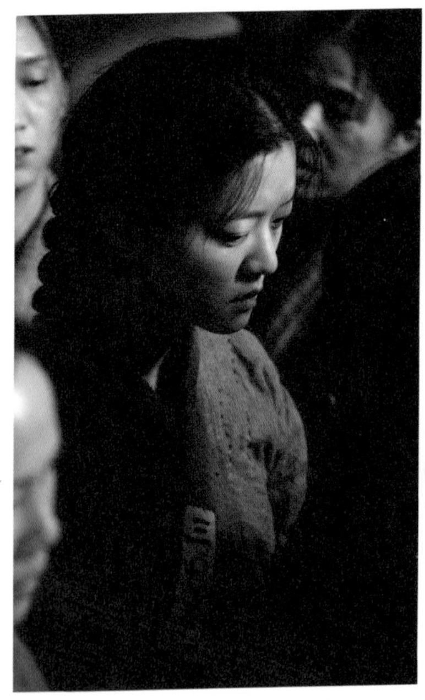
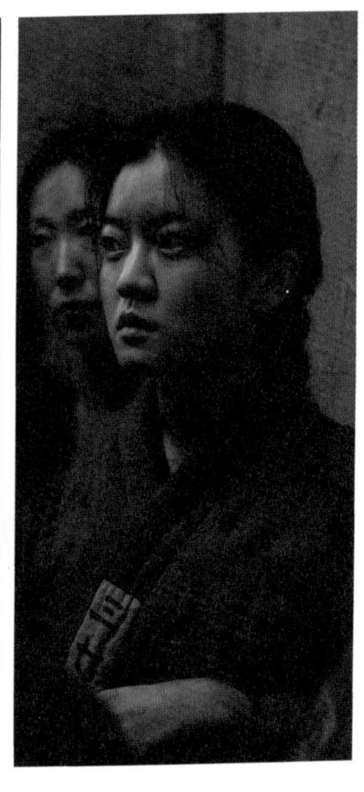

    여섯 개의 얼굴

연기에 대한 평가 중 어떤 것은 나를 뿌듯하게, 혹은 땅끝까지 낙담하게
만들 만큼 제각각이다. 하지만 <항거>에서는 그것들이 영향을 줄
수 없는 나만의 견고한 영역이 존재한다. 숏 돌아가는 와중에 빛나던
배우들의 얼굴들, 깜깜한 어둠 속에 오롯이 유관순 열사님과 나만이
자리하던 순간, 내 마음 가장 깊은 곳에 아주 진실된 바닥과 마주하기까지
이루 표현할 수 없는 경험이었다.

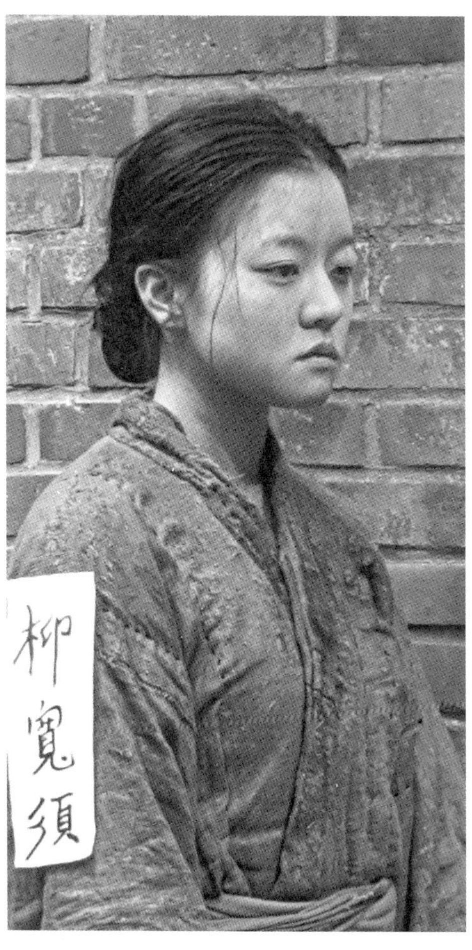

그리고 조민호
감독님은 겁나는
것에 기꺼이 뛰어드는
낙천성을 깨닫게
해주셨다. 이 낙천성은
종종 내가 나약해질
때마다 빛을 발하는
가치가 될 것이다.

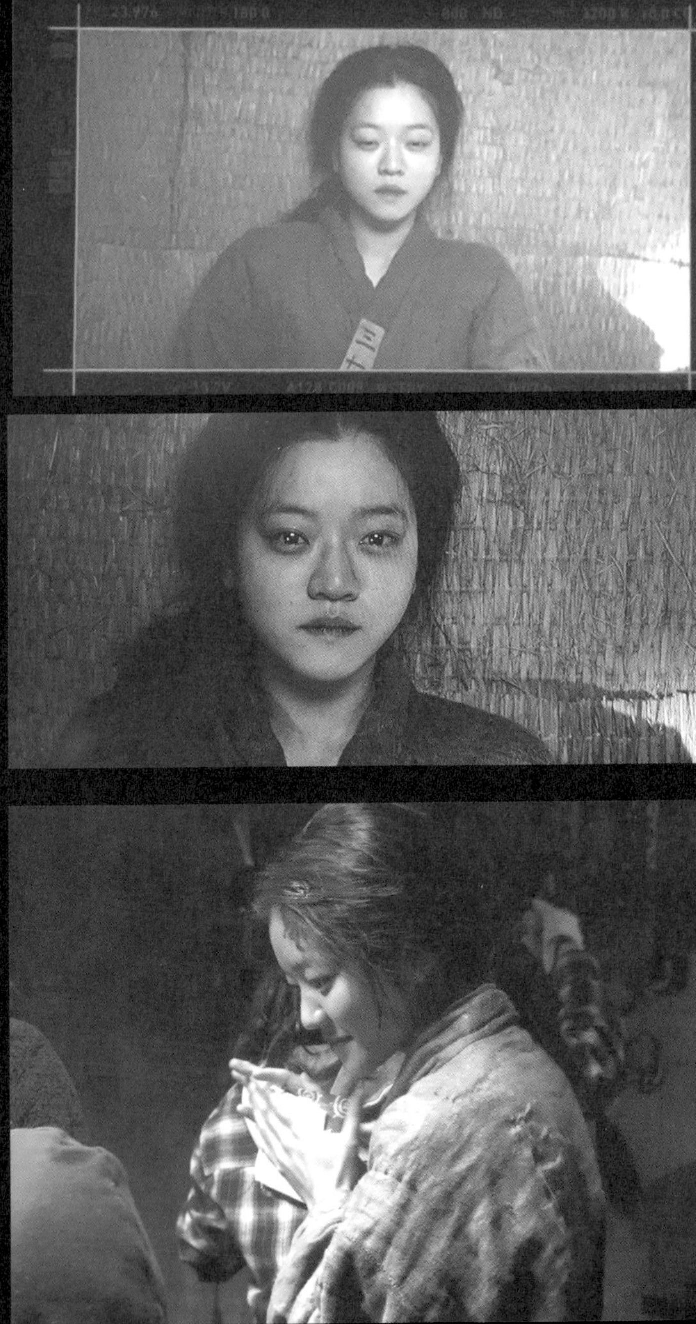

3·1 운동 100년이 지나 열사님 영화가 나오게 되었어요

너무 늦었죠.. 죄송해요

저는 매일같이 기도하듯 연기에 임했던 것 같아요

가장 안타까웠던 점은

열사님의 음성을 모른다는 것이었습니다

사진은 셀 수 없이 봤지만 서두요.

대사를 한마디, 한마디 내뱉을 때마다 늘

가슴 한켠이 뜨겁고 죄스러웠습니다.

작년 가을, 서대문 형무소에는

한마음 한뜻으로 모인 사람들이 있었습니다.

그 모든 분들의 존경과 사랑을 담아

이 영화를 바치고 싶습니다.

배우 고아성 올림

이 배우의 비트

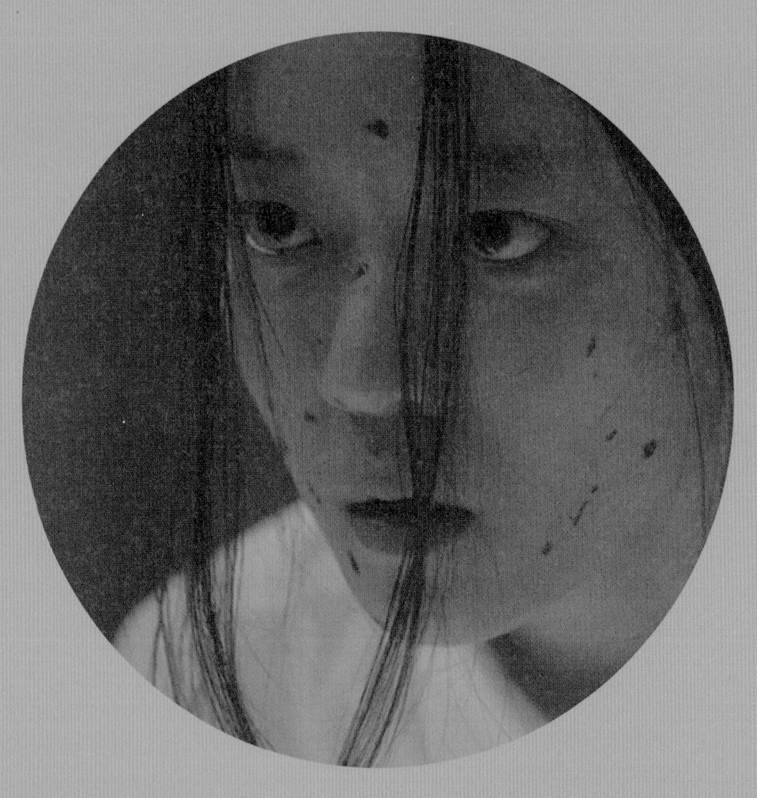

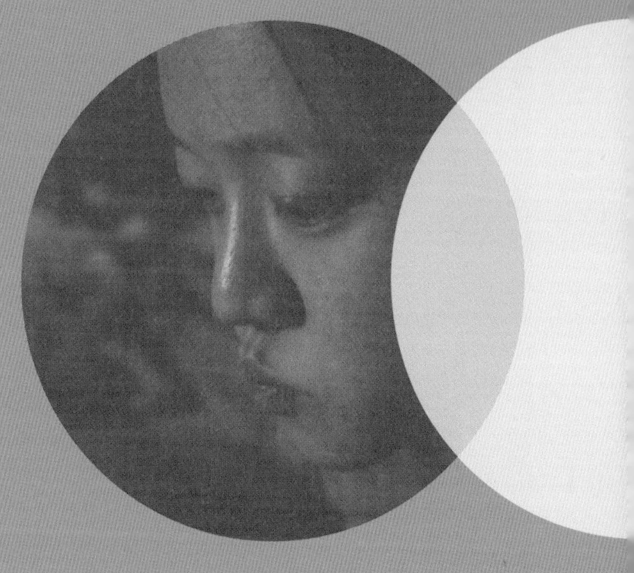

비트^{Beats} 사용설명서

연기 목적을 달성하는 행동의 조각. 러시아 연출가이자 연기 교육자였던 콘스탄틴 스타니슬랍스키(Konstantin Sergeevich Stanislavsky)가 정의한 연기 행동(action)의 최소 단위, 'кусок'(한 조각)은 이후 스타니슬랍스키의 초기 시스템과 방법론을 적용시킨 미국 현대 영화인들에 의해 'Beat' 혹은 'Bit'로 번역해 사용되었다.

배우가 구현한 연기의 성취에 접근하기 위해 액톨로지(Actorology, 배우학)는 연출, 카메라 혹은 편집의 단위인 신(scene)과 숏(shot) 대신 '비트'를 그 단위로 삼는다. 하나의 신과 숏 속에 여러 개의 비트가 존재하기도 하고, 하나의 비트가 여러 신과 숏에 걸쳐 구현되기도 한다. 연기 비트의 분석은, 영화 비평이 그러하듯 연출자의 목적이나 배우의 해석과 다를 수 있다.

지금 우리가 보는 것은 누구인가?
<오피스>

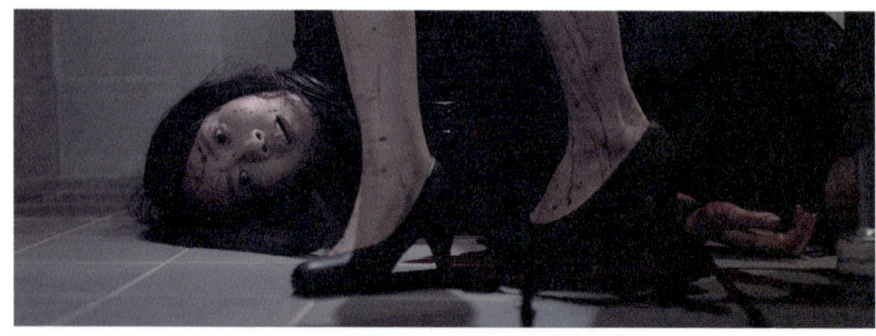

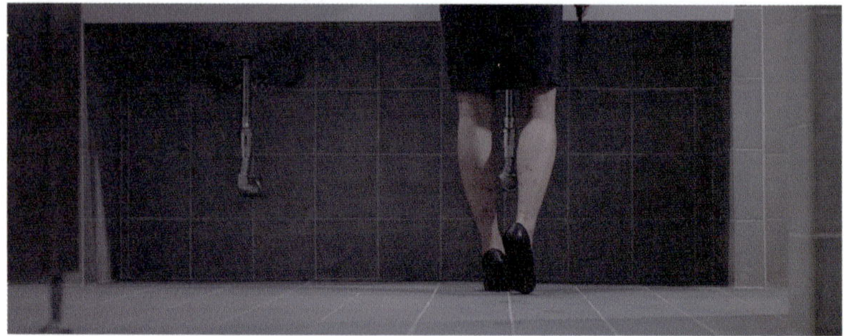

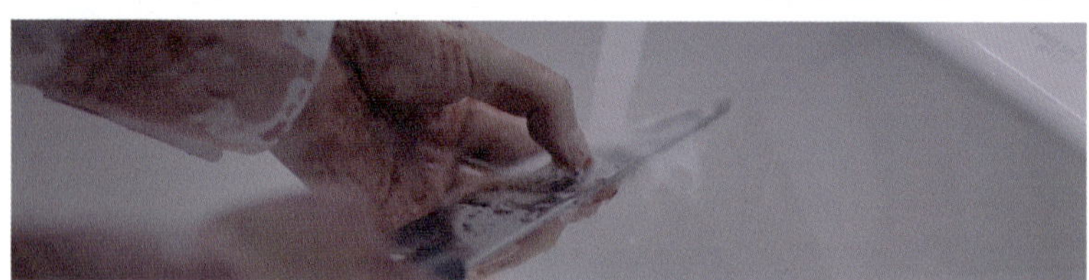

SHOTS

#1 타일 사이로 스며드는 피의 방향을 거꾸로 따라가면 화장실 문이 열린다. 피투성이가 된 홍지선의 몸이 바닥으로 떨어진다. 검은 구두를 신은 피 묻은 다리가 홍대리의 몸을 넘는다.

#2 세면대를 향해 걸어가는 치마를 입은 뒷모습은 오른손에 칼을 쥐고 있다.

#3 흐르는 물에 피 묻은 칼을 씻는다. 카메라가 틸트 업하면 이미례의 얼굴이다. 칼을 씻던 손으로 얼굴에 묻은 핏자국을 닦아낸다.

#4 마지막 숨을 내쉬며 세면대 방향을 바라보고 있는 홍지선의 얼굴

#5 칼을 씻고 있는 김병국의 뒷모습

#6 눈뜬 채로 숨을 거두는 홍지선의 얼굴

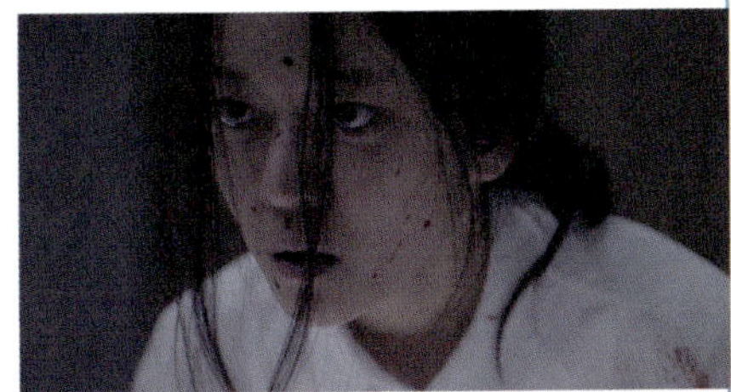

〈오피스〉의 SCENE
신의 내용 홍지선을 죽인 범인이
김병국이 아니라 이미례임이 보인다.
그러나 죽어가는 홍지선의 눈에
보이는 것은 김병국의 뒷모습이다.

신의 길이 1분 26초   **신의 구성** 숏#1-6

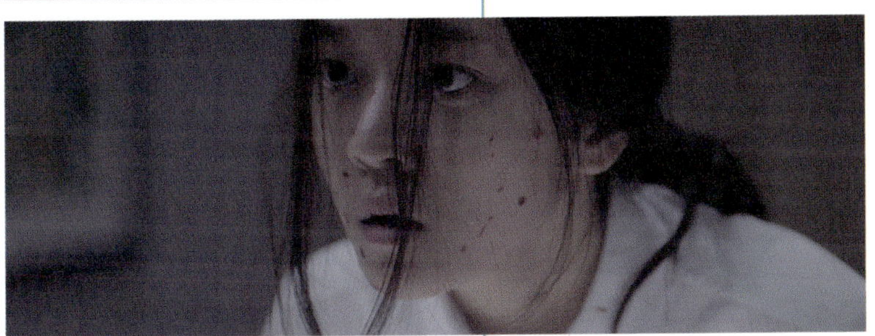

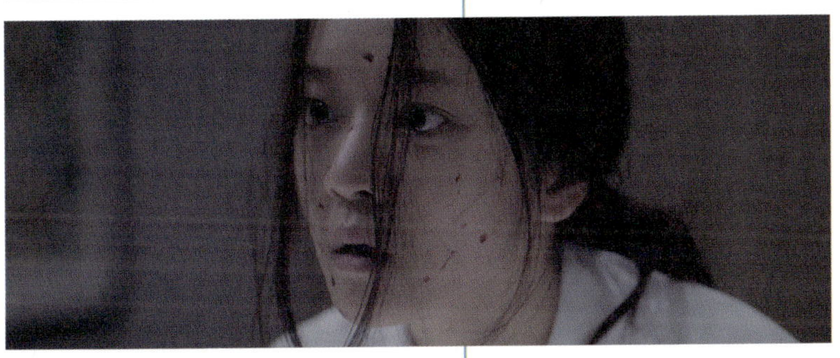

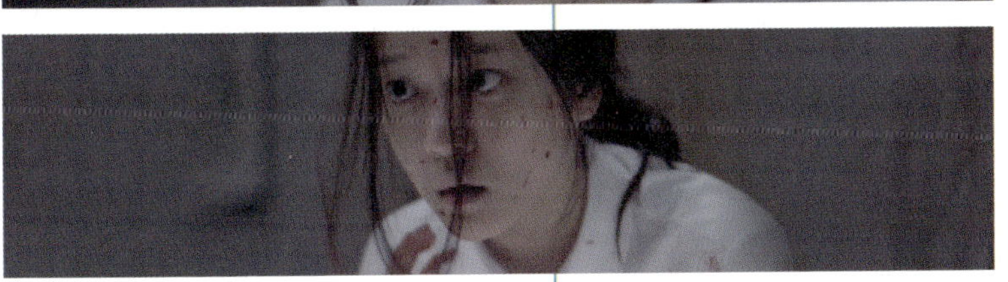

고아성의 BEATS
비트의 길이 눈에 보이는 칼을 든
육체는 분명 이미례이지만 그 정신은
이미례인지 김병국인지 확신할 수
없게 만든다

비트의 길이 1분 18초
비트의 위치 숏#1~3

　　　　김병국(배성우) 과장으로 추측되는 양복 입은 남자에 의해 홍지선(류현경) 대리는 회사 화장실 칸 내부에서 잔혹하게 난도질당한다. 그러나 다음 신에서 김병국 과장은 이미 오래전에 죽은 상태로 발견된다. 다음 신에서 쓰러진 홍지선 대리를 뒤로하고 걸어 나오는 사람은 인턴 이미례(고아성)다.

화장실에서 나오는 고아성의 다리는 망설임 없이 류현경의 몸을 넘어 오른손에 칼을 쥔 채 세면대를 향해 천천히 걸어간다. 세면대 앞에서 잠시 두 팔을 올리고 한 템포 쉰 후 수도꼭지를 열고 칼 위에 굳은 핏자국을 손톱으로 침착하게 긁어내며 씻는다. 그러다 고개를 들어 칼 씻던 손을 멈추고 거울 속 자신을 본다. 아무런 감정이 느껴지지 않는 얼굴이다. 하지만 거울을 향해 조금 더 가까이 다가가는 순간 갑자기 호흡이 가빠진다. 살짝 눈물이 고인 눈은 잠시 흔들리며 당황한 눈빛을 띤다. 다급히 자신의 얼굴 여기저기에 묻은 핏자국을 닦아낸다.

이 비트의 초반 고아성 배우는 영화 오프닝에서 오른손에 망치를 들고 가족에게 다가가던 배성우 배우의 무표정한 얼굴, 조심스러운 걸음걸이, 느린 움직임을 거의 모사하며 등장한다. 하지만 거울 앞에 선 이 배우의 얼굴은 돌연 주눅 든 인턴의 표정으로 디졸브 되듯 바뀐다. 시간으로 치자면 1초, 길이로 치자면 1mm, 무게로 치자면 1g 정도의 변화다. 접힌 선을 알아볼 수 없을 만큼 미묘하고 미세한 변이 속에서 고아성은 김병국과 이미례를 오가며 관객들을 혼란에 빠뜨린다. 지금 우리가 보는 것은 누구인가. 이미례의 정신에 깃든 김병국의 죽은 원혼인가, 아니면 미쳐버린 이미례 자신인가. 이 찰나와 같은 비트가 안겨준 혼란은 이 영화의 마지막 순간까지 엎치락뒤치락 이어진다. 김병국의 죽음이 서사의 반전으로 사용된 후 범인을 둘러싼 스릴은 종식된다. 대신 이미례라는 인간의 진짜 정체를 둘러싼 서스펜스가 그 자리를 대신한다. 스릴러와 오컬트 사이 충격과 연민을 양손에 쥐고 완성한 외줄 타기 같은 비트다.

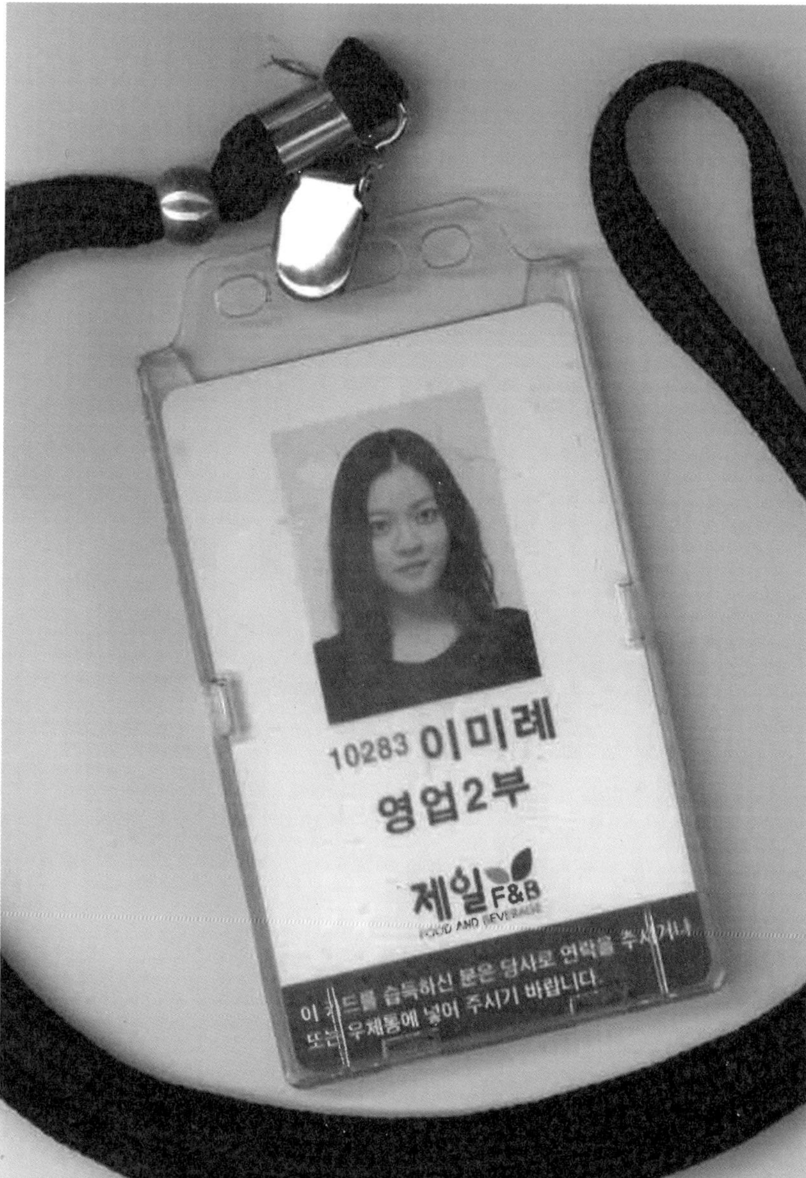

10283 이미례
영업2부
제일 F&B
FOOD AND BEVERAGE
이 카드를 습득하신 분은 당사로 연락을 주시거나
또는 우체통에 넣어 주시기 바랍니다.

끝까지 먹는다
<항거 : 유관순 이야기>

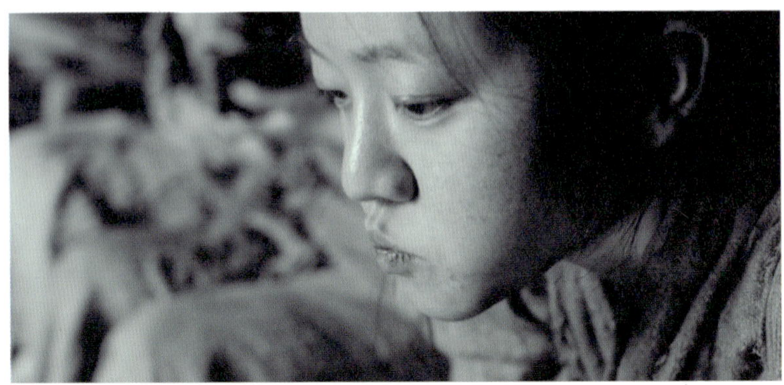

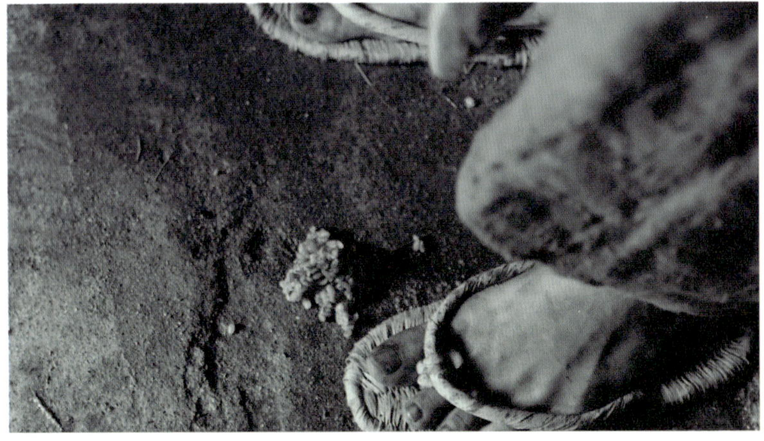

SHOTS

#1 밥 먹는 관순의 얼굴에서 틸드 다운하면 밥을 뭉치던 손에 힘이 풀려 밥이 바닥에 떨어진다.

#2 너덜너덜 해진 관순의 손

#3 양잿물이 얼마나 독한지 경고하는 아주머니, 그 말을 듣는 관순

#4 그만 먹고 작업을 시작하라 다그치는 일본 교도관

#5 관순을 지목하며 누군가 기다리고 있음을 고갯짓으로 전하는 교도관

#6 누구의 호출인지 궁금해하는 관순

〈항거〉의 SCENE

신의 내용 관순은 망가진 손 때문에 밥덩이를 떨어뜨린다. 노역으로 선택한 독한 양잿물 빨래의 결과다. 식사시간 끝에 관순은 누군가의 호출을 받는다.

신의 길이 40초
신의 구성 숏#1-6

고아성의 BEATS

비트의 목적 자신의 육체가 손끝부터 무너져가고 있다는 것을 인지하는 순간. 마지막까지 싸울 힘을 만들기 위해 최선을 다해 밥을 먹겠다는 의지를 보여준다.

비트의 길이 40초
비트의 위치 숏#1~6

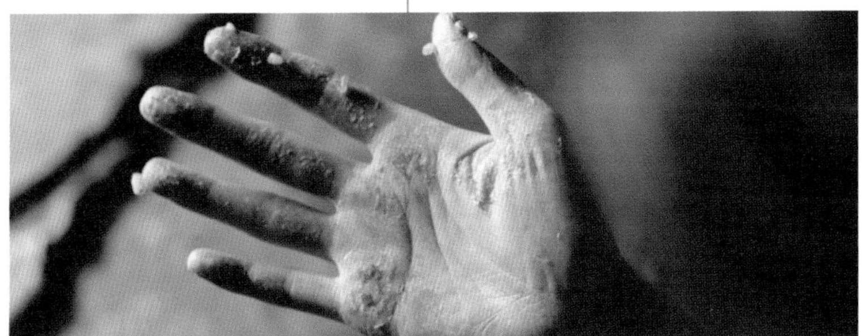

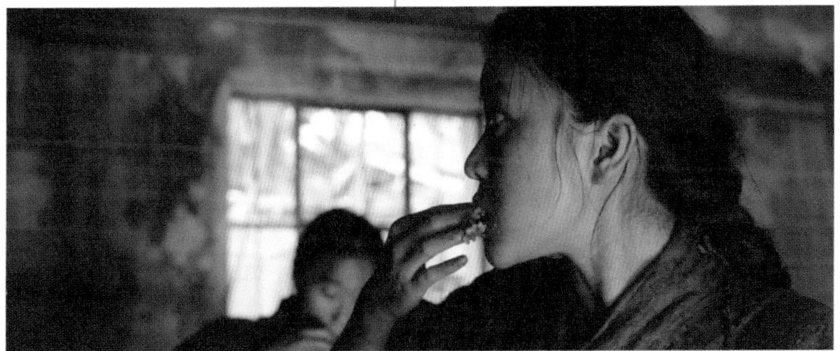

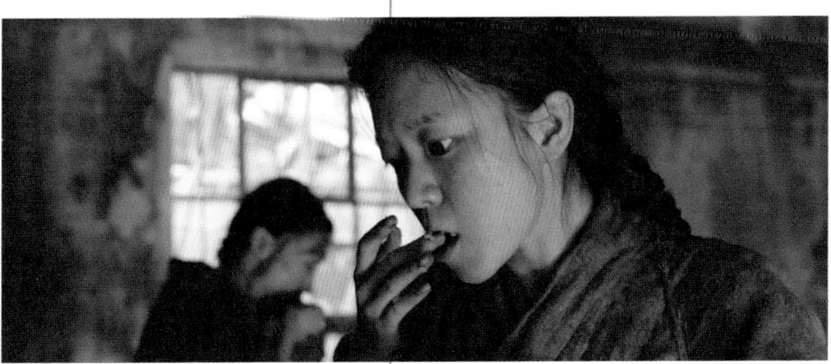

〈항거〉에는 밥 먹는 순간이 자주 등장한다. 그러나 한 번도 배부르게 먹지는 못한다. 회상 장면에서 집으로 일본 순사가 들이닥치자 관순(고아성)은 급히 밥 한 술을 입에 욱여넣은 후 담장을 넘는다. 8호실 옥사에 들어온 이후에도 다른 이들에 대한 미안함과 고마움, 믿음과 연대를 표하는 방법은 늘 밥이었다.

잦은 고문과 구타를 당하며 혹독한 겨울을 보낸 열일곱 관순의 몸 상태는 더 이상 십 대의 그것이 아니다. 게다가 바깥 상황을 살피고 정보를 얻기 위해 자진한 고된 양잿물 빨래는 밥덩이 하나를 쥘 손의 힘마저 앗아갔다.

노역 중 밥을 먹다 밥덩이를 떨어뜨리는 이 비트는 육체의 붕괴를 알리는 손끝의 신호로 시작된다. 양잿물의 독성 때문에 결국에는 손톱까지 싹 다 빠질 거라는 경고를 들으며 관순은 자신의 손바닥을 물끄러미 바라본다. 너덜너덜해지고 앙상한 손은 금방이라도 바스러질 것 같다. 하지만 관순은 절망의 양잿물을 마시는 대신 남은 밥을 싹싹 긁어모은다. 밥덩이의 낙하는 오히려 행동 개시의 신호탄이 된다. 다음 비트에서 니시다(류경수)를 만난 관순은 만세 1주년 날짜를 알아내기 위한 구체적인 행동에 착수한다. 이 만세는 결국 관순의 죽음을 더 앞당길 것이다.

배우 고아성은 비트의 시작부터 밥을 야무지게 꼭꼭 씹어 먹는다. 그리고 손가락 끝에 묻은 최후의 밥풀까지 떼 먹는다. "최후의 일각까지 떳떳하게" 대한독립만세를 외치는 "최후의 일인"으로 남기 위해서는 밥심이 필수이기 때문이다. 육체의 시간이 단축되고 있음을 명확히 자각하는 순간, 죽는 것이 두렵지 않아서가 아니라, 죽는다 해도 반드시 해야 할 일이 있다는 것을 확신한다. 마지막 발사를 위해 연료를 주입하는 간절하고 떳떳한 비트. 관순은 끝까지 먹는다.

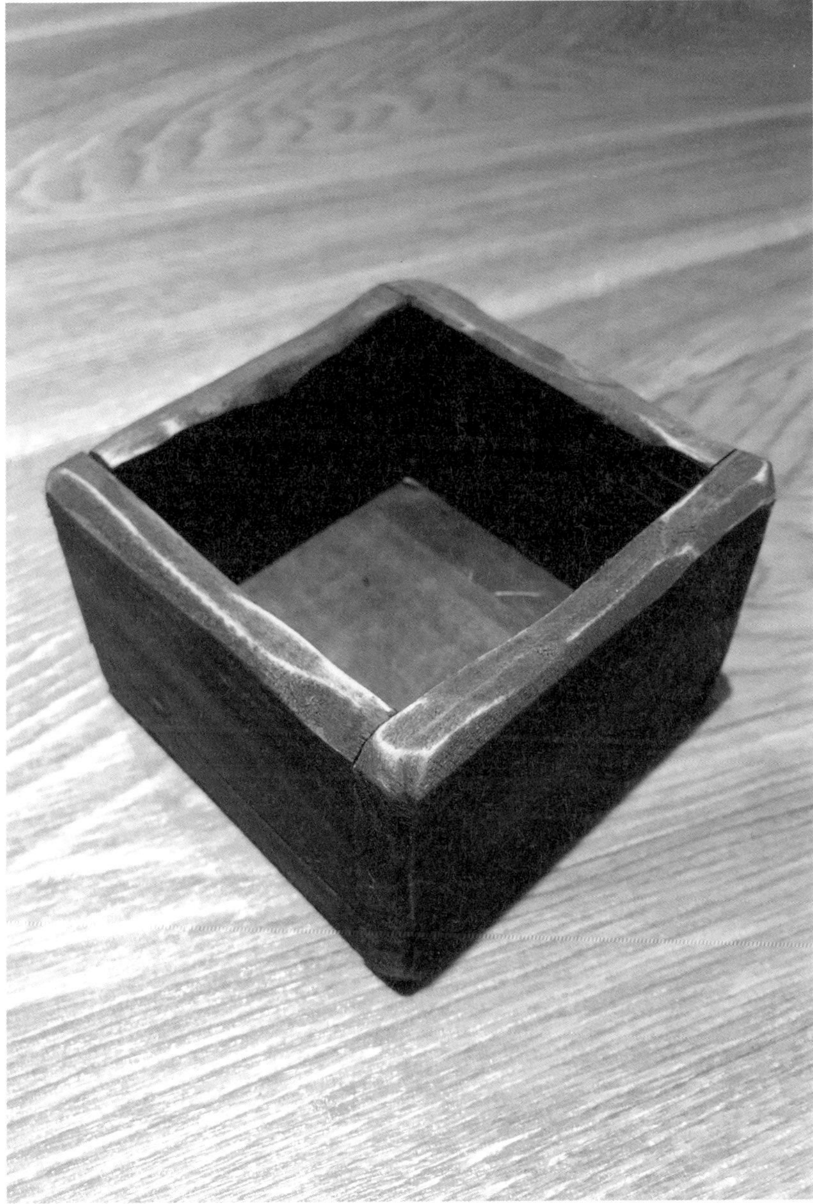

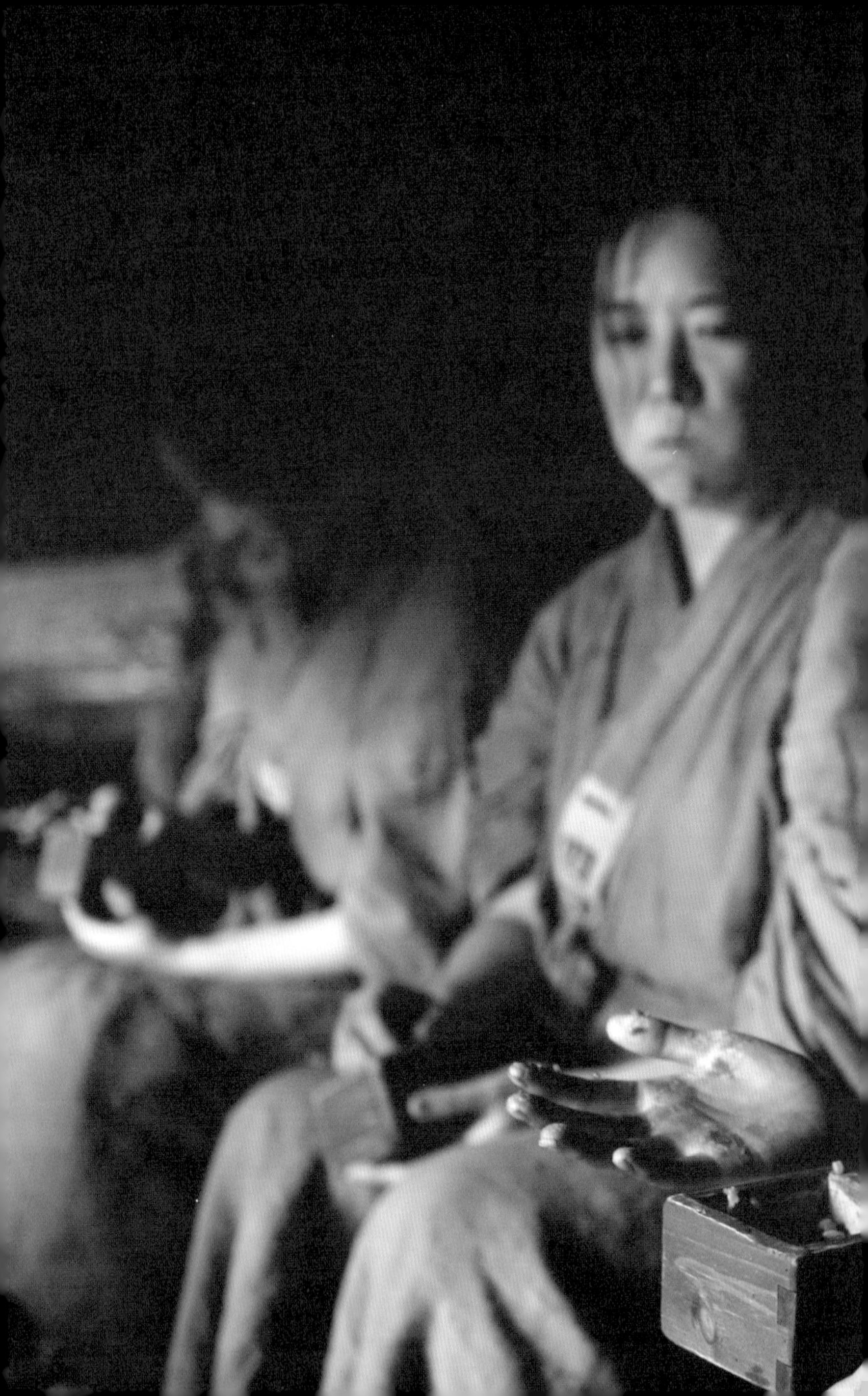

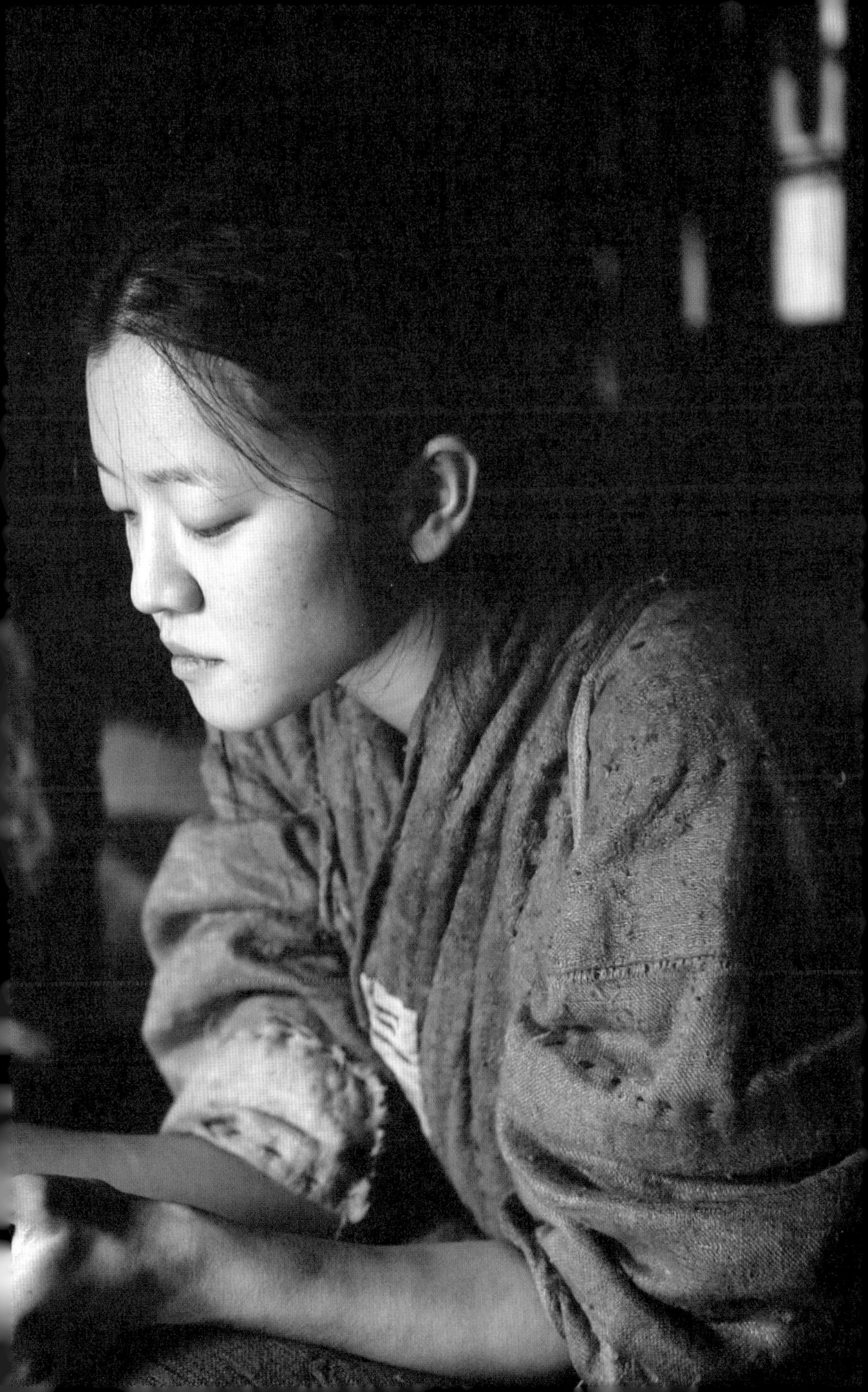

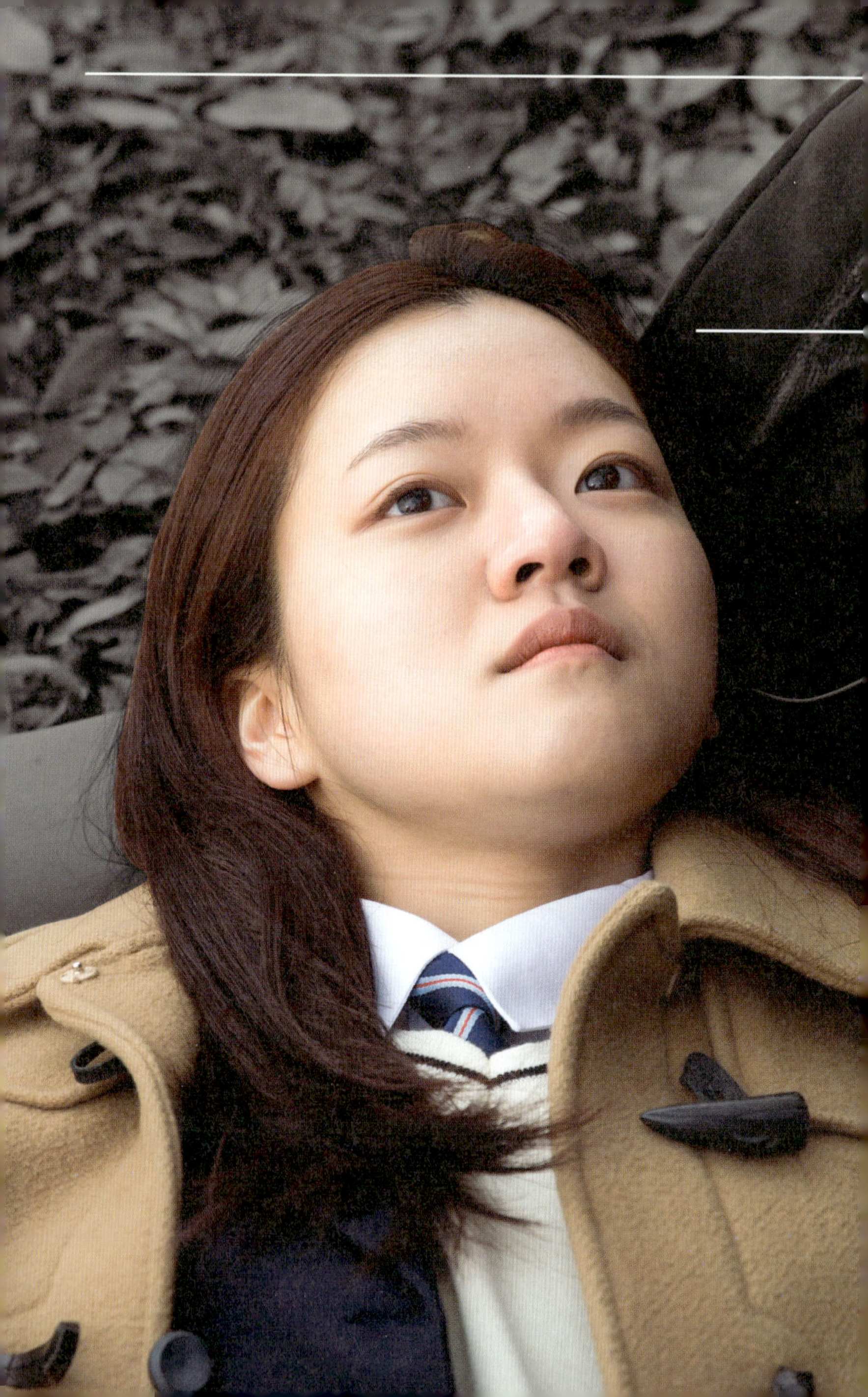

배우연구자 백은하의
KOASUNGOLOGY

아성이 빛의 속도로 갈 수 없다면

고아성은 전화를 받을 수 없다.

"지금은 외! 출! 중! 이오니 삐이이~ 하면 메모를 남겨주세요."

1995년, 아기모델 선발대회에 나간 네 살 아기는 부재중 안내 메시지로
세상에 처음 자신의 존재를 알렸다.

2005년, 열세 살의 소녀는 첫 영화 <괴물>을 촬영했다. 송강호가 연기한
아빠 강두는 학교 갔다 돌아온 딸 현서의 뒤를 졸졸 따라가며 이렇게
묻는다.

"내가 전화했는데 전화 안 받더라. 전화, 왜 안 받았어?"

2015년, 크레디트 첫 줄에 이름을 올린 완전한 주연작 <오피스>가
개봉했다. 이 영화 출연을 결심한 결정적인 장면은 인턴사원 이미례가
거리의 인파 한가운데서 부재중 안내 메시지를 듣는 순간이었다.

"지금은 전화를 받을 수 없어 삐- 소리 후 음성사서함으로 연결됩니다. 삐---"

부재중의 아기, 전화를 받을 수 없는 소녀, 대답을 들을 수
없는 여자. 10년을 주기로, 배우 고아성의 중요한 시작점마다 부재중
안내는 반복된다. 동시 소통의 불가, 엇박을 타는 시간. 자살한 동생이
남긴 메시지를 뒤늦게 발견하고 오열하는 <우아한 거짓말>의 언니처럼
고아성이 연기한 현재의 인물들은 동시대에서는 끝내 쌍방 교신에
실패한다. 하지만 <괴물>의 현서도, <오피스>의 미례도, <우아한
거짓말>의 만지도 자신의 목소리와 마음이 가족 혹은 타인에게 닿기를
간절하게 바랐던 인물이다. 1970년대 보육원 십자가 앞에서 (<여행자>),

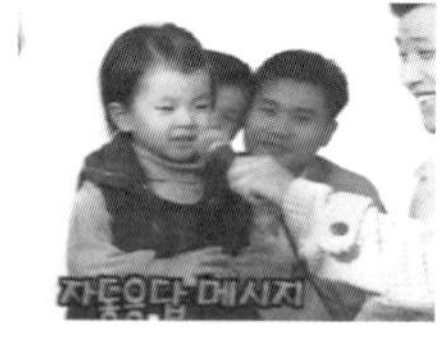
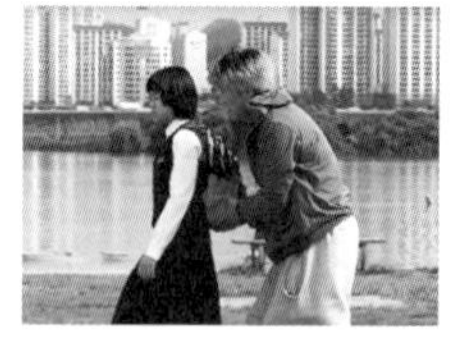

부재중의 아기, 전화를 받을 수 없는 소녀, 대답을 들을 수 없는 여자. 10년을 주기로 고아성의 부재중 안내는 반복된다

배우연구자 백은하의 KOASUNGOLOGY

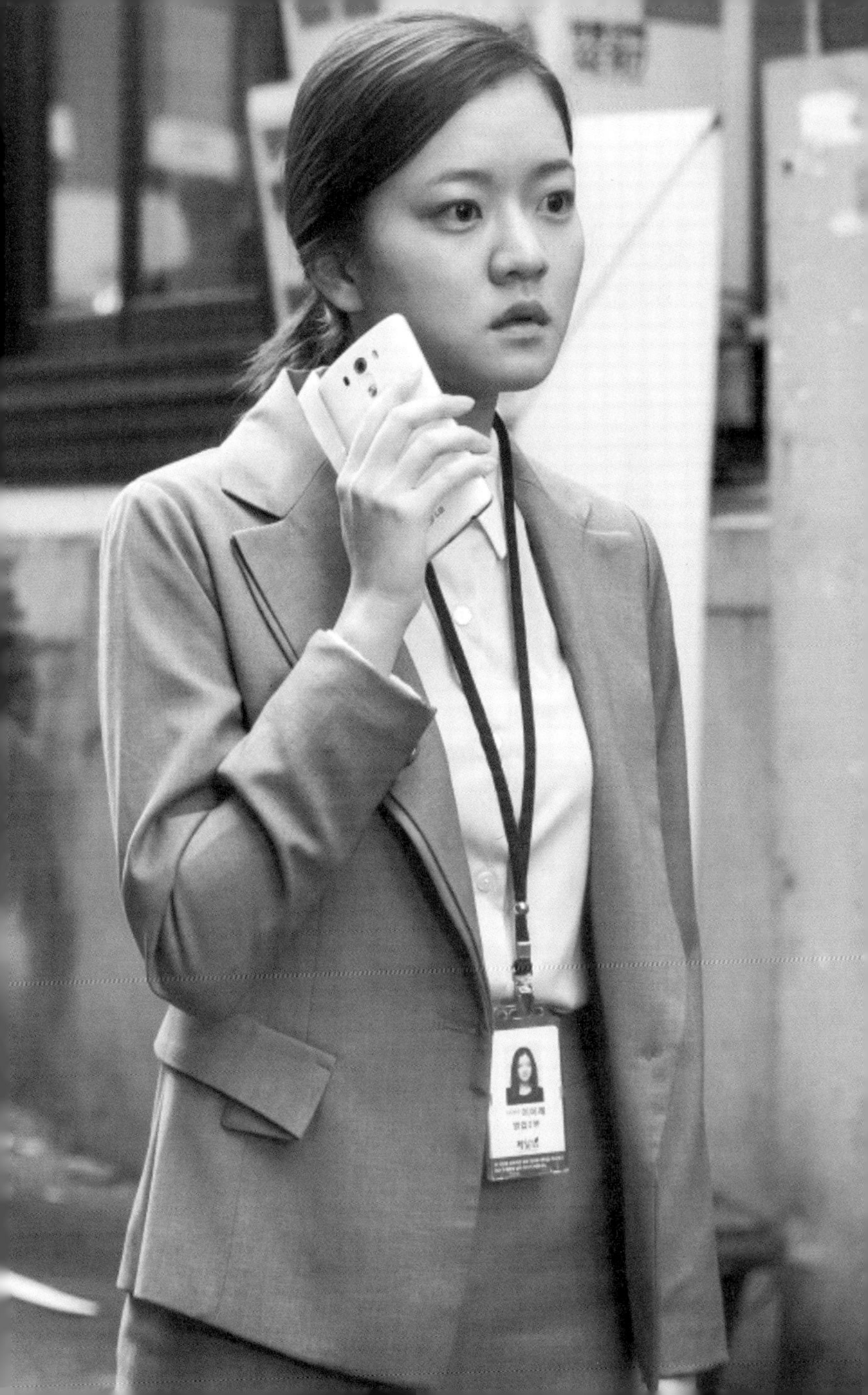

1930년 대 라디오 드라마를 타고 (<라듸오 데이즈>), 꽁꽁 얼어버린 근미래의
열차로부터(<설국열차>), 한국전쟁의 한가운데 울려 퍼지던 합창 속에(<오빠
생각>), 1988년의 범죄현장에서(<라이프 온 마스>) 그리고 "대한독립만세"가
다시 터져 나오던 1920년의 형무소에서(<항거>) 보낸 고아성의 시그널은
끈질기게 수신인들을 찾아 떠났다. 그렇게 각기 다른 시간의 우주에서
보낸 '별의 목소리'는 조금 늦게 혹은 조금 빨리 현재의 관객들에게
도달했다.

아성,
가깝고도 알 수 없는
'우리 별'

　　　　지난 25년 동안 카메라 앞에 노출된 삶을 살아온 고아성은 늘
대중 가까이 있었다. 공식적으로 연기 데뷔한 2004년도부터 2020년까지,
<설국열차> 준비에 한창이던 2011년까지 포함한다면, 영화와 드라마를
오가며 단 한 해의 공백도 없이 성실히 필모그래피를 채워나갔다.
대부분의 관객들에게 고아성은 먼 곳에 있는 아득한 '스타'라기보다는,
다정한 우리 별 혹은 가까운 곳에서 반짝이는 위성처럼 느껴졌을 것이다.
나 역시 배우 고아성의 등장을 실시간으로 목격했고, 대부분의 영화를
개봉 당시 극장에서 보았으며, 종종 인터뷰와 행사를 함께하면서 이
배우와의 내적 거리가 그리 멀지 않다고 느꼈다. 하지만 2020년 '넥스트
액터'로 고아성을 선정하고, 그의 지난 영화와 시간들을 다시 한번
복기하고, 기억과 마음을 나누는 긴 인터뷰를 거치면서, 사실 고아성을

제대로 모르고 있었다는 것을, 혹은 오해하고 있었음을 깨달았다.

또래보다 이른 데뷔, 남다른 시간의 주기 속에 살아야 했던 이 배우는
발 딛고 있는 동시대의 파동과 파장을 찾기 위한 치열한 주파수
조정의 시간을 거쳐야 했다. 봉준호 감독의 영화로 화려하게 데뷔한
'행운아'라고 기억했던 고아성은 끊임없는 거절과 낙담이라는 안팎의
괴물들을 이미 몇 백 마리쯤 해치운 후 한강에 당도한 어린 배우였다.
베테랑 직업인으로서의 노하우나 기술을 뿌듯하게 내놓을 걸 기대했던
고아성은 정작 '연기란 여전히 너무 어렵고 모호한 일'이라는 고백을
털어놓았다. 연기의 고충을 동료들과 맘 편하게 터놓고 이야기한 것도
겨우 몇 년 전부터였다. 배우가 천직이라는 확신 대신 '계속 배우를 할 수
있을까'라는 의심을 한시도 놓지 않고 있다고 했다.

또래보다 이른 데뷔,
남다른 시간의 주기 속에 살아야 했던 이 배우는
발 딛고 있는 동시대의 파동과 파장을 찾기 위한
치열한 주파수 조정의 시간을 거쳐야 했다.

새삼 그가 서른을 향해가는 나이라는 것이 놀라웠다. 스무 살에 열일곱
'요나'를 연기했고 그로부터 6년 후 다시 열일곱 '관순'을 연기해도 전혀
세월이 느껴지지 않는 이 얼굴은 단순히 '동안'이라는 설명 너머의
풋풋하고 말간 기운을 여전히 품고 있다. 준비 중인 작품에 대해 이야기할
때는 17년 차 배우의 노련한 권태보다는 막 데뷔한 신인 같은 설렘과
불안을 드러냈다. 스크린에 나오는 제 모습에 대한 감흥이 사라질 만도
한데, 자신만큼 자기 영화를 극장에서 많이 본 관객도 없을 거라며
쑥스럽게 웃는다. 태어나기도 전에 세상을 떠난 가수 장덕의 <님 떠난
후>를 흥얼거리다가도, 아이돌을 향한 열망과 댄스에 대한 열정을
불태우기도 한다. 한때 "재능 있는 어린애들이 현장에서 부리는 특유의

센 척"으로 스스로를 지켜내던 자의식 강한 시절을 거쳐, <풍문으로
들었소>의 서봄처럼 "제 일을 제가 결정하면서 살아왔던"사람만의 숨길
수 없는 독립심과 자존감으로 단단하게 채워진, 좀처럼 투정 부리지 않는
어른이기도 하다.

결국 미리 써놓았던 고아성에 대한 추측의 문장들은 모두 수정되어야
했다. 처음부터 다시 알아가야 한다는 막막함, 그러나 미지의 땅을
탐험하는 흥분이 함께 느껴졌다. 한 인간을 아주 깊이 들여다보는 시간을
갖게 되면 둘 중 하나다. 막연하게 싫던 사람은 조목조목 구체적으로
싫어지고, 구체적으로 좋았던 사람에게는 설명 불가의 애정이 샘솟는다.

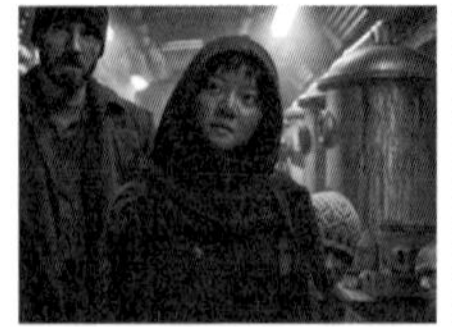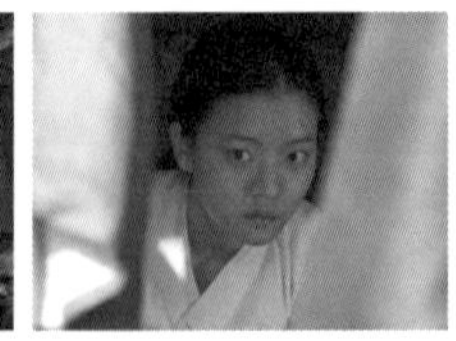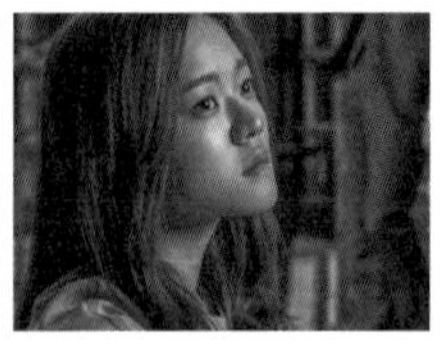

풋풋하고 말간 열일곱의 기운과 투정 부리지 않는 단단한 어른의 태도가 공존하는 배우 고아성

배우연구자 백은하의 KOASUNGOLOGY

아이들의 손을 잡은 아이

　　배우 고아성하면 떠오르는 이미지 중 하나는 자신보다 작고 어린 존재를 지키고 보살피는 파수꾼 같은 소녀다. <더 킹> 오디션 영상에서 불렀던 노래 가사처럼 '비록 아직 어른은 아니지만 거친 세상 속을 헤쳐나갈 수 있도록 너의 손을 잡아주고 싶다'고 열망하는 소녀의 모습은 여러 영화를 통해 변주되며 반복되어왔다.

작고 약한 존재지만 젖 먹던 힘까지 내서
함께 끝까지 싸워줄 수 있는 장녀 같은 막내,
절대 내 손을 놓지 않을 거라는 믿음의 얼굴이
고아성에게는 있다.

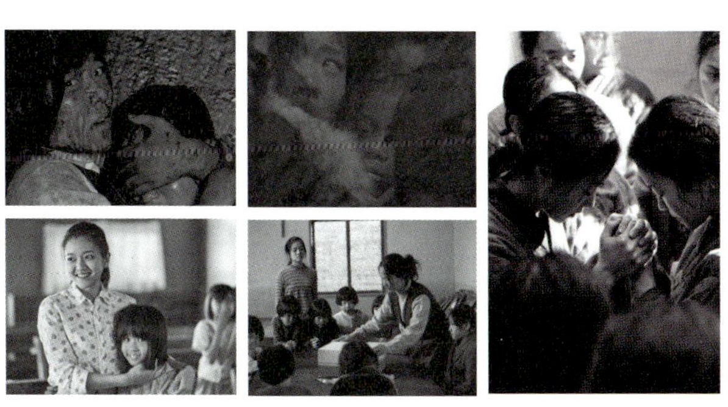

<괴물> <설국열차> <항거> <여행자> <오빠생각>(시계방향). 자신보다 약한 존재를 보호하는 어린 인간에서 머리를 맞대고 연대하는 여성으로 고아성은 전진한다

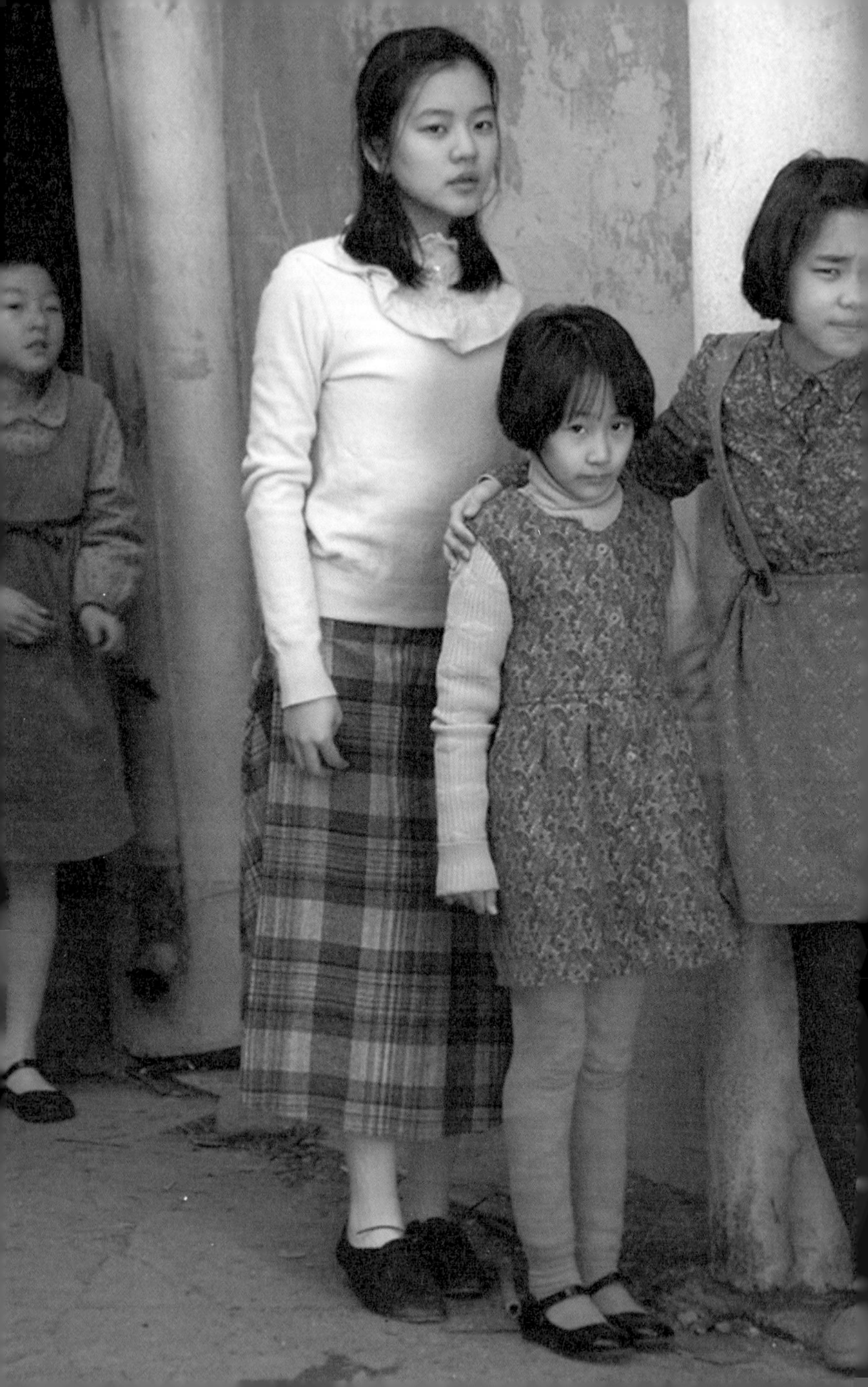

<괴물>의 현서는 괴물에게 잡혀온 어린 소년 세주를 누나처럼
돌보고 엄마처럼 지켜낸다. <설국열차>의 요나 역시 어른들이 모두
사라진 세계에서 어린 소년 티미의 손을 꼭 잡고 설국 위로 첫발을
내딛는다. 그것은 "<미래소년 코난>의 '라나' 같은 작아 보여도 누구보다
강한 소녀"를 찾던 봉준호가 고아성에게서 발견한 천성이자 DNA이다.
혹은 어린 배우 고아성이 봉준호 감독과의 작업을 통해 창조하고 지켜낸
후천적인 유산일 수도 있을 것이다. 고아성은 그 두 작품 사이에 찍은
<여행자>에서도, 이후 <오빠 생각>에서도 부모 없는 아이들을 가까이서
돌보고 살피는 존재를 연기한다. 어린 배우들 한가운데 있는 그는 분명
쭉 뻗은 팔 하나는 더 큰 어른이지만 아이들을 바라보는 고아성의 시선은
어른들의 그것과는 다르다. 높은 곳에서 내려다보며 귀여워하는 어른이
아니라 만약 내가 "어른이 될 수만 있다면"이라는 야무진 꿈을 꾸며 손을
내미는 씩씩한 대장 아이 같다. 고아성에게 현장에서 만난 아이들은
그저 한 무리의 아역 배우들이 아니라 이미 각기 다른 욕망을 품은 어린
인간들이었다. 과거의 혹은 지금의 자신이기도 했다. 그래서 카메라가
꺼진 후에도 이들을 살피는 시선과 마음을 거둘 수가 없었다. 촬영 중
아이들의 코를 닦아주던 하얀 가제수건으로 자신의 코를 닦아도 이상하지
않을 정도였다.
고아성이 연기하는 인물들은 영웅도 초능력자도 아니다. 더 성숙하고
강한 사람도 아니다. <항거>의 관순은 겨우 열일곱의 어린 나이였다.
<풍문으로 들었소>의 서봄은 고졸도 못 딴 애송이였다. 하지만 그들은
주변 이들을 다독이고 챙긴다. 연대하고 이끈다. 작고 약한 존재지만 젖
먹던 힘까지 내서 함께 끝까지 싸워줄 수 있는 장녀 같은 막내, 절대 내
손을 놓지 않을 거라는 믿음의 얼굴이 고아성에게는 있다.

다음 입양을 기다릴 순 없지

<괴물>의 현서는 아픈 손가락 같은 아이였다. 어쩌면 <설국열차>의 요나는 미래 버전의 현서다. 한강 하수구에서 하늘로 난 구멍을 하염없이 바라보던 단벌 교복의 소녀는 다시 폭파된 기차 위로 난 구멍을 통해 생전 처음 보는 하늘을 올려다보며 서 있다. 하지만 이번엔 묵직하고 따뜻한 털코트를 입었다. 그리고 끝내 살아서 그 구멍 밖으로 걸어 나가 새로운 세상을 마주한다. 고아성이라는 배우가 구현한 두 명의

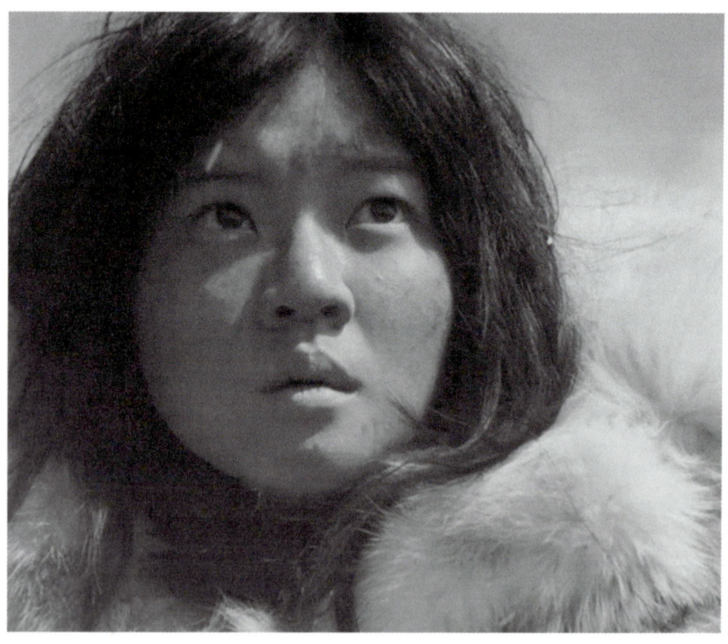

부모없는 세상 위에 홀로 선 아이, 이제 누구의 딸도 아닌 고아성

 배우연구자 백은하의 KOASUNGOLOGY

소녀. 어쩌면 감독 봉준호는 요나에게 명확한 입구를 선사함으로써 끝내
구해내지 못한 현서에 대한 죄책감과 미안함을 대신했는지도 모르겠다.
그것은 동시에 봉준호라는 푹신한 요람에서 자란 어린 배우 고아성에게
열어준 더 큰 세상으로 가는 출구기도 했다.
고아성은 분명 봉준호의 세계에서 태어나고 자라고, 두 번째 VIP
승차권까지 거머쥔 행운의 배우였다. 하지만 그 이후의 성과들은
절대 행운의 덤으로 얻을 수 있는 것들이 아니었다. 봉준호의 영화에
출연했다는 것이 다른 위대한 감독들의 세계로 들어가는 프리패스나
우대권이 될 수는 없었다. 송강호의 딸로, 김희애의 딸로, 이 가족에서
다른 가족으로의 입양만을 기다릴 수도 없다. 성인이 된 아이는 언젠가
홀로 서야 한다.

> *어쩌면 감독 봉준호는 요나에게*
> *명확한 입구를 선사함으로써*
> *끝내 구해내지 못한 현서에 대한*
> *죄책감과 미안함을 대신했는지도 모르겠다.*

고아성은 어른들의 심장을 녹이는 귀여움, 객석을 눈물의 도가니로
만드는 절절함 혹은 신들린 듯한 열연으로 주목받던 어린 배우는
아니었다. <괴물>에서 열없이 고꾸라지는 아빠를 한심한 듯 질질 끌듯이

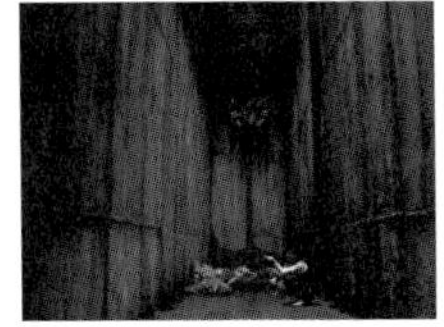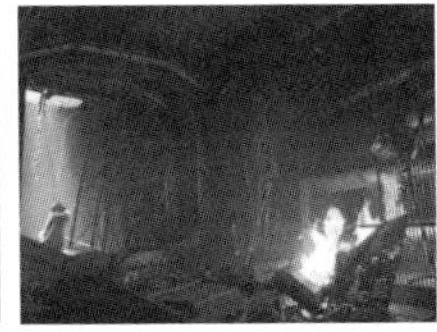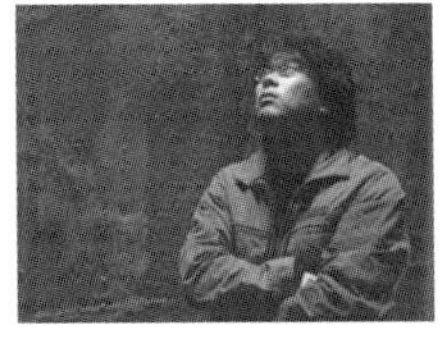

하수구 구멍 아래 고개숙인 <괴물>의 현서, 열차 위로 뚫린 구멍을 올려다보는 <설국열차>의 요나. 봉준호
감독이 7년 만에 선사한 배우 고아성의 출구 혹은 입구

일으켜 세우는 현서부터, 마지막으로 교복을 입었던 영화 <우아한 거짓말>의 무뚝뚝하고 시크한 만지 까지 오히려 딱 그 나이 때 아이 혹은 청소년이 가진 천진함이나 심드렁함 혹은 무심함으로 극의 현실감을 부여하는 배우였다. '아역배우 출신'이라는 수식이 늘 붙지만 사실 따지고 보면 드라마 <슬픈 연가>의 '차화정' 아역을 제외한다면, 누군가의 어린 시절로 출연한 적이 없다. 드라마 데뷔작 <울라불라 블루짱>의 노다지, 영화 데뷔작이었던 <괴물>의 현서, <여행자>의 예신, <설국열차>의 요나까지 고아성은 10대 시절에도 자기가 연기한 캐릭터의 등장과 퇴장을 나눔 없이 홀로 책임졌던 배우다.

가끔 어린 배우들의 믿을 수 없는 연기를 목격할 때면 '과연 연기라는 것이 학습되고 연마될 수 있는 것인가'에 대한 근본적 회의를 품게 된다. 하지만 그 넘실거리던 재능의 파도가 한순간에 썰물처럼 빠져나간 자리 역시 자주 목도하게 된다. 어린 배우의 연기 능력이란 태어나기 이전의 세상에서 만들어져 이 땅에 내려준 시한부 재능 같기도 하다. 그 선물의 유효기간에 다다랐을 때 누군가는 거기서 멈추고 누군가는 새로운 숨을 불어넣어 배우로서의 생명을 갱신해나간다.
20대 후반이란 나이는 성인이 된 이후 데뷔한 배우들에게는 실력과 이미지를 쌓아가기 위해 노력하고 시행착오를 거치는 시간일 것이다. 하지만 같은 나이의 고아성은 "기성 배우로서의 한계"와 싸우고 쌓아온 원칙과 방법들을 지우고 치워나감으로써 새로운 기회가 들어올 자리를 마련해야 했다.

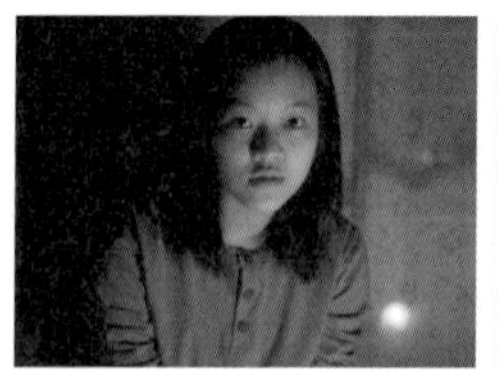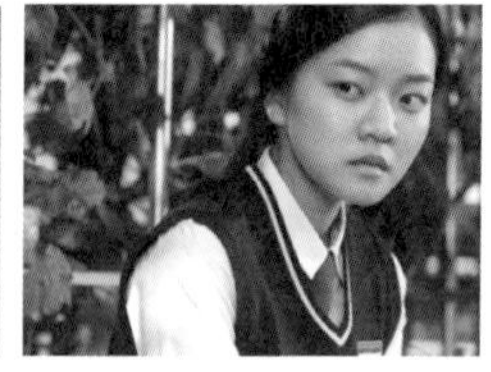

어떻게 성인의 이미지를 획득할 지 걱정하는 대신, 어떤 인간을 구현하는 배우가 될 지를 고민하는 고아성이라는 별

 배우연구자 백은하의 KOASUNGOLOGY

게임 체인저,
진짜 문을 열고 광장을 만들다.

<풍문으로 들었소>의 새봄은 남편의 시부모가 만들어놓은
권력의 피라미드의 꼭대기를 차지하기 위해 싸우지 않는다. 대신 그
기괴한 탑의 돌들을 밑장부터 한 장 한 장 빼낸다. 그렇게 무너진
자리에 평평하고 너른 광장을 닦는다. <오피스>의 미례가 완전
범죄로 제거해나가는 것은 경쟁 중의 다른 인턴이 아니라 비인간적인
시스템에 동조해온 직원들이다. <설국열차>의 요나는 머리칸으로
가는 통로 대신 바깥세상으로 향하는 진짜 문을 열고 탈출한다. 과격한
혁명가라기보다는 조용한 게임 체인저, 이런 캐릭터들의 공통된 특징은
배우 고아성의 행보와도 닮았다.

우리가 빛의 속도로 갈 수 없다면,
이 우주에서의 성장이 대체 무슨 의미가 있을까.

어린 배우들의 역변을 걱정하는 동시에 궁금해하는 잔인한 대중들의
시선 속에서 누군가는 섹시한 성인 여성이 되거나 터프한 마초 사나이로
변모하는 승부수를 띄운다. 스크린 속 생물학적인 나이를 높이기 위해
앞을 향해 달려가고, 성장이라는 적을 향해 도끼를 들고 싸운다. 하지만
고아성은 그 문을 여는 데 도통 관심을 두지 않았다. 어떻게 어른이
될지를 걱정하는 대신 어떤 사람이 될 수 있을지를 궁리했다. 어떻게
하면 진짜 인간을, 살아 있는 여성을 구현하는 배우가 될 수 있을지를
고민했다. 위선 가득한 시댁에서도, 숨 막히는 사무실에서도, 좁디좁은
감옥 안에서도, 끝내 지켜내야 하고 지켜져야 하는 인간의 조건들을
찾아가는 중이다.

만약 배우 고아성이 다시 열일곱 살 역할을 선택하더라도 그것은 퇴행이
아닐 것이다. 그저 흥미로운 다른 우주로 가는 문을 연 것일 뿐이다.
우리가 빛의 속도로 갈 수 없다면, 이 우주에서의 성장이 대체 무슨
의미가 있을까. '우리 별(我星)'이라는 이름을 얻고 이 땅에 도착한 아이는
그저 배우가 만들어낼 수 있는 인간성의 총량을 늘리는 일에 최선을
다하고 있을 뿐이다.

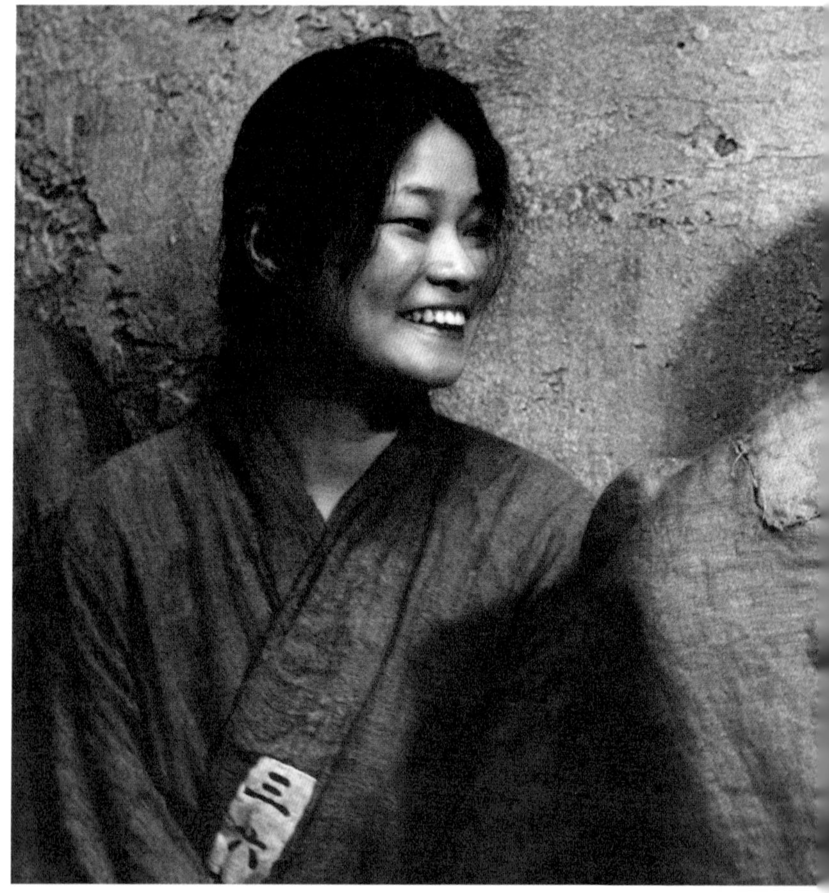

배우연구자 백은하의 KOASUNGOLOGY

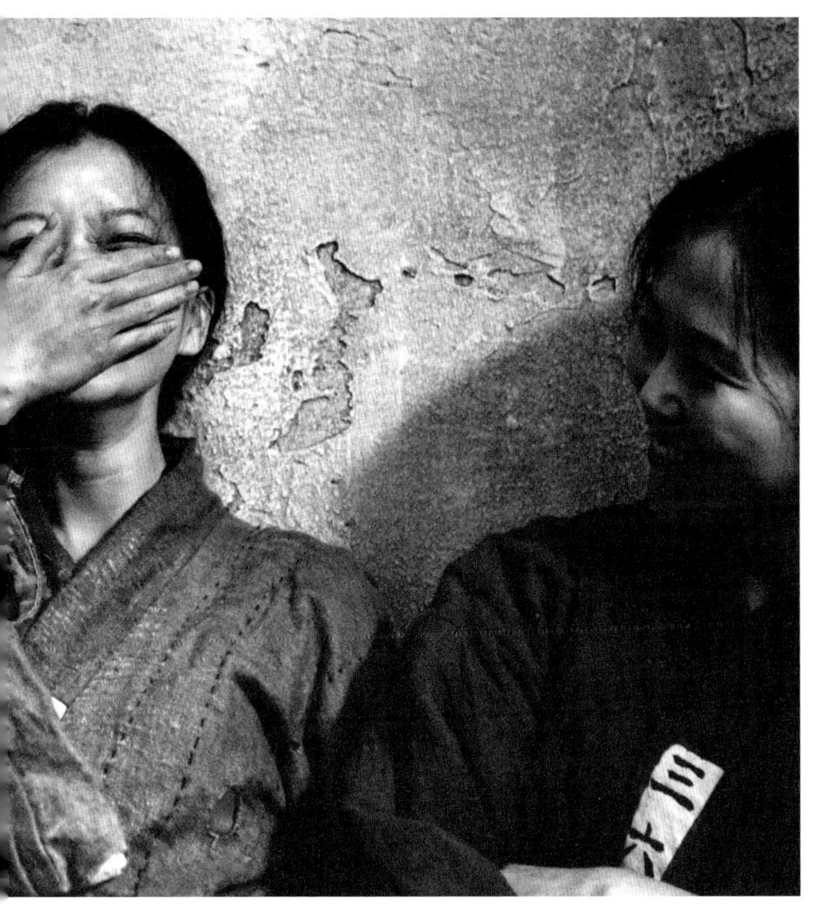

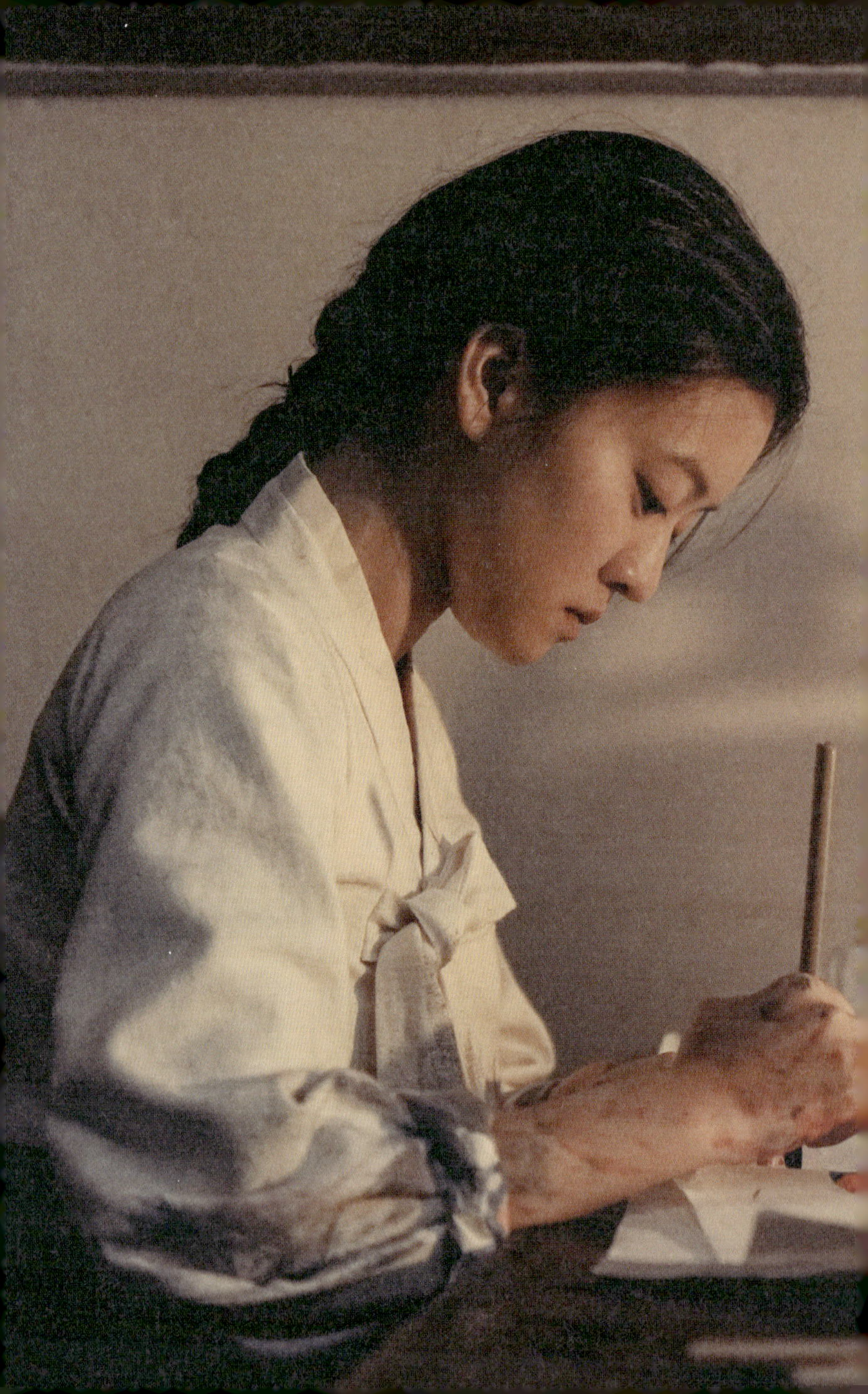

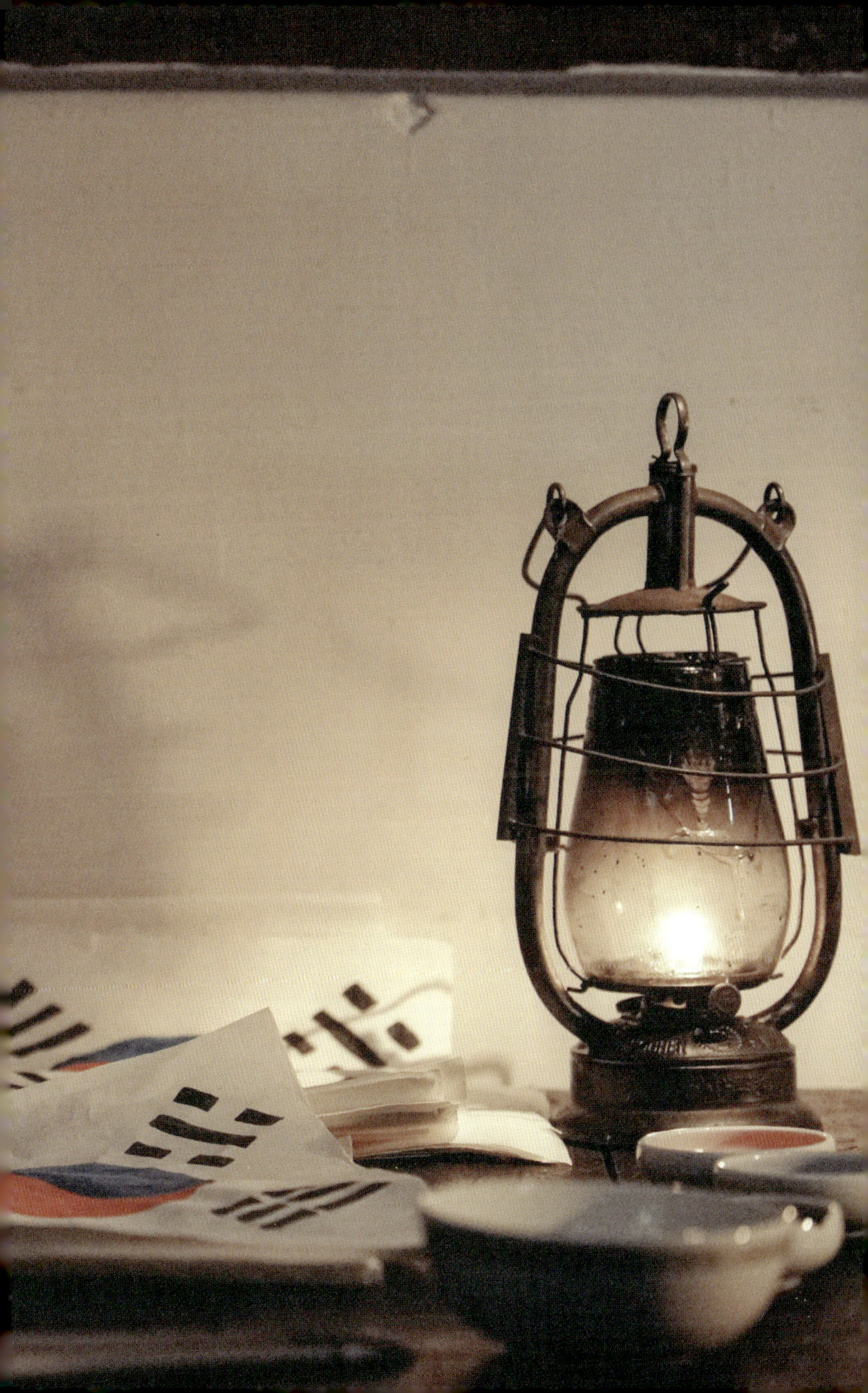

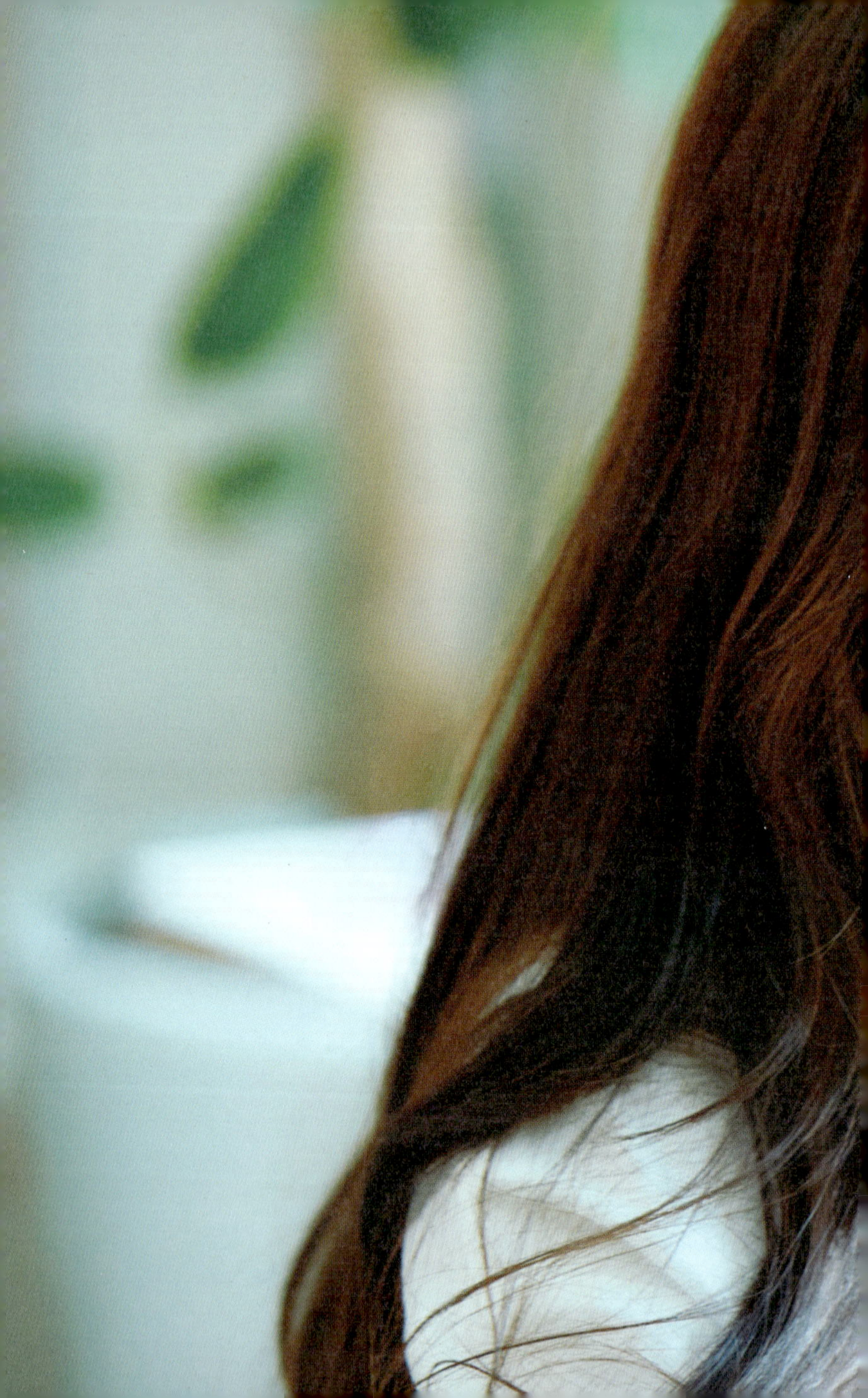

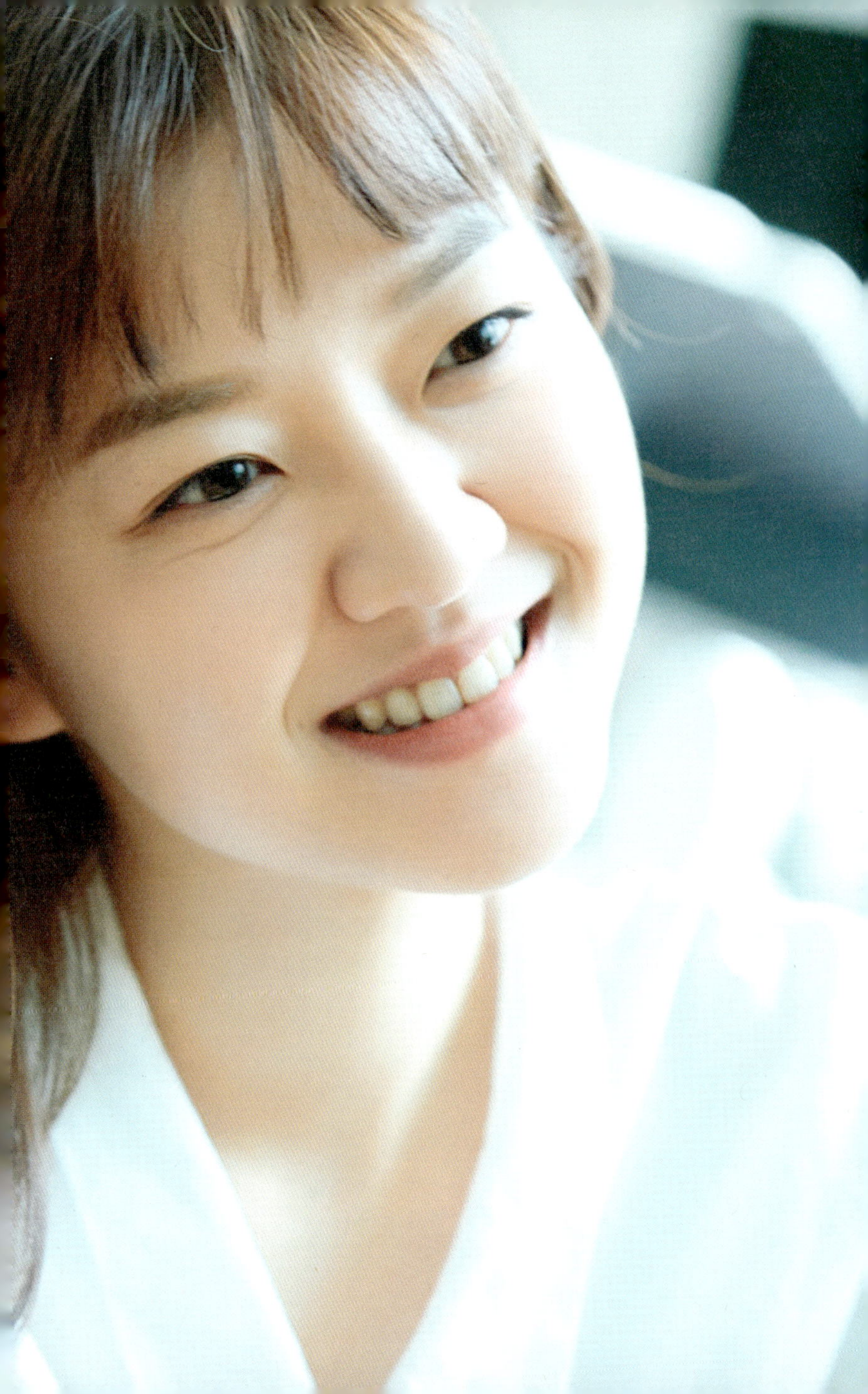

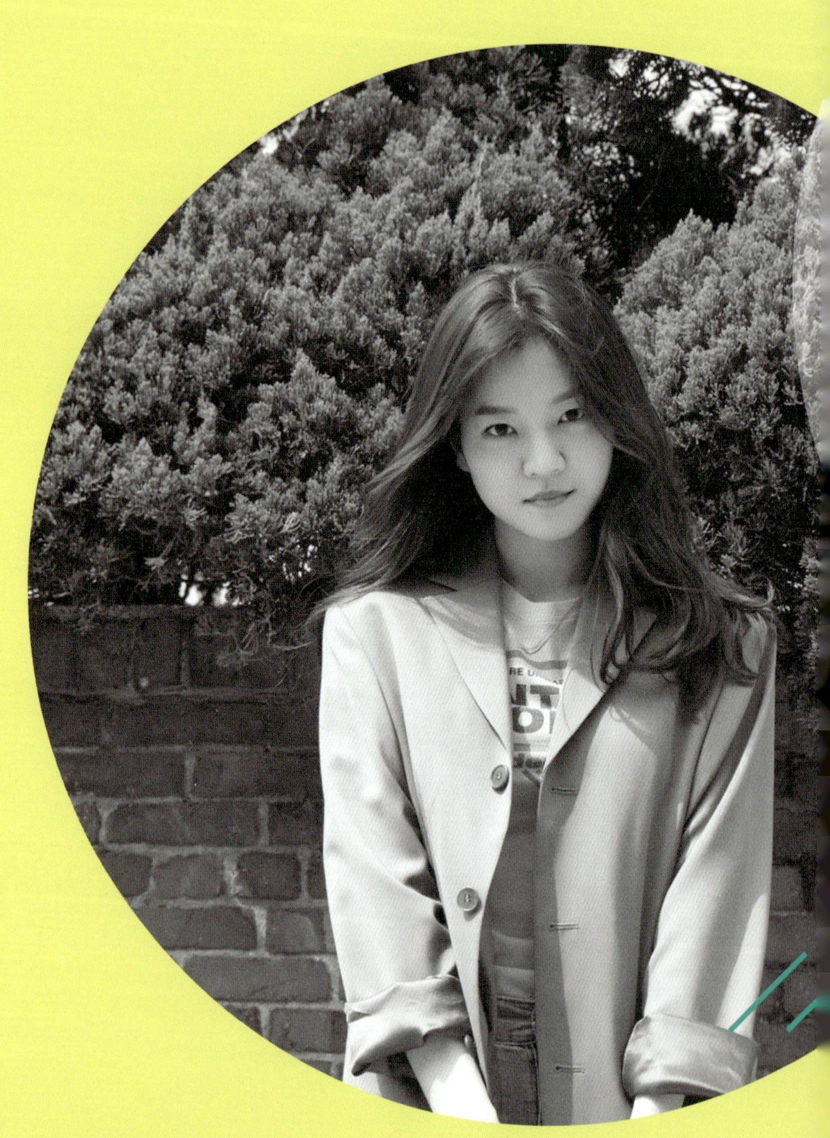

고아성×백은하

"내가 잘하고 있는지
판단할 사람은 나밖에 없다."

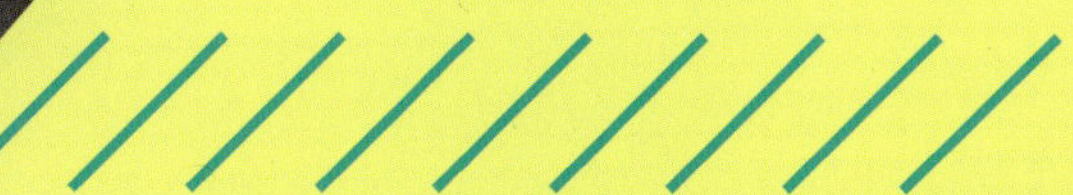

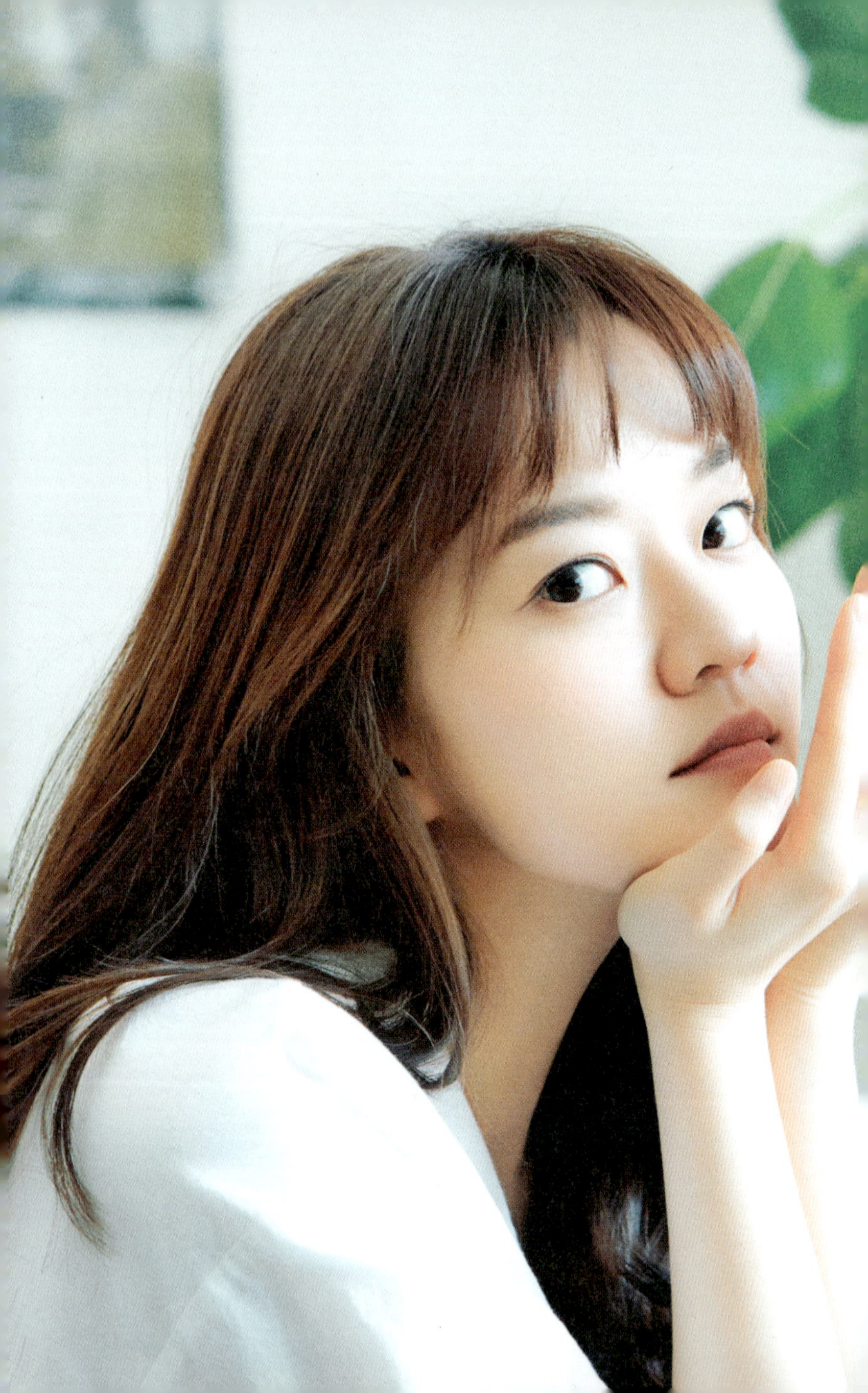

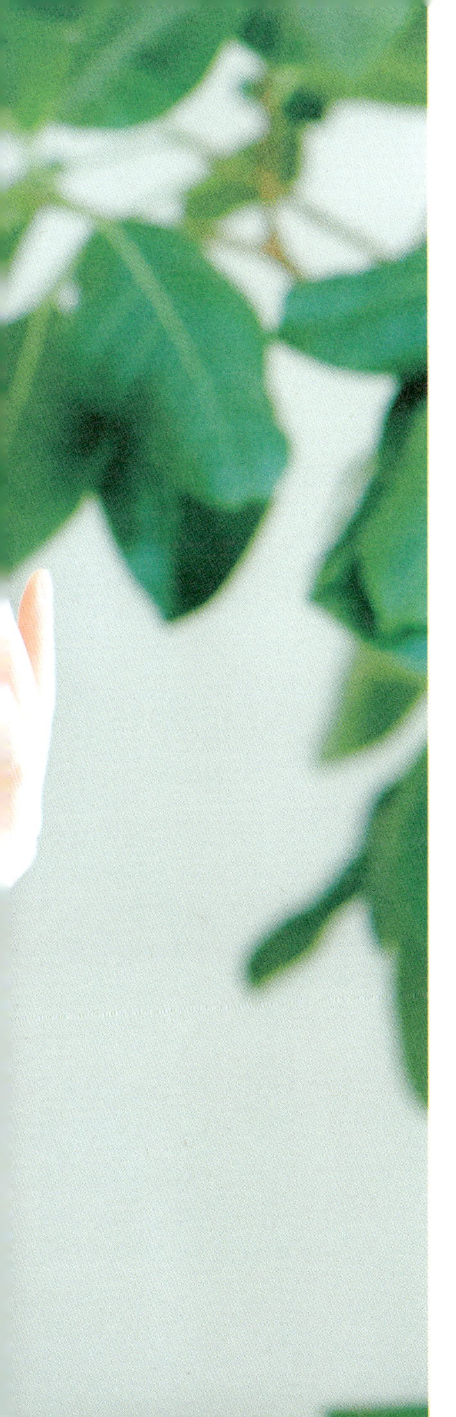

고아성의 시작

"부모님의 응원 속에
어릴 때는 잘했다고
해도 결국 연기는
본인이 하고 싶어
하지 않으면
계속하기
힘든 일이죠."

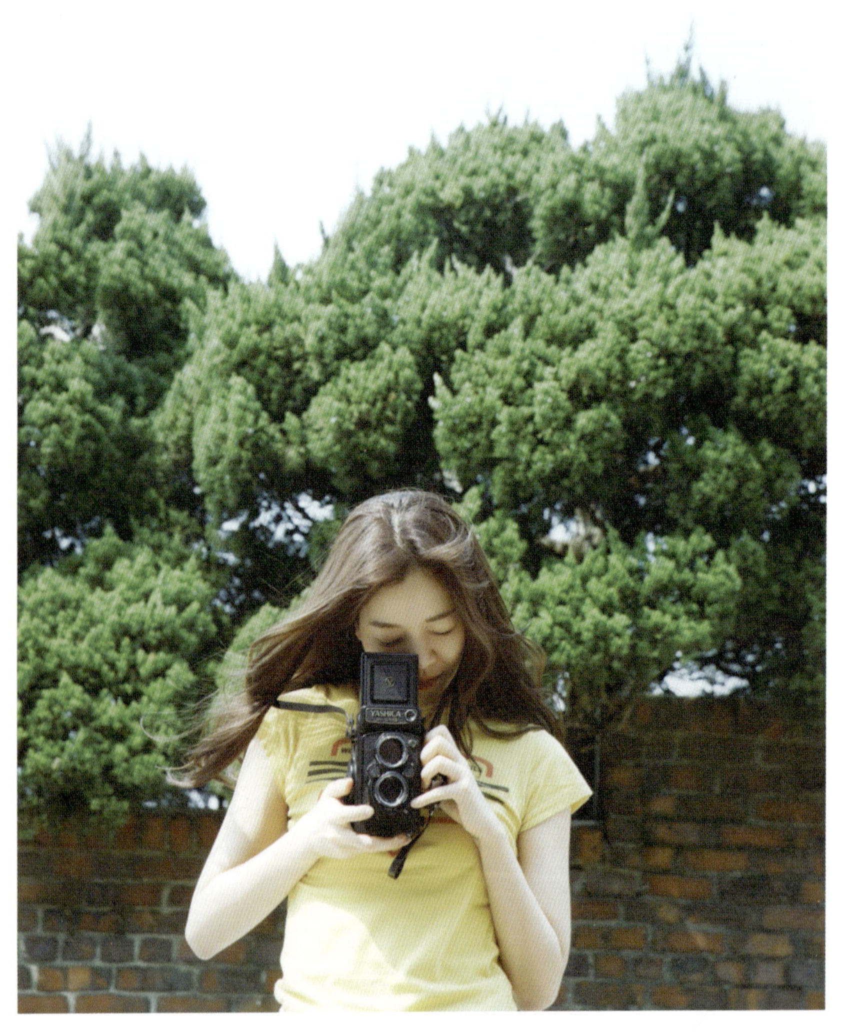

아주 어릴 때 일을 시작했어요.

4살 때 엄마랑 손잡고 어딜 가고
있었는데 어떤 사람이 말을 걸면서 모델
시켜볼 생각 없냐 그랬대요. 엄마가 그런
거 생각 안 해봤다고 하셨더니, 조만간
선발대회 같은 걸 한다며 나와 봐라
해서 갔는데 거기서 2등을 했어요.

광고 모델부터 시작하게 되었나요?

공익광고. 저 국어 교과서에도
나왔어요. 한번은 전도연 선배님과
핸드폰 광고를 같이 찍었는데
도연 선배님이 선생님이었고 저는
초등학생들 중 한 명이었어요. 그때
사인 받은 거 지금도 가지고 있어요.
그런데 광고 안에서도 연기를 해야
되잖아요. 그게 되게 재밌었어요. 다른
사람이 되는 것 같기도, 진짜 내가
말하고 행동하는 것 같기도…. 그렇게
연기가 하고 싶어졌던 것 같아요,
자연스럽게.

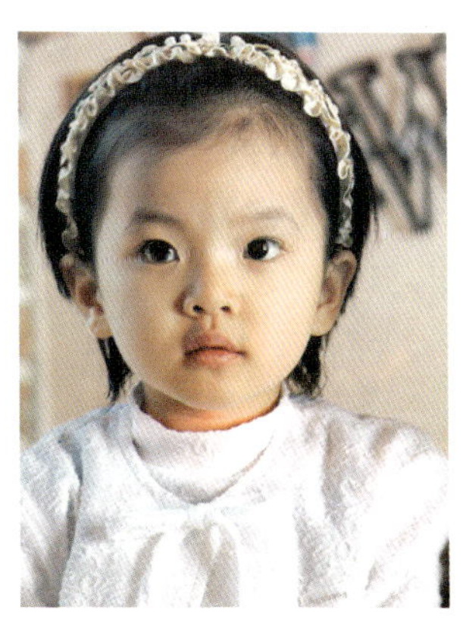

그 시기 아역 배우들 중에서 가장 스타는 누구였죠?

당연히 김성은! 한번은 김성은(미달이)
언니가 메인으로 출연하고 저는 많은
아역 배우들 속에 보조로 출연했는데
진짜 무슨 신을 보는 것 같았어요.

어린 배우들을 보면 본인의 욕심 이전에 부모님들의 희망 때문에 시작하는 경우도 있잖아요.

제 주변에도 많았어요. 그런데 그런
친구들은 지금 다 연기를 그만뒀어요.
부모님의 응원 속에 어릴 때는 잘했다고
해도, 결국 연기는 본인이 하고 싶어 하지
않으면 계속하기 힘든 일이죠.

고아성 어린이는 자기 의지가 더 컸던 편이었나요?

엄마는 어느 정도 하다가 점점
일이 커지게 되니까 이제 그만했으면
하셨는데, 저는 하나도 안 힘들고 점점
더 재밌어졌어요. 그런데 많이 하지는
못했어요. 오디션에서 다 떨어져서.

연기 오디션이라고 하면 어떤 것들을 주로 본 거예요?

<육남매> 오디션도 보고, <뽀뽀뽀>도
보고….

하나도 붙은 게 없었다고요?

네, 다 떨어졌어요. 오디션에 계속
떨어지다 보니 힘들었어요.

105

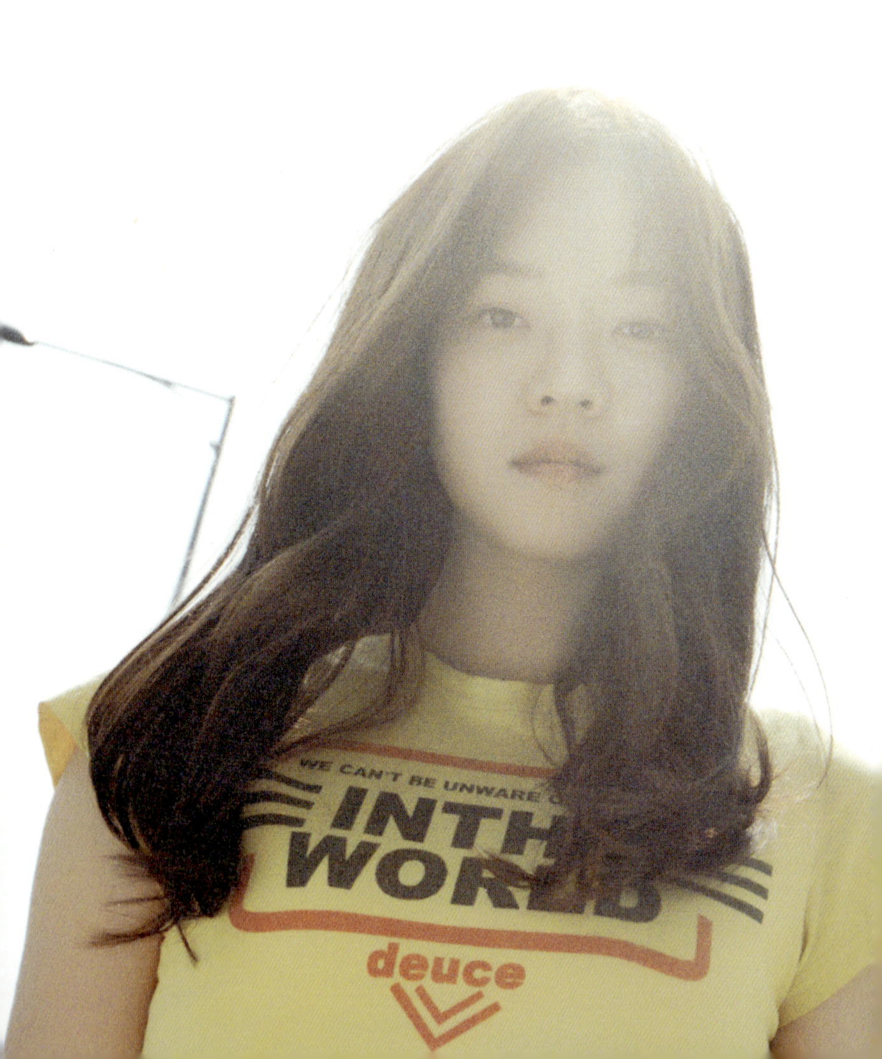

WE CAN'T BE UNWARE
INTH
WORLD
deuce

가장 큰 스트레스는 엄마가 지켜보는 상황에서 떨어진다는 거였어요. 엄마한테
너무 미안한 거예요. 근데 저는 계속 오디션에 떨어지는 이유가 제대로 연기를 안
배워서라고 생각했어요. 그 당시 가장 유명했던 연기학원이 M*M이었는데 제가
끝까지 그 학원을 안 다녔거든요.

못 다니게 했어요, 엄마가 겁이 많아서. 근데 저는 다녀야 한다고 생각했어요.
그때는 아역배우의 필수 코스 같은 곳이었으니까. 한동안은 M*M 못 간 게
한이었어요.

첫 영화 <괴물>을 찍는데 하수구에서 쥐가 나오는 장면이 있었어요. 그런데 그
쥐가 카메라 프레임 안으로 너무 야무지게 싹 등장했다가 싹 나가는 거예요. 그걸
보고 봉준호 감독님이 "저 쥐 M*M 쥐인가 보다"라고 하시는 거예요. 그래서 "M*M
연기가 뭔데요?" 물었더니 저렇게 너무 잘 치고 잘 빠지는 예외 없는 연기,라고
하셔서 그게 연기의 정답은 아니구나, 했어요.

어느 정도? 하지만 그 이후부터
정반대로 규칙 없는 연기, 템포를
벗어나는 연기를 최고 가치로 두는
잘못된 관념을 오래 갖고 있었어요.
특히 드라마 연기할 때는 어느 정도
서로 간의 형식적인 약속이 있는데 그걸
안 하는 게 쿨하다는 고정관념이 생겨서
그걸 다시 깨느라 또 많은 세월을
허비했죠.

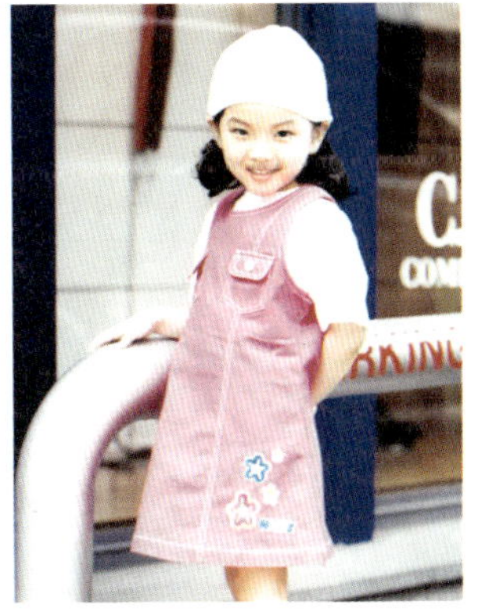

고아성의 시작

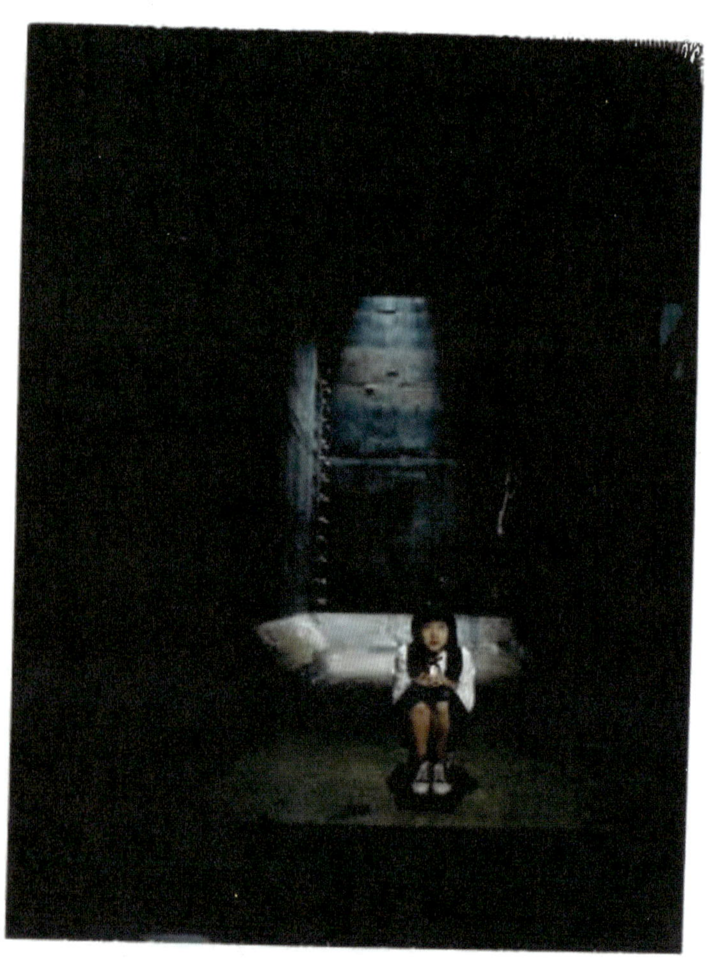

**어린 시절 계속 맞이하게 된 수많은 거절, 오디션 낙방을
거치면서 어떤 생각을 했나요?**

그때는 열등감이 심해져서 이걸 컨트롤하지 않으면, 물론
당시엔 컨트롤이라는 단어도 몰랐겠지만, 내가 마음의 정리를
하지 않으면 앞으로 제대로 못하겠다는 생각이 들었어요.
그래서 그냥 인정을 빨리 했던 것 같아요.

어떤 인정요?

그냥 '나보다는 쟤가 낫다'고 빨리빨리 생각하는 버릇을
들였어요. 거절을 당할 때 이유를 알면 괜찮잖아요.
합리화하기도 좋고. 그런데 대부분의 현장은 아역 배우들에게
그런 시스템이 안 갖춰져 있었어요. 거절과 낙방의 이유가
없어요. 잔인한 게, 일단 후보로 애들 몇 명을 현장에 불러요,
엄마랑 같이. 촬영 현장이 주로 지방이었는데, 그렇게
멀리까지 가면 아역배우들을 쭉 세워놓고 감독님이 "이
친구랑 할래" 하면 나머지는 그냥 집에 가는 거예요.

잔인한 인력시장이네요.

특별히 연기를 보는 것도 아니고 그냥 이미지만 보고
어울린다 생각하면 뽑는. 요즘 현장에서도 아주 중요한
배역이 아닌 경우엔 그런 경우가 종종 있어요. 드라마
<풍문으로 들었소>를 찍을 때 제가 낳은 아기 역을 위해서
현장에 세 명 정도가 왔어요. 생후 30일 정도 되는. 물론
한 명만 뽑고 나머지 두 아기는 돌려보내야 하는데, 안판석
감독님이 그러시는 거예요. '이 아기는 너무 장군감이라
나중에 이런 드라마를 찍을 때 꼭 캐스팅하겠다', '애는

고아성의 시작

얼굴이 너무 예쁘니까 나중에 요런 역할이 있으면 꼭 같이
하겠다', 이런 식으로 한 명 한 명 어머니에게 설명하시는데
너무 멋있는 거예요. 아이가 뭔가 부족해서가 아니라 그저
이 역할에 맞지 않아서 안 된 거라는 거잖아요. 내가 이유도
모르고 거절당하고 돌아갔던 때 이런 감독님을 만났다면
어땠을까, 그런 생각도 했고요.

**혹시 먼 현장까지 와서 본 오디션에 떨어지고 집으로 돌아가는
길에 대한 기억이 있나요?**

　너무 많아요. 엄마는 무슨 말이라도 해주고 싶은데 혹시
자존심이 상할까 봐 그냥 말없이 있고, 저도 엄마한테
미안하기도 하고 민망하기도 해서 말없이 앉아 있고…. 서로
마음을 너무 잘 아는 상태에서 가만히 창밖만 보는 일이
익숙했어요. 그래서 제가 기쁜 일이 있어도 덤덤하고 또 슬픈
일이 있어도 딱히 누구한테 얘기하면서 풀지 않는 성격이 된
것 같아요.

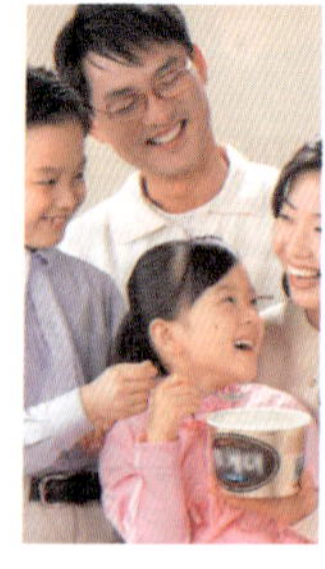
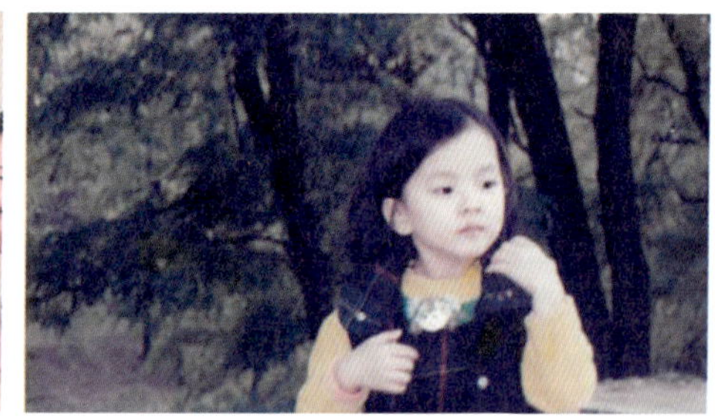

“재능 있는 어린애들이 현장에서
부리는 특유의 센 척이 있거든요.
저도 너무 잘 아는 그런 태도.”

묻어둔다고 상처가 풀리는 건 아니지 않나요?

네. 하지만 그때는 그렇게 잠시 묻어두는 것도 하나의
방법이지, 꼭 풀어야 된다고 생각하지 않았어요. 그러다
나중에 커서 <슈퍼스타K>를 보는데 한 열 살 정도 되는
아이였나? 너무 노래를 잘하는데 긴장을 많이 했더라고요.
그래도 그런 재능 있는 어린이가 가진 특유의 센 척이
있거든요. 저도 너무 잘 아는 그런 태도. 결국 무대에서
덤덤해 보였던 아이가 막상 내려오자마자 확- 무너지는
거예요. 그때 그 아이 엄마가 안아주면서 “괜찮아, 실수도 좀
해도 괜찮아” 하면서 막 다독여주는데, ‘아, 저건 내 인생에는
없던 일이다’ 하는 생각이 들더라고요. 그걸 보면서 좀 많이
울었어요. 만약 우리 엄마가 저랬으면 난 다른 사람으로
컸을까, 생각이 들었던.

**그 시기에, 10세 이전 고아성에게 엄마는 어떤 사람이었던 것
같아요?**

든든한 사람. 사실 든든함이 덜하면 더 어리광도 부리고
투정도 부리고 했을 것 같은데 엄마가 워낙 강하니까 저도
덩달아 강한 사람이 되어야겠다는 마음이 있었던 것 같아요.

혹시 그냥 평범한 고아성 어린이로 돌아가고 싶진 않았어요?

특별한 게 좋았죠, 어렸을 때는.

111

어른들을 만나는 기회가 또래보다 훨씬 많은 환경이고, 게다가 매번 좋은 인상을
주고, 심지어 짧은 시간 안에 마음에 들어야 되는 일이잖아요. 어린 시절부터
저 사람이 나를 싫어하지 않게끔 만들려는 태도나 습관이 자연스럽게 익혀지지
않았을까 싶어요.

　저는 그게 없다고 생각했는데 <복면가왕>에 나갔을 때 놀라운 일이 있었어요.

아하! 야구소녀님?(웃음)

　네. 그때 가면을 쓰고 패널분들이랑 인터뷰를 하는데 누가 몸매가 예쁘다고
얘기해주셔서 제가 "아니에요" 이랬는데 신봉선 언니가 "저 사람 아역배우다"
이러는 거예요. 칭찬을 겸손하게 받아치는 리액션이 아역배우 출신 같다는 거였죠.
저는 그때 처음 알았어요, 저도 모르는 그런 습관이 있다는 걸. 항상 처음 보는
사람들, 어른들 앞에서는 되바라져 보이지 않아야 한다고 생각했었나 봐요. 나름
독립적으로 커왔다고 생각했는데 나도 모르는 이런 습관이란 게 있구나 싶었죠.

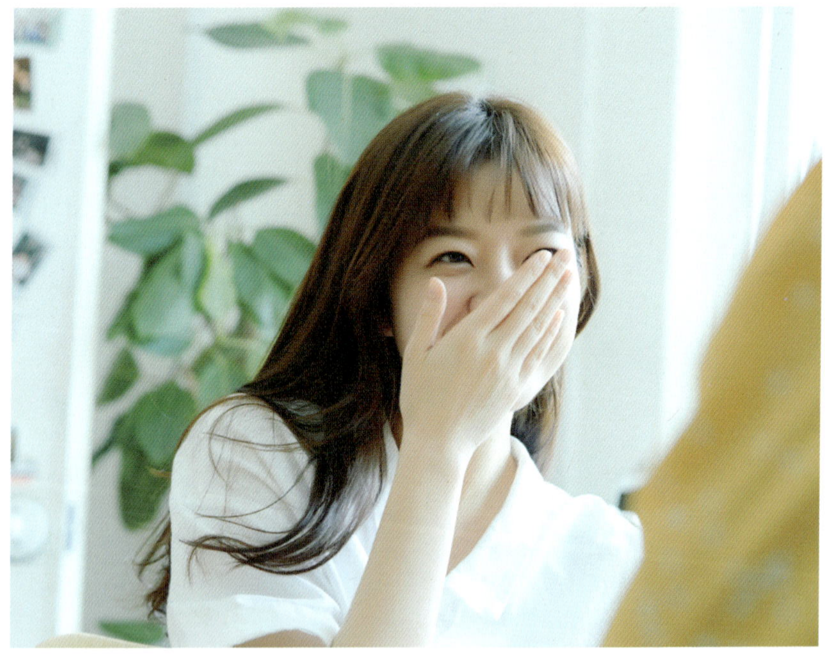

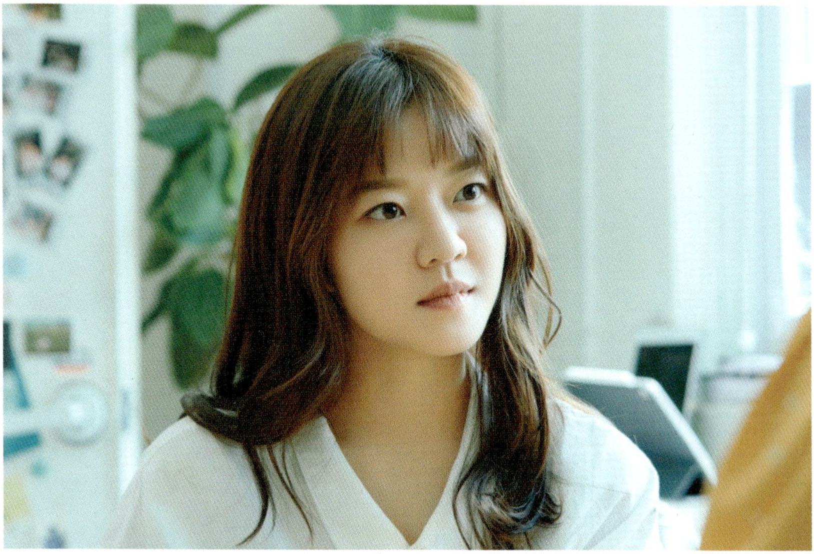

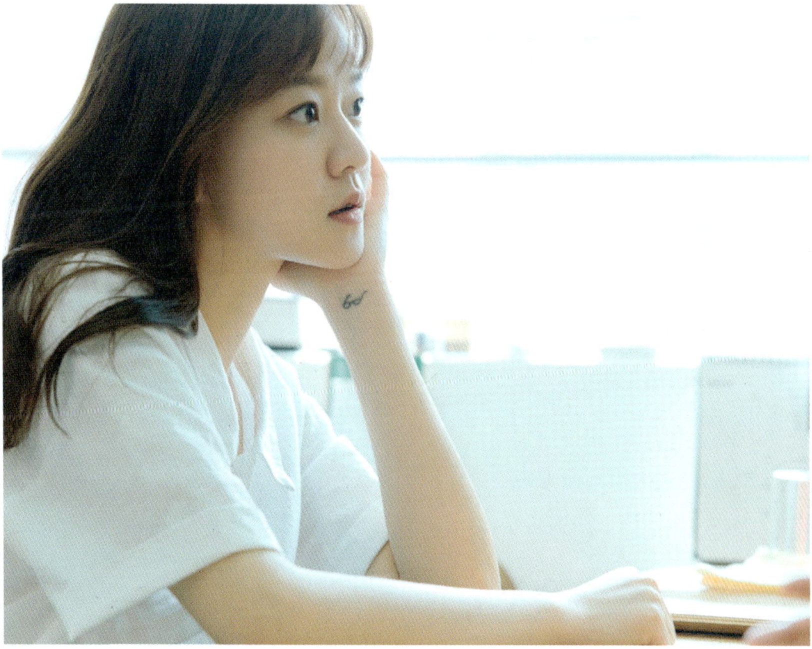

고아성의 시작

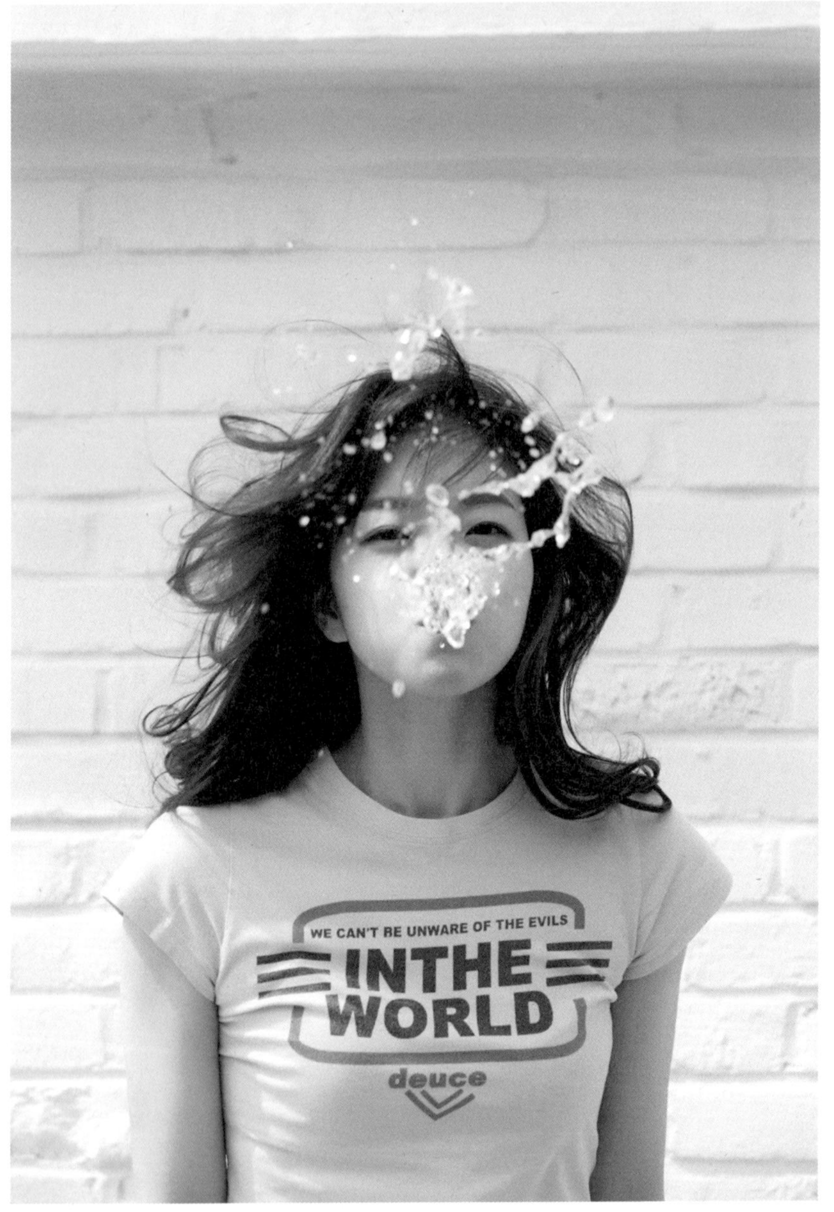

WE CAN'T BE UNWARE OF THE EVILS
IN THE WORLD
deuce

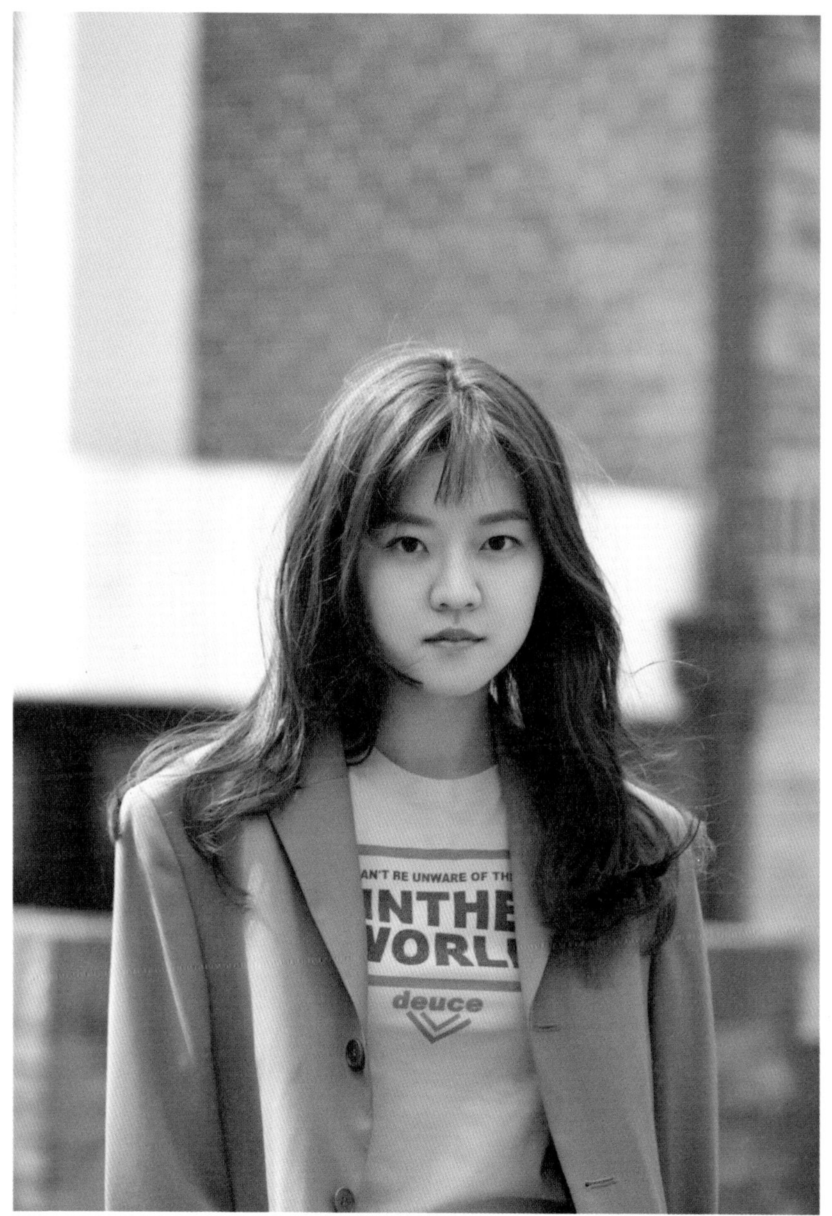

115

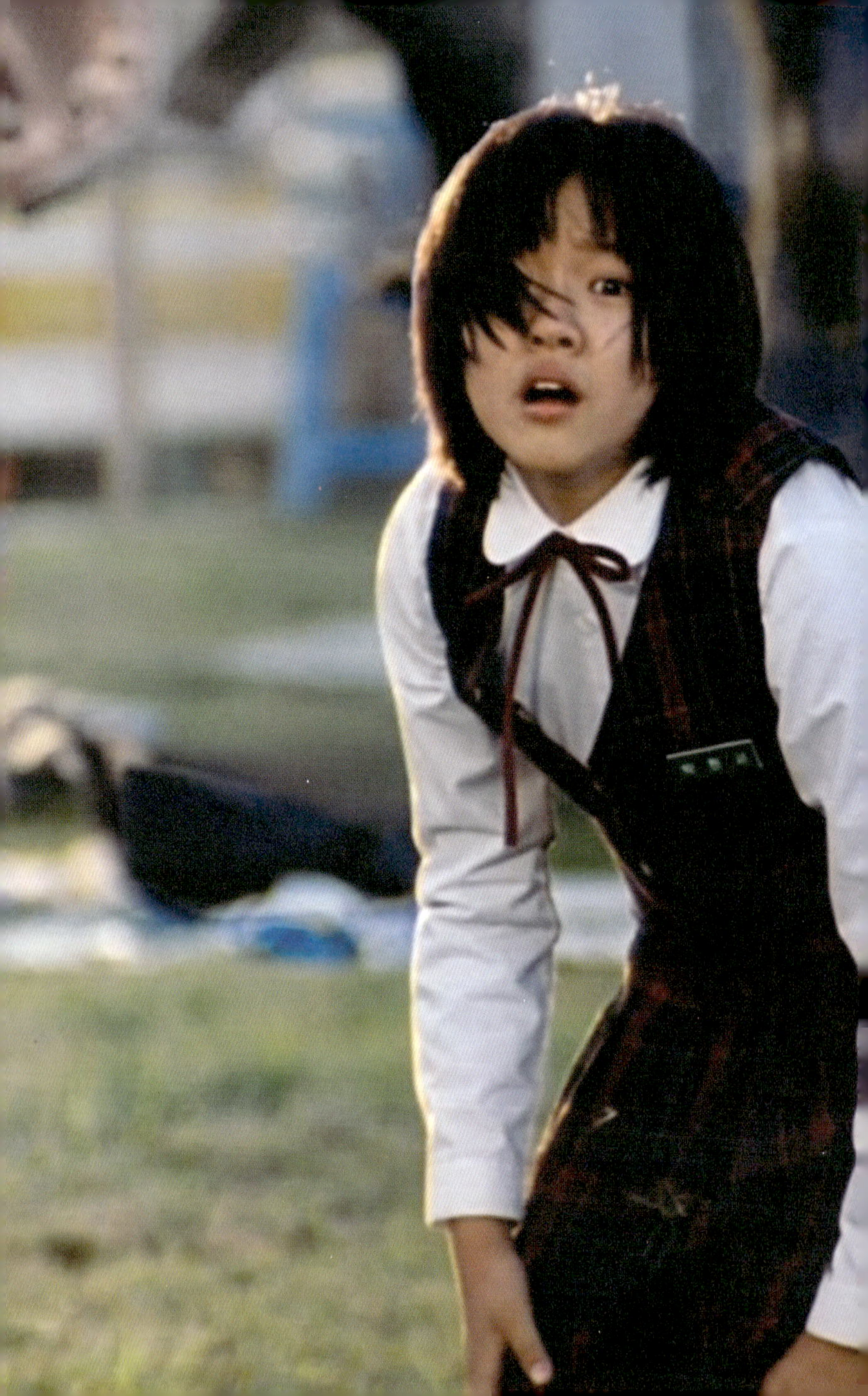

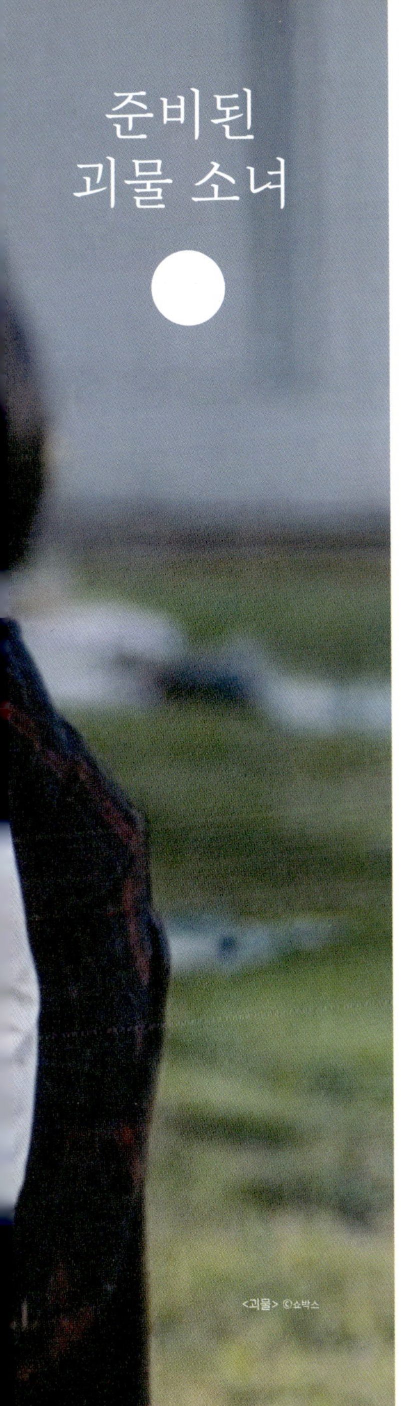

준비된
괴물 소녀

<괴물> ⓒ쇼박스

그런 시절을 거쳐, 드디어 어린이 드라마
〈울라불라 블루짱〉으로 연기 데뷔를 하게
되었어요.

　6학년이었어요. 당시에 〈요정 컴미〉랑
〈매직키드 마수리〉가 우리 또래
사이에서는 핫한 드라마였거든요.
그래서 그다음 작품을 한다는 게 너무나
행복했어요. 5학년 때 〈매직키드
마수리〉의 어떤 역할에 오디션을 본 적이
있었는데, 그 제작진들이 나중에 다시
와보라고 해서 〈울라불라 블루짱〉에
캐스팅됐어요. 사실 〈매직키드 마수리〉
오디션에 떨어졌던 날엔 세상이 끝나는
것만 같고, 진짜 이 일을 그만해야겠다
했거든요. 오디션 보러 가기 전날
줄넘기하다가 언니가 실수로 쳐서 제
얼굴에 싱서가 났던 거예요. 물론 그것
때문이 아니었을 텐데 한동안은 '언니
때문에 내가 마수리에 못 나가는 거야' 하고
원망하기도 했죠.(웃음) 그 정도로 꿈의
무대였어요, 그 어린이 드라마가.

고아성의 시작

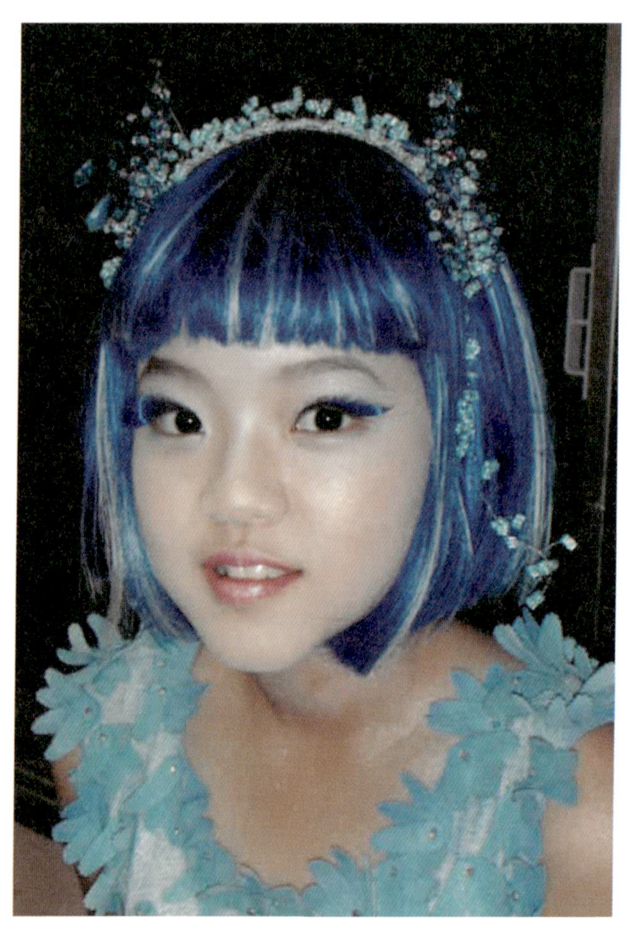

그때 뭔가 씻겨 내려가는 것 같았어요. 그간의 서러움이랄까. 근데 그 밖은 또 다른 세계더라고요. 그전까지는 내가 있는 작은 사회에서 조금 유명한 아이였다면, 드라마 데뷔를 하니까 더 큰 사회가 생기는 느낌이었어요. 개인적으로는 드디어 연기를 해서 행복했지만 동시에 미움받는 삶의 시작이었어요. 연기학원 출신도 아니고 단역을 해오던 애도 아닌데 바로 드라마 주연을 하니까. 내 안에서는 인생에서 처음 느낀 성취감이 피어오르고 있었지만 겉으로는 그냥 죄인처럼 하고 다녔던 것 같아요. 당시 아빠로 나온 윤철형 선배님이 저를 데리고 다니면서 클로즈업, 바스트샷이란 이런 크기고, 카메라가 여기 여기에 있고… 같은 아주 기초적인 것부터 다 가르쳐주셨어요. 경청하면서 하나하나 배웠던 것 같아요.

1년 넘게 찍었고 매일 방영하는 드라마어서 거의 매일 촬영했어요. 촬영할 때보다 오히려 드라마가 끝났을 때 힘들었어요. 그게 뭐랄까, 매일 일하다가 쉬어서 몸이 근질근질한 것도 있지만 연기를, 감정을 매일 표출하다가 그 출구가 없어지니까 사람이 답답해지는 거예요. 일일드라마 찍다 보면 일주일에 한 번씩은 꼭 크게 우는 신이 있었는데, 그게 없으니까 약간 미칠 것 같은 느낌이었어요. 주어진 대사로나마 말을 많이 했는데, 할 말이 없어지는 것 같고.

네. 그런데 저는 하고 싶지 않았어요. 〈울라불라 블루짱〉 크로마키 연기가 트라우마로 남았거든요. 초록색 스크린 앞에 서서 막 얍! 얍! 주문도 외우고, 눈앞에 없는 외계인과 싸우고…. 맨땅에 헤딩하는 느낌이었거든요. 연기를 마치고 나면 약간 인간으로서의 존엄성이 떨어지는 느낌이랄까…. 그런데 한강에서 괴물이 나오는 영화래요. 〈울라불라 블루짱〉에도 괴물이 나왔는데, 또 못하겠다 그랬죠. 그런데 〈살인의 추억〉을 재밌게 본 엄마가 이 영화는 꼭 했으면 좋겠다고, 자유방임적 활동을 지지하던 엄마가 처음으로 적극적으로 권한 영화였어요.

119

"지금 무슨 영화 찍어?
물어보면 제목 말하기도 창피하고…
그때는 제목이 <괴물>이라고 하면 다 웃었어요."

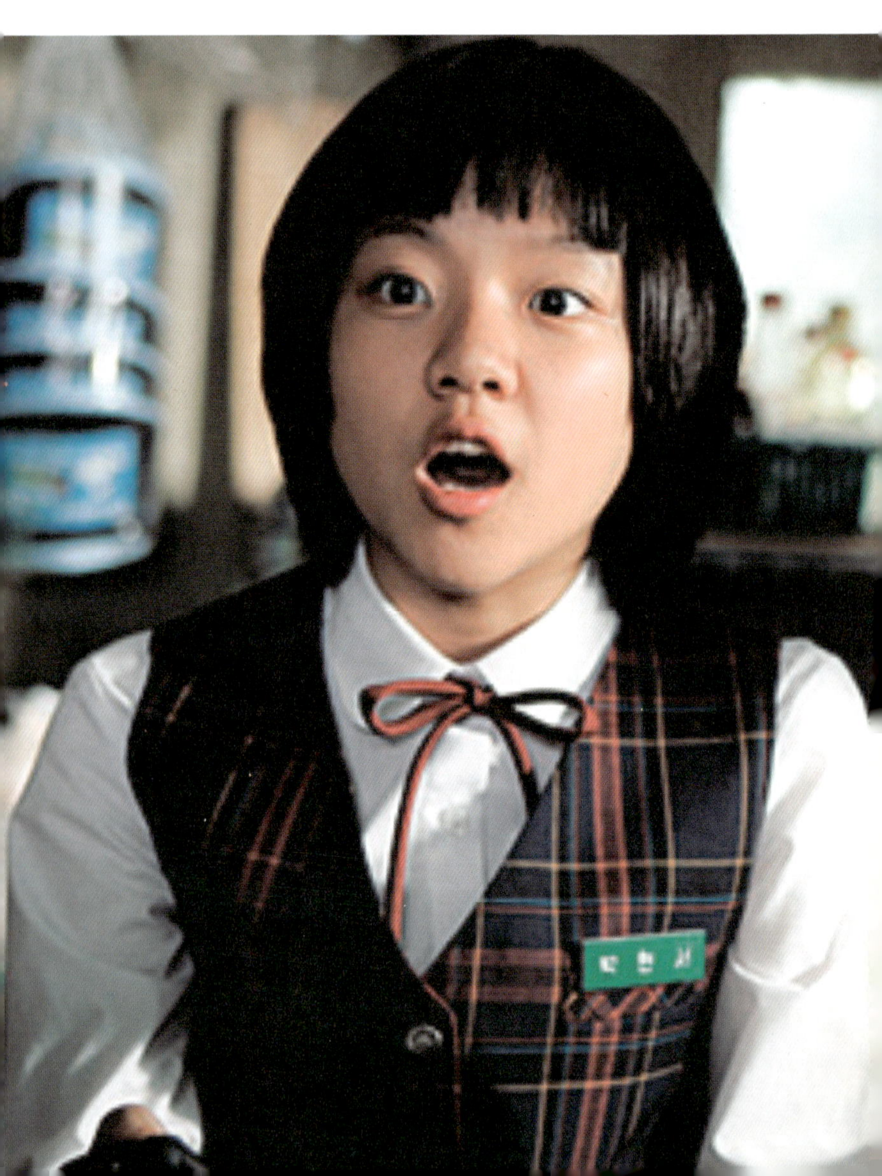

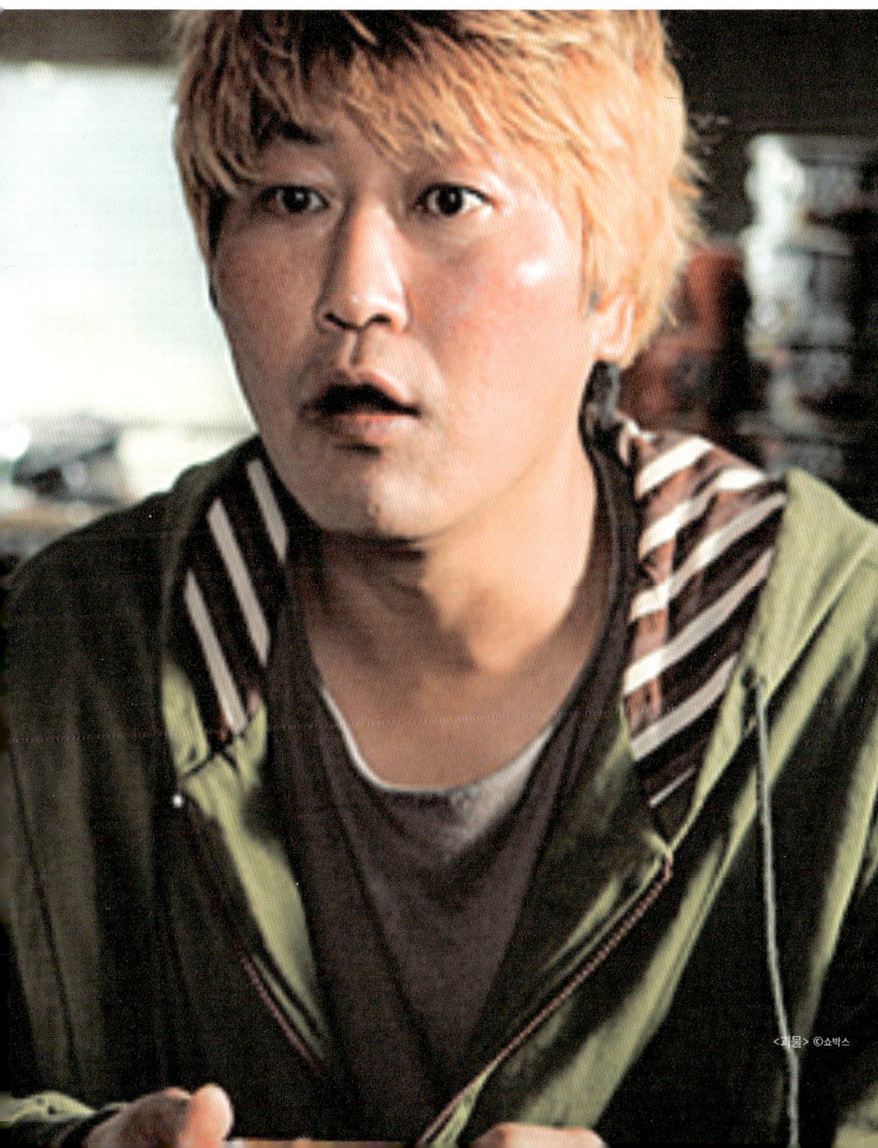

<괴물> ⓒ쇼박스

배우 고아성에게 〈괴물〉은 '〈살인의 추억〉 봉준호 감독의 다음 작품!' 이 아니라 '크로마키 연기를 해야 되는 괴로운 일의 연장선' 이었군요.

봉준호 감독님이 누군지도 몰랐으니까요. 오디션도 조감독님, 이후에 〈초능력자〉 연출하신 김민석 감독님과 했어요.

어떤 오디션이었나요?

몇 번에 걸쳐 봤는데, "괴물이 나오면 어떤 표정을 지을 거야?" 같은 질문도 받았던 기억이 나요. 거의 확정되고 나서 드디어 봉준호 감독님과 송강호 선배님을 만나게 됐는데, 첫 만남부터 강호 선배님이 저를 스타로 인정해주셨어요. '우리 아들딸이 〈울라불라 블루짱〉 팬'이라고 하시면서.(웃음)

봉준호 감독님과 처음에 어떤 대화를 했나요?

"크로마키 촬영을 해야 하나요?"라고 물어봤던 것 같아요. 그래서 감독님이 다른 CG방법이 있다 하셨죠. 김민석 감독님이 쫄쫄이 입으시고 괴물 연기를 해주셨어요.

첫 촬영이 기억나요?

네, 한강 매점 안에서 밤에 가족들이 함께 밥 먹는 그 장면.

아, 제가 제일 좋아하는 장면인데.

저도요.

이런 무서운 사람들. 일단 애를 먹여놓고 시작했군요.

하하, 그러네요.

그때 현서가 자르지 않은 김밥을 통으로 씹어 먹잖아요.

대본에 다 쓰여 있었어요. '단무지가 길게 늘어진다', '누구는 만두를 먹이고 누구는 물을 먹인다'. 심지어 그날은 대기가 길어서 저는 진짜 자다가 나왔어요. 새벽에 촬영 시작한다고 불러서 눈도 못 뜨고 갔는데 송강호 선배님 무릎에 다시 누우라고 하시더라고요. 시나리오대로 비몽사몽한 상태로 일어나 가족들이 주는 걸 하나씩 받아먹었어요. 보통 촬영 끝나면 먹던 것을 뱉기도 하는데 그 음식만큼은 왜인지 뱉지 못했어요.

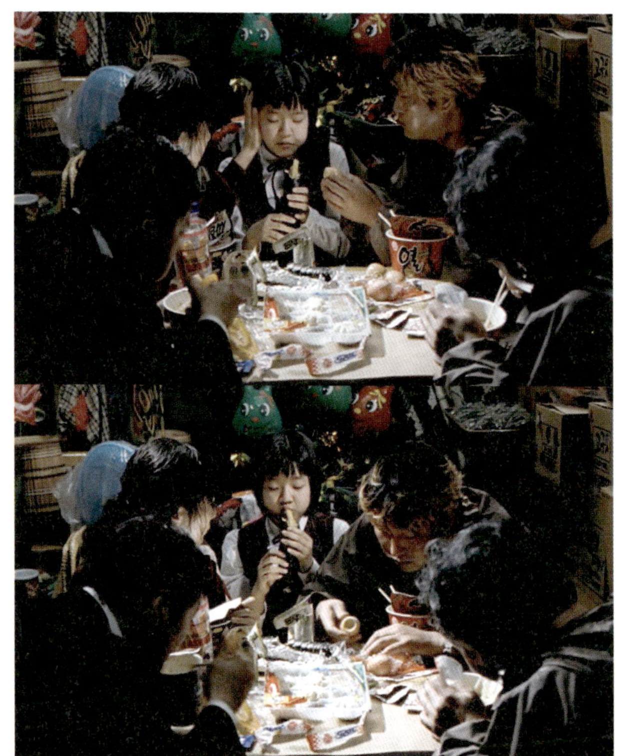

<괴물> ©쇼박스

고아성의 시작

그때도 이렇게 가족들이 현서를 먹이고 싶구나, 라는 걸 알았지만 어른이 되고 나서 보니 뭔가 더 절절하게 느껴졌어요. 나중에 봉 감독님에게 이렇게 멋있는 장면인지 그때는 몰랐다고 하니까 그 장면 때문에 <괴물> 찍은 거라고 하시더라고요.

봉준호는 배우들의 예술적 성취를 가장 잘 끄집어내는 감독인 동시에 콘티 속에 배우의 모든 동선과 행동을 하나하나 정해놓는 감독이기도 하잖아요.

예를 들어 현서가 하수구 안 숨은 공간에서 처음으로 밖에 나오는 장면에서는 왼손-오른손-얼굴 순서로 나온다, 라는 게 콘티에 다 있었어요. 어떻게 보면 배우가 만들어갈 액션이 없었어요. 덧붙일 게 없다는 느낌. <설국열차> 때도 감옥 서랍에서 나와서 하품하고, 트림을 하고, 이런 액션들이 다 세세하게 나와 있었어요. 그런데도 봉 감독님의 영화는 연기하는 재미가 있어요.

그 재미는 어디서 오는 걸까요?

'행동의 명확성'에서 나와요. 예를 들어 '김밥에서 단무지 하나가 늘어진다'라는 지문에서 행동은 이미 정해져 있지만 그걸 구현하는 배우의 감각은 저마다 다르잖아요. 왼손, 오른손, 얼굴이 나오는 것도 행동의 순서는 있지만 서서히 '현서가 살아 있구나'라는 게 드러나도록 만들어내는 즐거움이 있어요.

그러니까 배우가 어떤 행동을 할지 '결정'하는 데서 오는 즐거움이 아니라 이미 정해져 있는 행동을 '구현'하는 데서 오는 즐거움이 있다는 거군요.

그렇죠. 그리고 감독님은 행동의 리듬을 캐치하는 걸 되게 중요하게 생각하세요. 예를 들어서 줄을 잡고 올라가는 장면이 있을 찍을 때는, 영차! 영차! 올라가다가 어어? 하고 스윽- 놓치는 느낌 알지? 이런 식의 디렉팅이죠.

영화 <괴물>에서 현서는 등장 시간 이상의 존재감으로 늘 함께하죠. 하지만 정작 배우는 혼자서 많은 시간 촬영해야 하는 외로운 작업이었을 것 같아요.

처음 한강을 제외하고 대부분 세트에서 혼자 찍었어요. 그래서 중간중간 모니터를 많이 보여주셨어요. 그동안 가족들이 얼마나 애타게 너를 찾고 있었는지 보라면서. 그 부분이 극 흐름을 파악하는 데 도움이 됐던 것 같아요. 당시 수원 KBS 세트장이 한국에서 제일 천장이 높아서 거기서 찍었어요. 그런데 저희가 촬영을 하는 영화 세트에 가려면 건물의 온갖 로비를 통과하고 A, B, C 드라마 세트를 다

거쳐야 하는 구조였거든요. 매번 거길 혼자 걸어 다녔는데 어느 날 신고가 들어온 거예요. 방송국 안에 어떤 노숙자 여자애가 돌아다닌다고! 그래서 경비실에서 저 잡으러 왔었어요. 하하하. 그리고 한번은 옆 세트장에서 <울라불라 블루짱> 후속편 드라마를 찍고 있는 친구들이 제 촬영장에 놀러 왔거든요.

그건 뭐였어요, 제목이?

　<마법전사 미르가온>이라고. 유승호, 이민호 또 최지연 나오는. 걔네는 멋진 의상을 입고 있는데 저는 먼지 검댕이 분장을 하고 있으니 좀 창피했어요. "지금 무슨 영화 찍어? 제목 뭐야?" 이러는데 제목 말하기도 창피하고…. 그때는 제목이 <괴물>이라고 하면 다 웃었어요.

그래도 결국엔 세계 어딜 가도 창피하지 않은 데뷔작이 되어서 다행이네요.

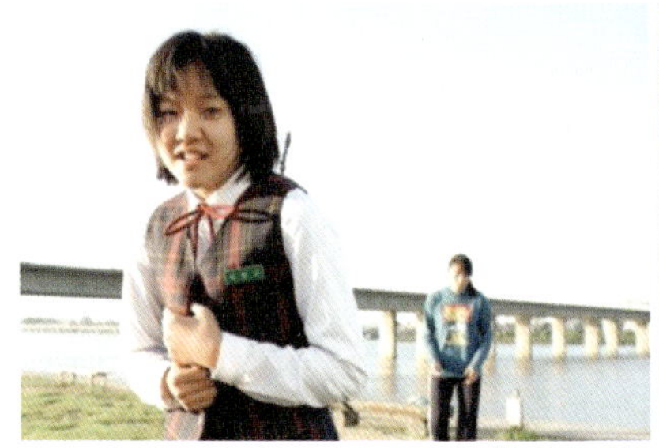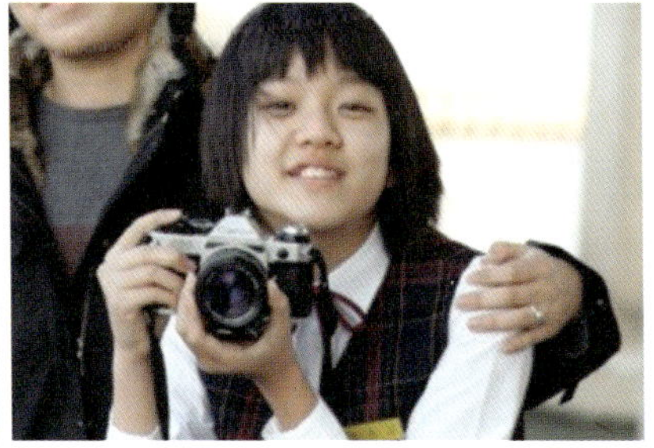

125

고아성의 기준

//

"사실 연기는 되게 모호한 작업이잖아요, 정답이 없고."

<괴물>의 현서처럼 배우 고아성의 커리어가 본격적으로 시작된 것도 중1, 열세 살입니다. 연기가 내 직업이고 이걸로 계속 먹고살겠구나, 라는 생각을 하게 된 건 언제부터였나요?

명백히는 <괴물> 이후였던 것 같아요. 하지만 그런 마음이 한순간에 확 왔다기보다는 분기별로 찾아왔던 것 같은데, 사실 지금도 많이 바뀌고요. 어쩌면 계속 안 할 수도 있다는 생각도 하고.

여전히요?

네. 최근 촬영하면서도 그런 생각을 하기도 했고, 맨날 해요. 작품 할 때마다.

왜요?

재능이 없는 것 같고 잘 못하는 것 같고. 그런 생각은 <괴물> 때부터 했었어요. 처음 영화를 찍었는데 내가 보기에도 이 영화가 너무 재밌고 나도 사랑을 많이 받았고… 약간 아쉽게 떠날 수 있는 건 지금뿐이다. 그렇지만 계속해야겠다, 라는 생각을 그 어릴 때도 했던 것 같아요. 김형구 촬영감독님부터 류성희 미술감독님… <괴물>을 함께했던 스태프 분들이 너무 좋았어요. 결국 앞으로는 이만큼 사랑을 못 받을 수도 있다는 걸 알면서도 계속 하자라는 마음으로 계속하게 됐어요. 그때 송종희 분장감독님이 "아성아, 모든 영화 현장이 비슷하진 않을 거다"라고 말씀하셨던 기억이 나요. 앞으로 힘들 수도 있으니까 마음의 준비를 잘하라고요.

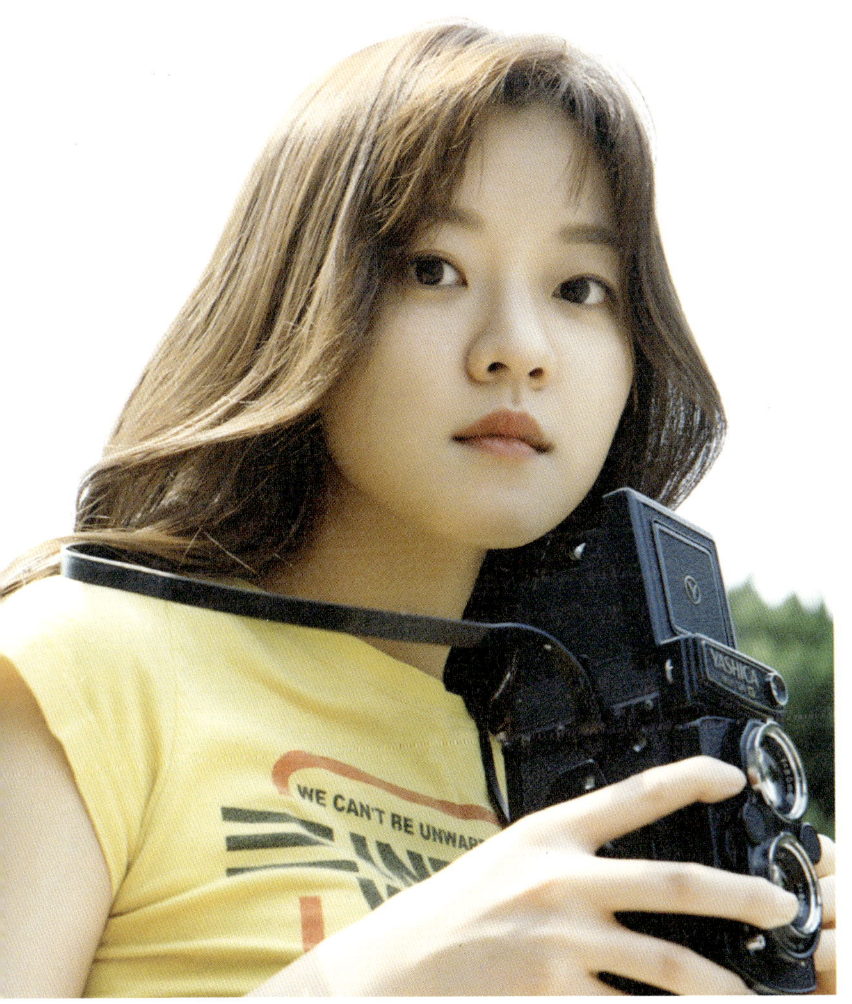

WE CAN'T BE UNWA
YASHICA

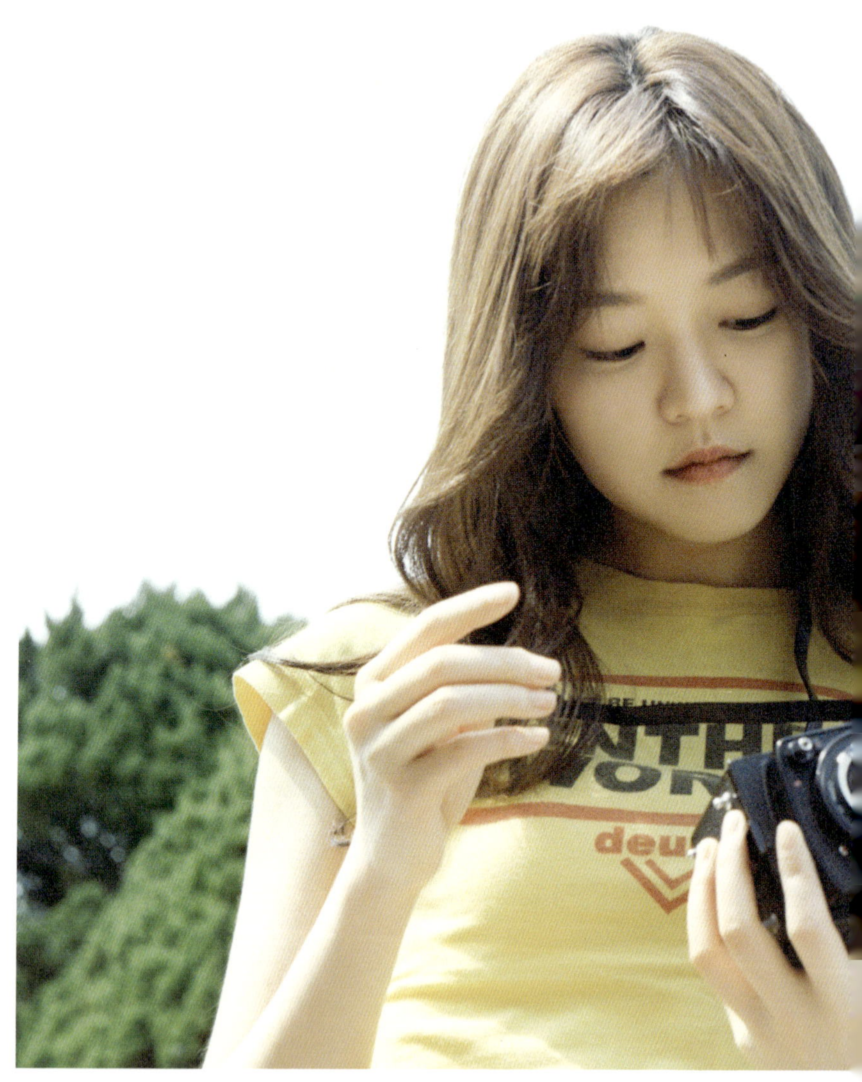

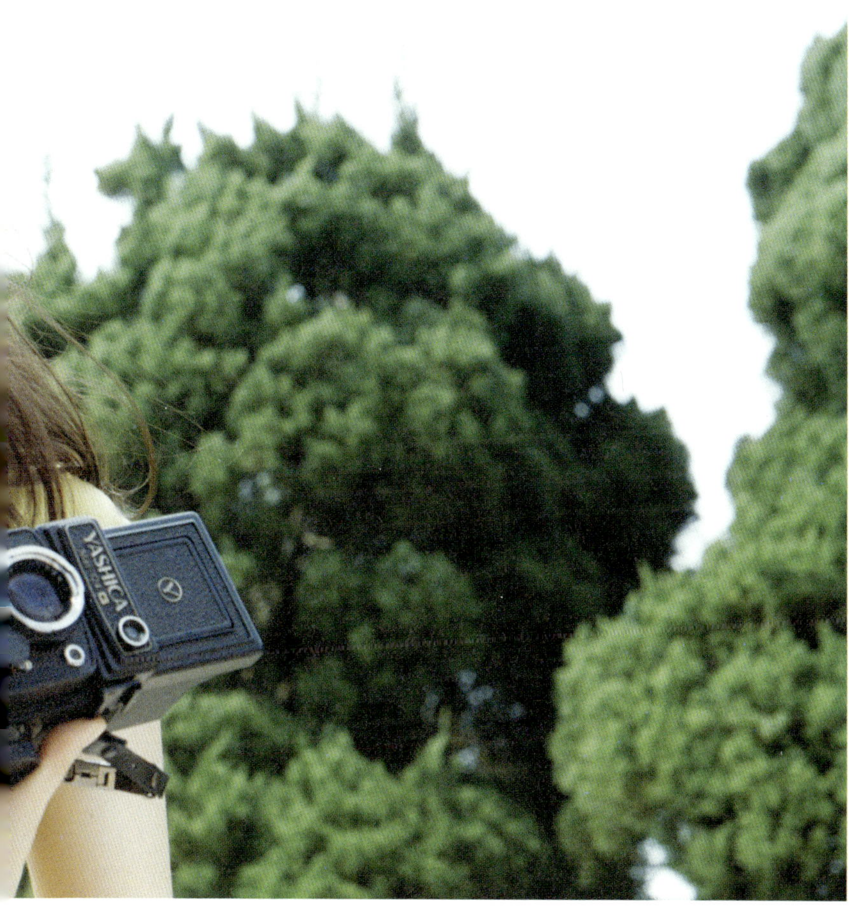

<즐거운 인생>에서 제가 출연하는 분량은 적었어요. 4회차인가? 중1 때 <괴물>을 찍고, 개봉하고 홍보하는데 중2도 다 갔어요. 학교도 다녀야 됐고, 차기작으로 조금은 덜 부담스러운 걸 하고 싶었어요. 그래서 짧은 회차지만 이준익 감독님 영화에 미팅을 처음 하러 갔는데 대뜸 저에게 "너 봉준호 믿지 마. 봉준호가 공부하라 그러지? 공부하지 마!" 그러시더라고요.

정말 이준익 감독님을 만나서 다행이었던 게, 그새 제가 익숙해졌던 첫 영화 시스템에서 긍정적인 방식으로 확 벗어나게 해줬달까요. 이건 '틀리다'가 아니라 '다르다'의 문제였어요. 그리고 '어쩌면 내가 다르게 커갈 수 있구나'를 짧은 회차지만 알게 해준 영화라 너무 좋았어요.

그래서 진짜 긴장 많이 하고 갔어요. '이분이 오케이라고 해도 그게 오케이가 아닐 수 있겠구나. 긴장을 더 해야겠다. 내가 먼저 베스트를 찾아서 가야겠다.' 그렇게 딱 베스트라고 생각했던 걸 보여줬을 때 감독님이 오케이라고 하면 더 기쁘잖아요. <즐거운 인생>도 이후 <라디오 데이즈>도 제 분량을 떠나서 다른 배우들과 함께하는, 앙상블의 즐거움을 느끼게 해줬던 영화죠.

인문계 중학교라 방학 때 찍을 수 있는 작품만 찍었어요. 그래서 중학교 친구들은 지금도 만날 만큼 사이가 좋아요. 중학교 때는 사실 일하는 것보다 학교가 더 좋았어요.

그때쯤 처음으로 느끼게 된 게 있어요. 사실 연기는 되게 모호한 작업이잖아요, 정답이 없고. 그런데 공부는 정확히 내가 한 만큼만 피드백이 와요. 물론 촬영 현장에서 어른들, 롤모델들을 만나면서 개인적인

성장을 한 부분도 있지만, 개인적인 저의
위치는 불완전했던 것 같아요. 어른들
세계에서 소속되는 적절한 청소년 역할을
늘 고민했는데 학교로 돌아가면 그냥
나다우면 되니까, 다 내 친구들이니까
학교에 있는 게 좋았어요.

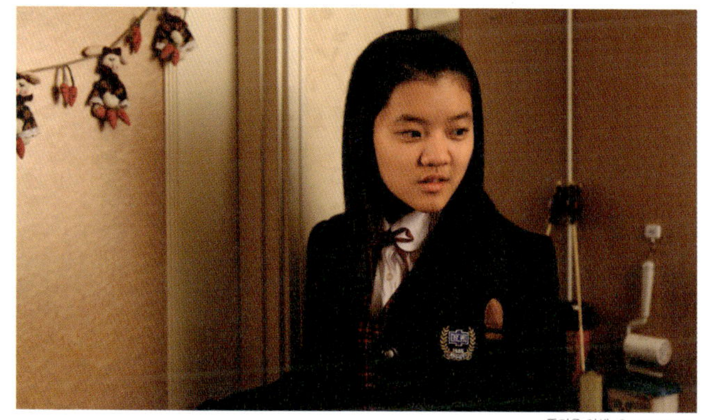

<즐거운 인생>ⓒCJ엔터테인먼트

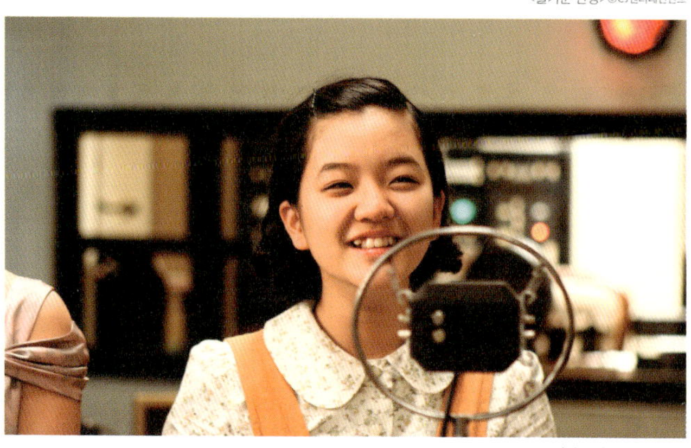

<라듸오 데이즈>ⓒ싸이더스

고아성의 기준

드라마 〈공부의 신〉을 통해 '미르' 유승호 배우를 다시
만났어요.(웃음)

마냥 즐겁게 찍었던 드라마란 기억이 있어요.
또래들이랑 있으면서 동질감이 느껴져서 편했어요.
하지만 아무리 귀여운 청소년들이 나오는 작품이라고
해도 정말 예쁜 사람이 해야 되는 역할은 따로 있구나,
라는 걸 처음으로 깨닫게 해준 드라마이기도 했어요.

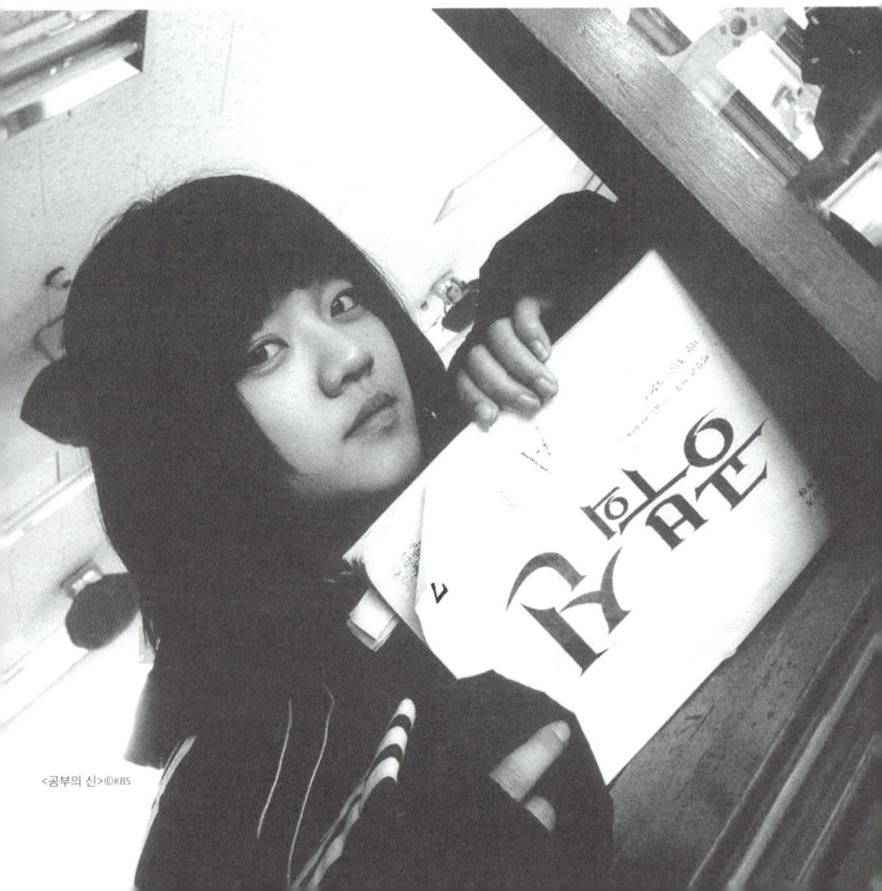
<공부의 신>©KBS

본인이 안 예쁘다고 생각했어요?

네. 특히 드라마에서 주인공 얼굴이라 불리는 '공주상'의 얼굴이 아닌 건 분명했죠. 그때 악플도 심했고, 특히 외모 지적이 너무 심해서 이런 역할은 하면 안 되는구나, 안 어울리는 건 들어와도 안 해야겠구나, 했어요.

하지만 외모의 기준도 계속 바뀌고 있잖아요. 마냥 스트레스받은 시기를 거쳐 스스로 외양에 대한 기준이 생겼나요?

사실 저는 어렸을 때부터 예뻐야 된다는 생각은 없었거든요. 오히려 작품을 거듭하면서 외모에 대한 바깥세상의 기준을 깨닫게 된 거죠. 그 과정을 통해 제 길이 더 명확해진 느낌이었어요. 나의 다른 매력을 살려보자, 외모에 어울리는 작품들, 더 영화적이고 힘 있는 이야기를 선택하자고. 사실 그 편이 제 취향에 더 잘 맞기도 하고요. 그러다 보니 작품 선택의 폭이 점점 좁아지긴 했죠. 그래도 아마 안 예뻐도 되는 역할을 저처럼 잘 찾아서 해온 배우도 없을걸요? 하하하.

〈괴물〉 영정 사진에 보이던 귀여운 덧니가 어느새 사라졌어요.

중학교 3학년 때였나, 병원에 갔더니 부정교합이라 허리가 안 좋아질 거라는 진단을 받고 어렸을 때 빨리 교정을 해야 된다고 해서 시작했어요.

배우인데 어쩌면 얼굴의 느낌이 바뀔 수도 있다는 걱정은 없었어요?

일단 제 허리 건강이 소중하니까.(웃음) 그런데 조금 후에 〈여행자〉 시나리오를 보게 됐는데, 왠지 모르게 너무 하고 싶었어요. 그래서 오디션 합격하자마자 바로 교정을 뺐어요. 병원에서는 처음부터 교정을 다시 시작해야 될 수도 있다고 했는데 망설임 없이 "네, 빼주세요" 했죠.

〈여행자〉의 예신은 장애를 가진 역할이잖아요. 배우들에게 얼굴 클로즈업 이상으로 중요한 것이 몸을 쓰는 연기라고 생각해요. 자신의 몸에 대해 정말 많이 살피고 생각했던 작업이었을 것 같네요.

맞아요, 몸을 쓰는 연기에 대한 개념이 처음 생겼던 것 같아요. 하지만 그것보다는 역할에 대한 책임을 생각했던 첫 영화예요. 앞으로 연기하면서 이런 순간이 불현듯 찾아오겠구나 싶었어요. 〈우아한 거짓말〉에서 자살한 동생을 둔 언니 역할을 연기하면서는 실제 이런 아픔을 가지신 분들이 이 영화를 볼 수도 있다는 생각을 계속 갖고 있었죠. 대중매체에 종사하는 사람으로서의 책임감을 계속 느껴가고 있어요.

133

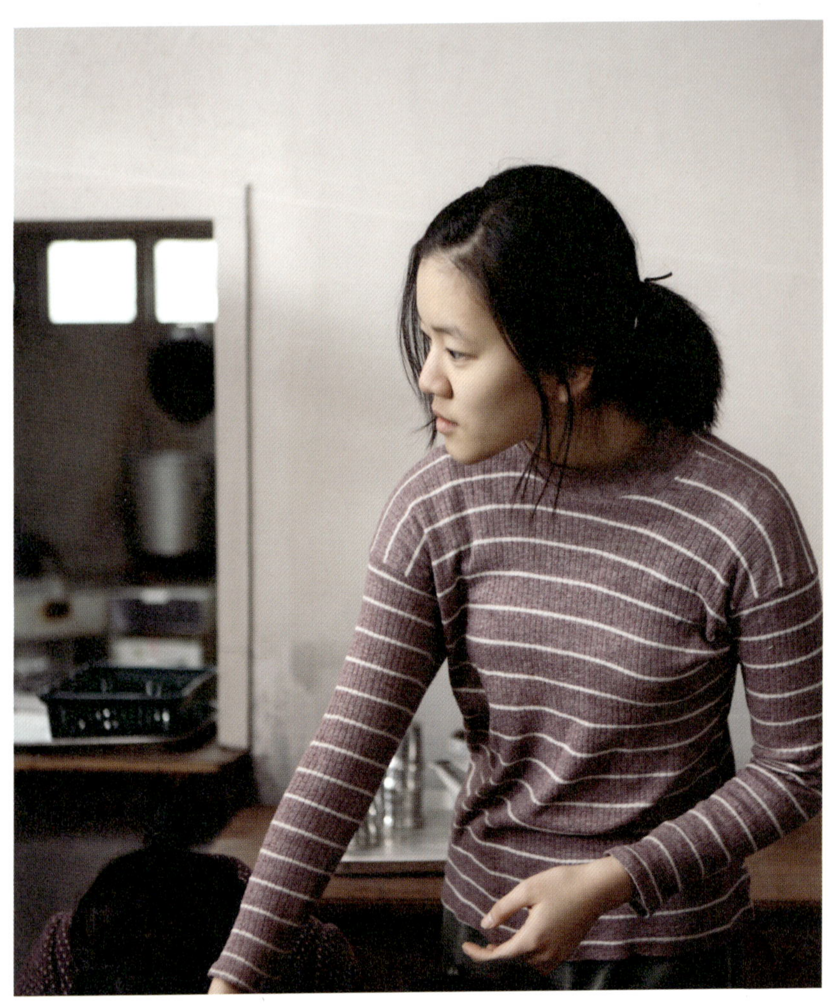

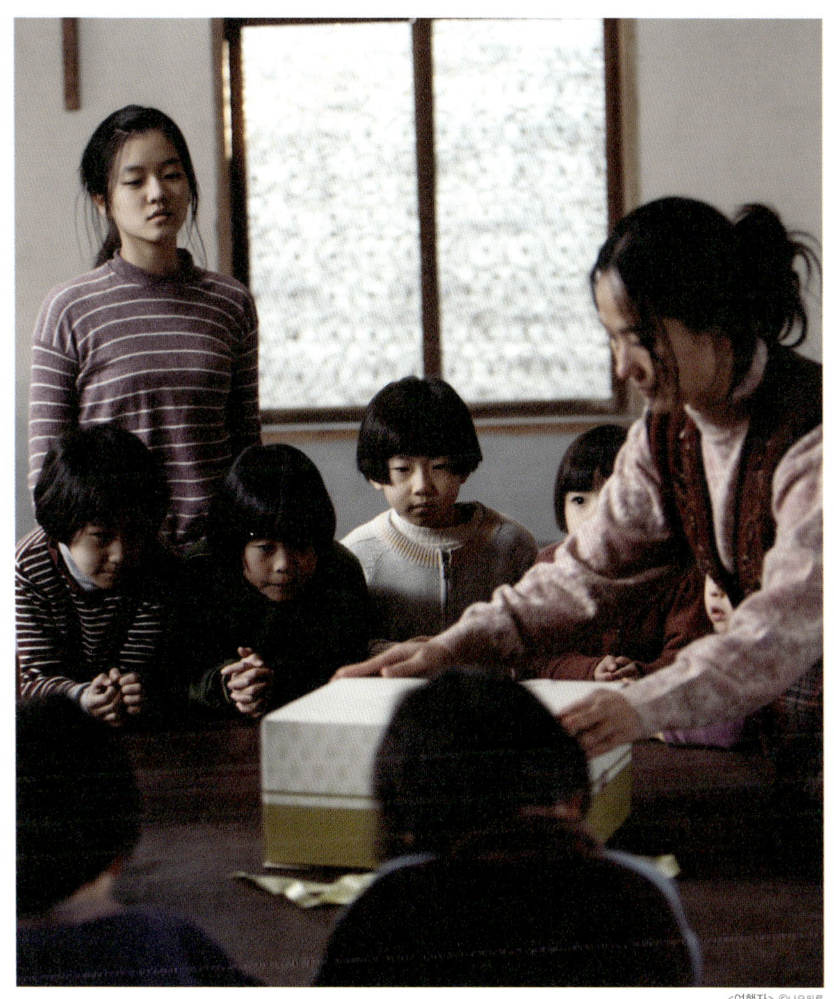

135

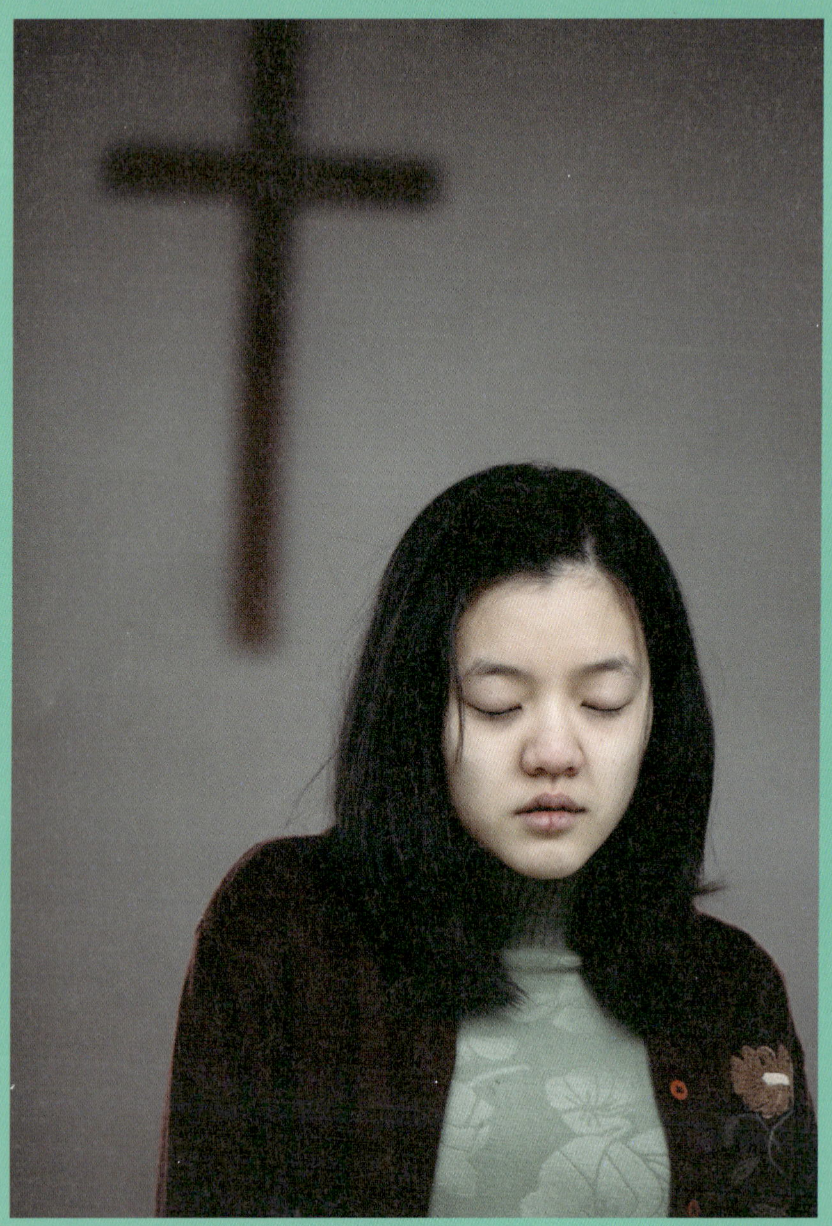

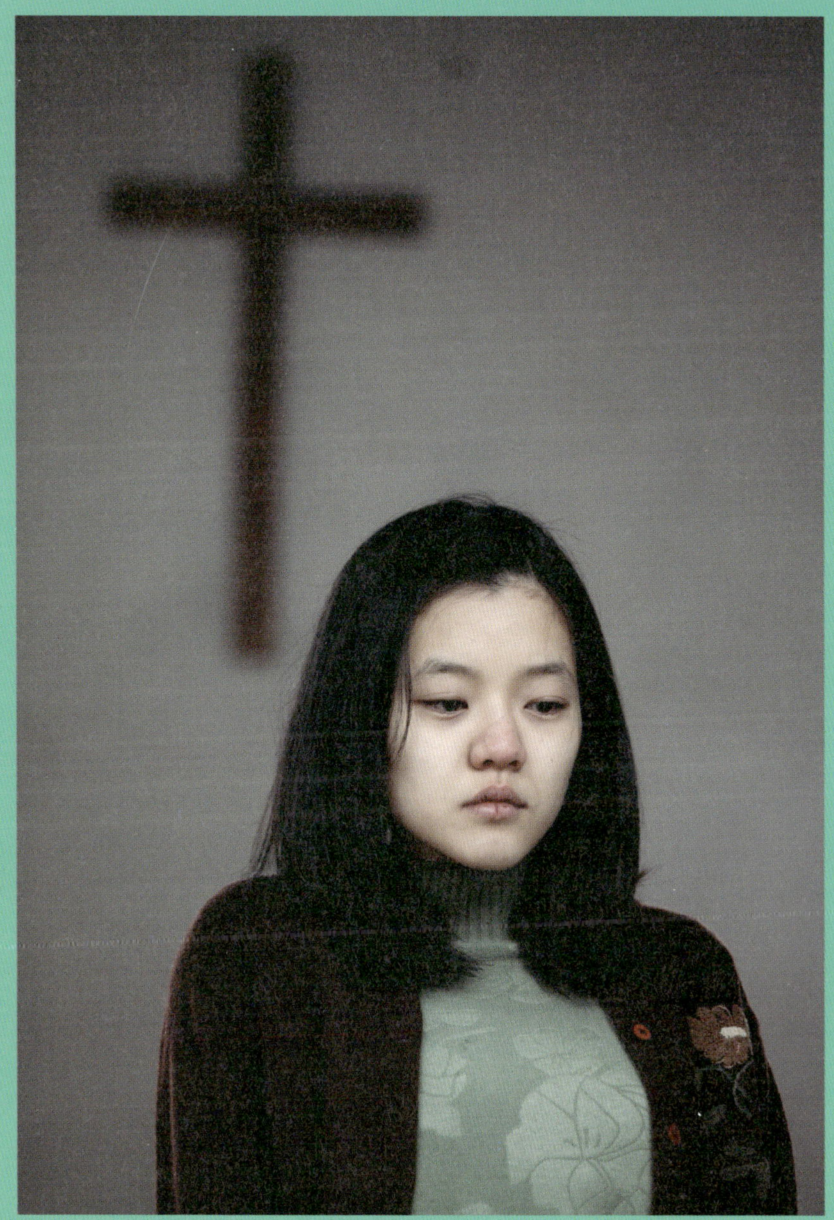

<여행자> ⓒ나우필름

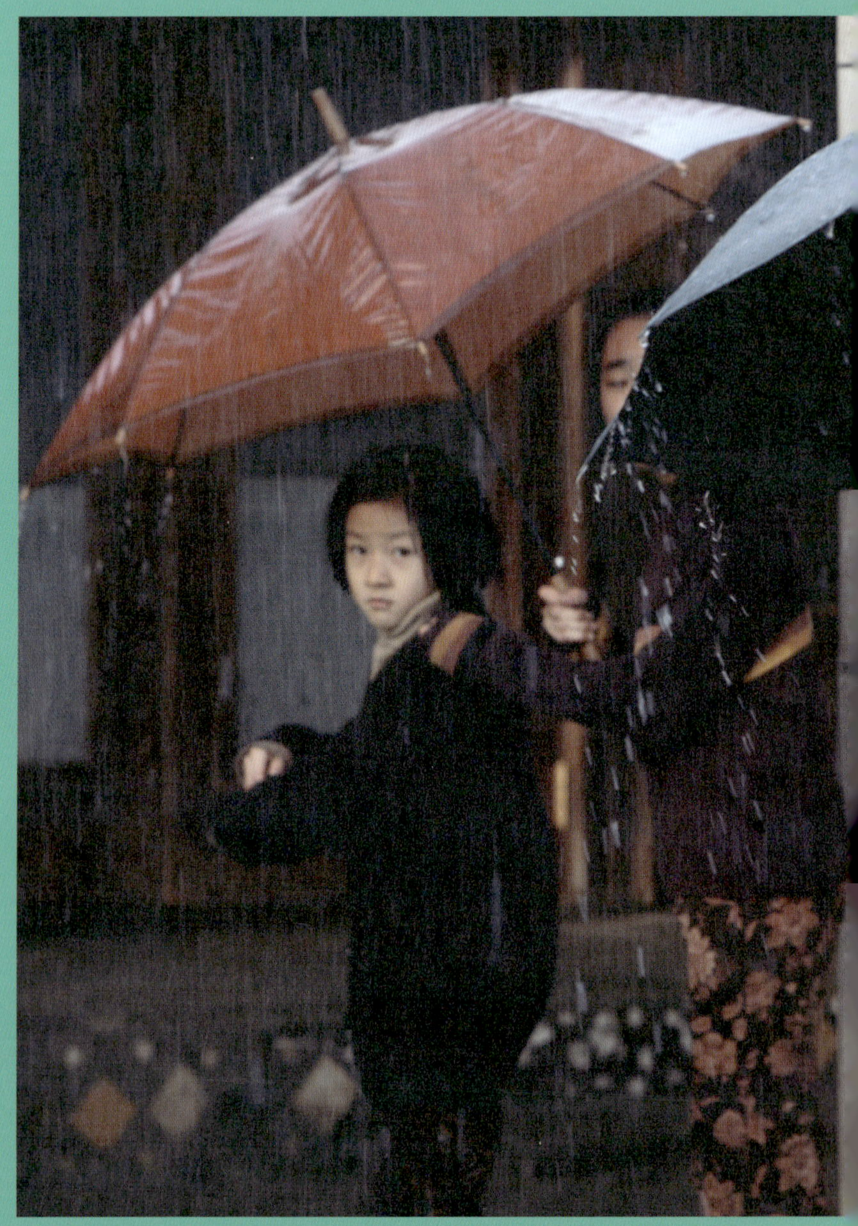

138

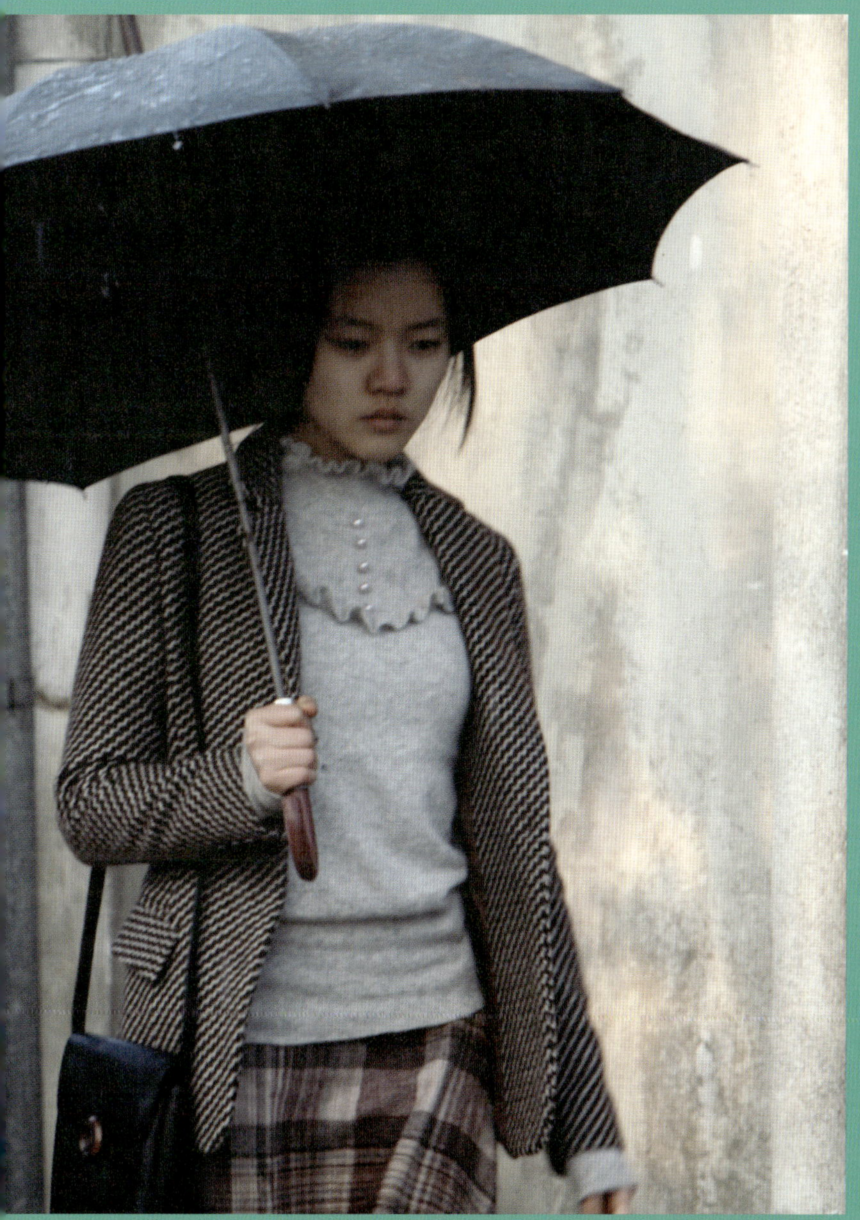

<여행자> ©나우필름

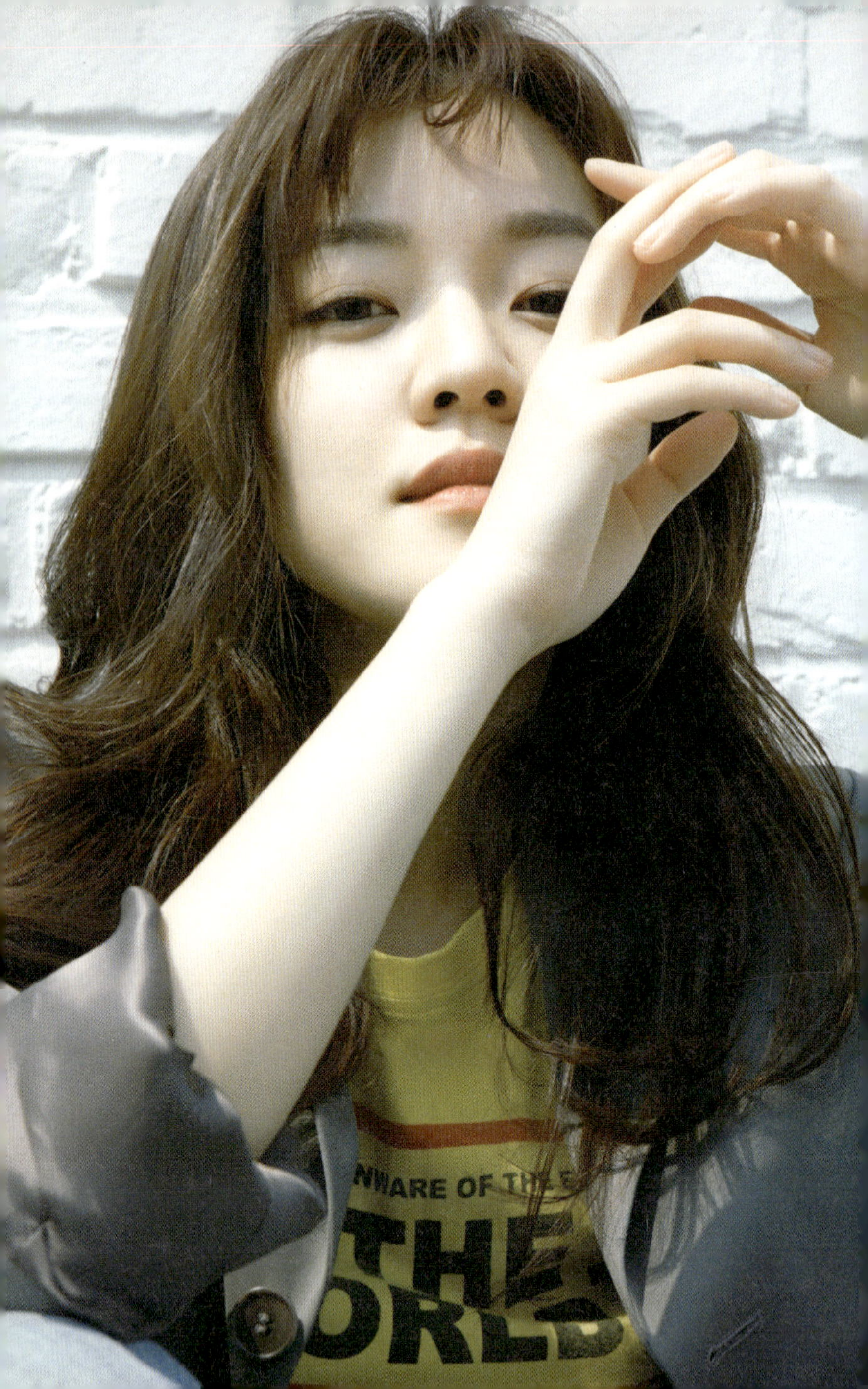
NWARE OF TH
THE
ORL

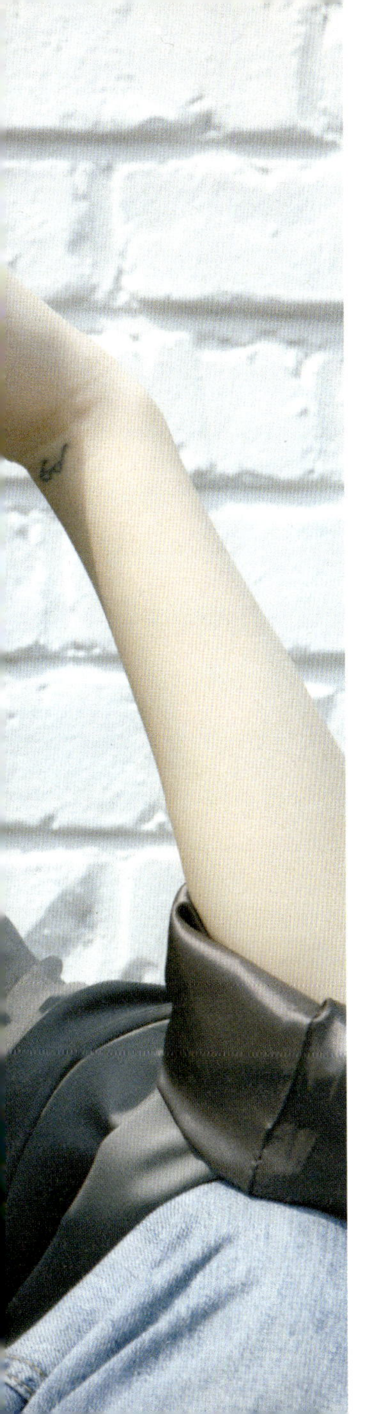

고아성의 성장

///

> "자기가 믿고 있던
> 세계가 부서지는 그때,
> 연기는 더 복잡해지고,
> 훨씬 어려워져요."

어릴 때 일을 시작한 사람들은 아무래도 나의 만족보다 어른들, 바깥 사람들의 평가에 기대게 되잖아요.

사실 어린 배우들이 성인 배우로 변모할 때 가장 어려운 것이, 어릴 때 받았던 피드백 때문인 것 같기도 해요.

칭찬받고 싶어 하는 마음 때문에요?

아뇨. 반대로 너무 쉽게 잘한다는 칭찬을 들어왔기 때문이죠. 어릴 때는 그냥 대사만 다 외워도 잘한다는 평가를 받아요. 특히 미취학 아동들한테는 잘한다는 얘기가 너무 후하죠. 그러면 진짜 자기가 잘한다고 착각하게 되거든요. 그러나 어느 순간이 지나면 잘한다는 얘기를 안 해줘요. 어릴 땐 잘했는데⋯ 하는 시기가 오는 데, 그 잣대가 일반 신인 배우들에게보다 훨씬 엄격하죠. 그래서 아역 배우 출신들은 그 시기에 슬럼프를 많이 겪어요. 저도 비슷하게 겪었던 것 같고. 성인 배우로의 변신이 막연히 어려운 게 아니라, 내가 잘한다고 생각했던 능력이 사실은 착시였다는 걸 구체적으로 깨닫게 된 순간, 자기가 믿고 있던 세계가 부서지는 거죠. 그때부터는 연기가 복잡해지고, 오히려 성인이 된 뒤 시작하는 것보다 훨씬 어려워지는 것 같아요. 거기에 바깥 사람들의 가혹함이 더해지기도 하는데, 그보다는 자신 안의 세계가 붕괴되는 순간의 당혹감이 더 크죠.

〈우아한 거짓말〉은 김향기 배우뿐 아니라, 김유정 배우까지 모두 거의 아기 때부터 연기를 해온 배우들이잖아요. 이런 사람들끼리만 통하는 것들이 있어요?

아까 말씀드린 어린 친구들의 센 척 같은 건데, 저는 어린 배우들의 연기를 편하게 못 봐요. 〈플로리다 프로젝트〉처럼 아역들의 디렉션을 정말 잘 구현해낸 작품을 봐도 옛날 생각이 나면서 저 아역 배우의 속마음, 저 친구 머릿속의 회로를 저 혼자 그려보느라 집중을 못하는 거죠. 영화 속에서 저렇게 자연스러운 아이들도 사실은 어른들과 결코 공유하지 않는 생각이 있을 텐데 그걸 감추기 위해 뭔가 더 재능 있는 척을 할 때도 있고, 아니면 더 어린 척을 할 때도 있어요. 그런 경험이 저도 너무 많았고 제 주변에도 많았죠. 꺼내서 얘기를 한 적은 없었지만 향기와도 그런 마음이 공유되는 순간이 있었어요. 한번은 엄마 역을 연기하신 김희애 선배님이 향기와 저에게 "너희들이 잘하고 있는지는 스스로 판단하는 수밖에 없다"는 말씀을 해준 적이 있어요. 그건 마치 아역 배우들이 가진, 아무한테도 공유하지 않는 고집을 응원해주는 느낌이었어요. 그래서 그 말이 무슨 뜻인지 저도 향기도 정말 이해가 되었던 것 같아요. 내가 잘하고 있는지 판단할 사람은 나밖에 없다는 걸.

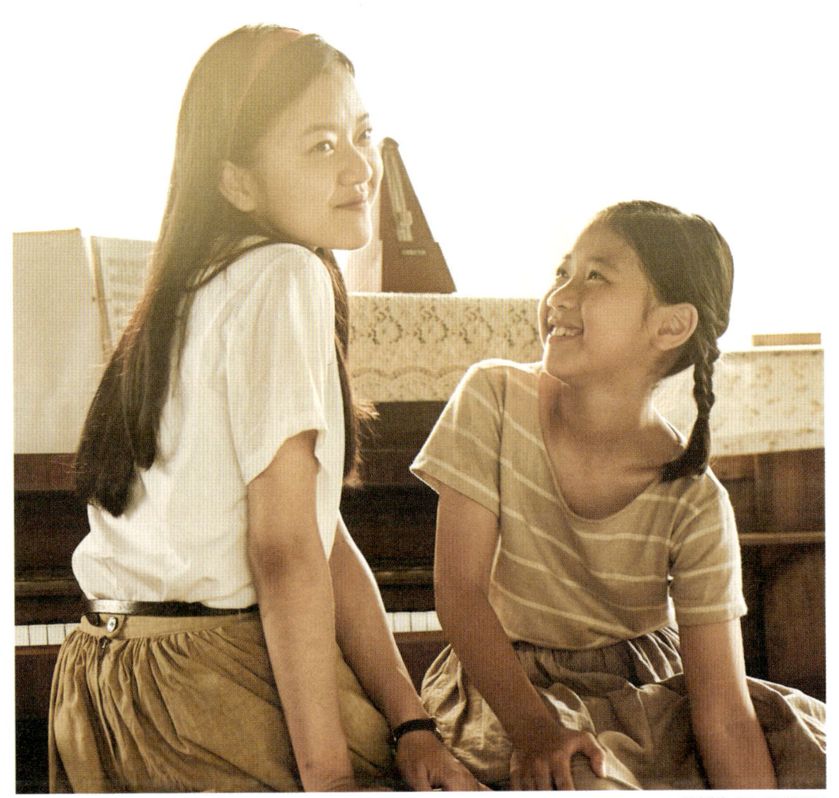

그래서 흑역사의 사진들이 더 많죠. (웃음) 대신 성인이 된 이후 데뷔한 배우가
대중에게 느끼는 막연한 겁이 저는 좀 덜해요. 그래도 내가 자라온 모습을 뜨문뜨문
지켜본 사람들이라는 근거 없는 믿음이 있거든요. 아마 그래서 작품 선택도, 엉뚱한
도전을 하는 것에도 조금 더 서슴없는 것 같고요. 저 역시 다른 어린 배우들을
바라보는 마음도 그래요.

143

어떤 배우들요?

당연히 향기도 그렇고, 김수안 배우를 볼 때도 그래요. 물론
수안 배우와는 한 번도 함께 작업하고 만나본 적이 없지만,
뭔가 그 친구가 커가고 연기하는 모습을 보고 있으면 너무
기쁘고 어떤 변화들을 발견할 때 괜히 반갑고 그래요.

그런 면에서 저는 고아성 배우가 보여주는 과거와 현재 그리고 이후의 선택들이 어린 시절 연기를 시작한 배우들에게 알게 모르게 큰 영향을 끼칠 거라고 확신해요.

스무 살 갓 넘고 <설국열차>가 개봉되기 전 정도였던
것 같은데, 카페에서 친구랑 커피를 마시고 있었어요.
그런데 그곳에 박원순 시장님이 오신 거예요. 그분이 저를
보시고 고아성 씨 아니냐고 존댓말로 너무 정중하게 인사를
해주셨어요. 사실 그 전까지 저를 처음 보는 사람들은
대부분 반말을 했거든요. 그런데 처음으로 나를 어른으로
대해주는 어른을 만난 거예요. 뭔가 감동적이었어요. 앞으로
어린 배우들에게 이렇게 해야겠다고 결심했어요. 그 일이
있고 나서 찍은 영화가 <우아한 거짓말>이었는데 모두에게
존댓말을 썼어요.

향기 씨, 유정 씨 이렇게?

네. 나중에 시간이 지나고 친해진 후엔 말을 놓았지만
그래도 끝까지 이 동료들을 어른으로 대하는 마음만큼은 놓지
않았어요.

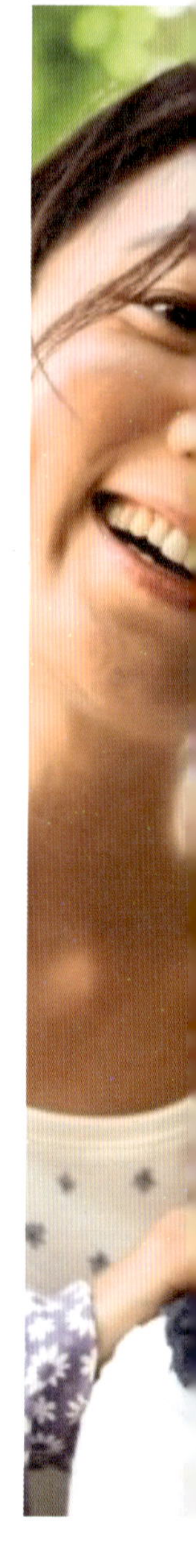

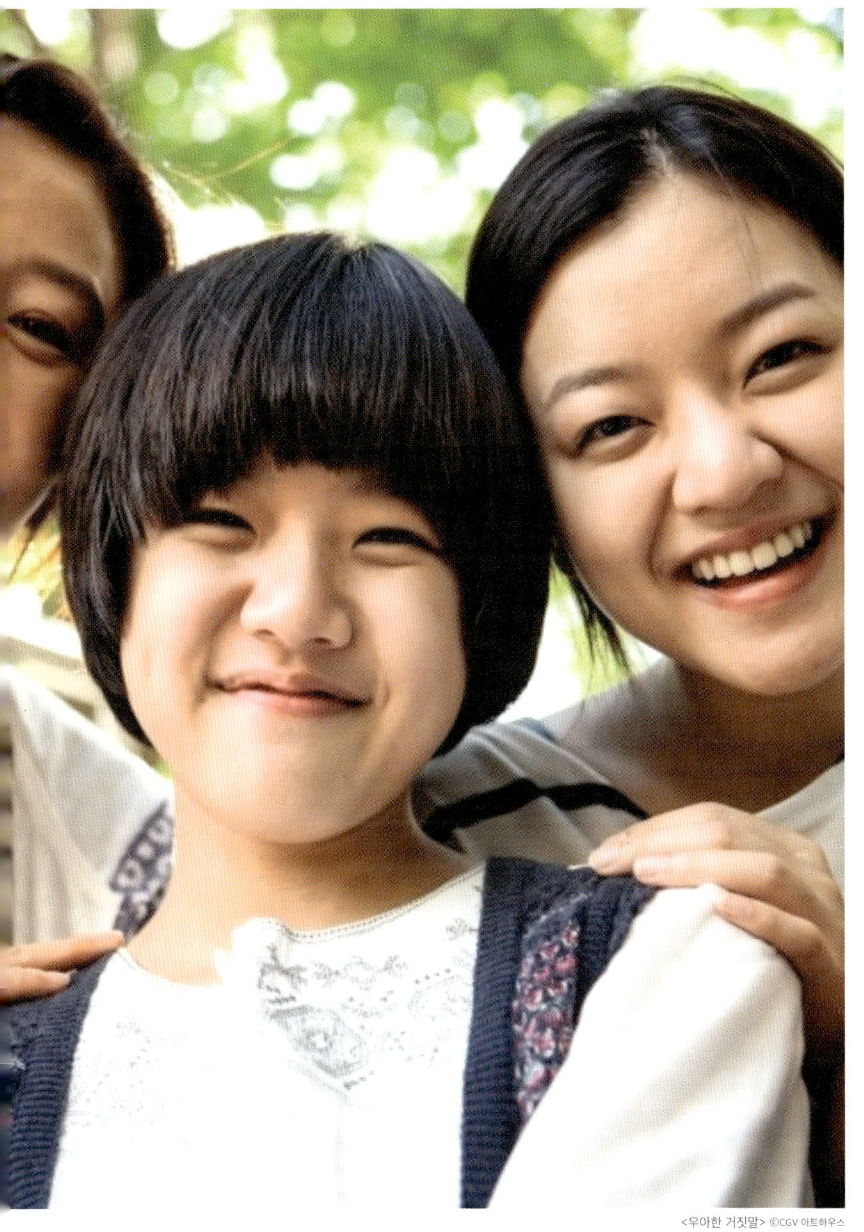

<우아한 거짓말> ⓒCGV 아트하우스

고아성의 성장

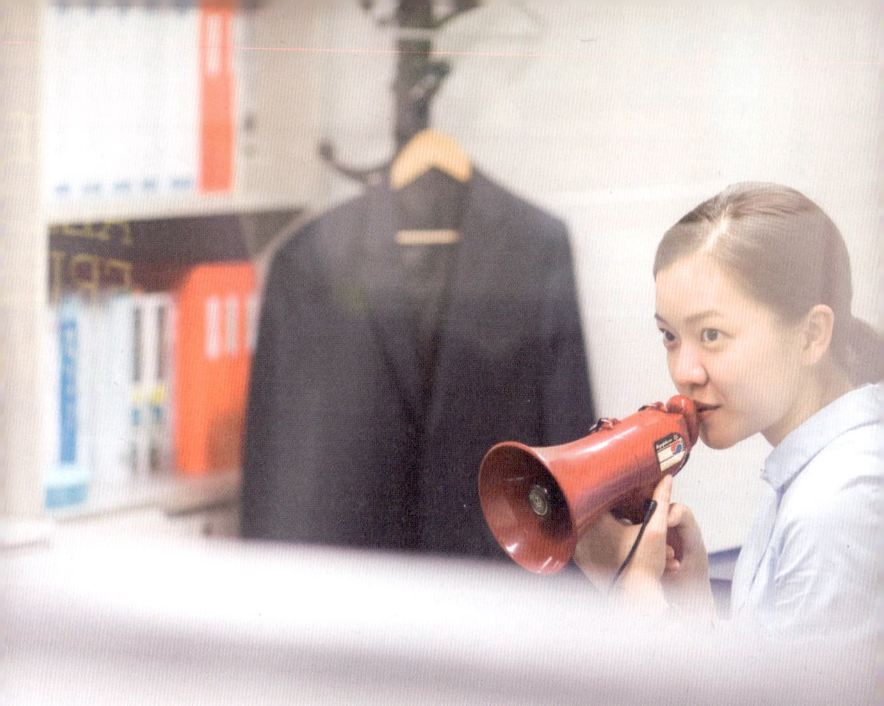

누구의 딸도
아닌 고아성

INTERVIEW - 고아성×백은하

그간 봉준호, 이준익, 이한, 안판석, 홍상수, 조민호 감독까지
참 다양한 감독들과 작업해왔어요.

다 다르죠? 각각의 스타일이 있고, 서로 다른 방식이
각각의 정답이라는 걸 알게 되었을 때, 비로소 영화 작업이
재밌어졌어요. 한 배우가 다른 감독을 만나 다른 배우가 되는
것.

매번 선택을 받아야 하는 직업이라는 점에서 스트레스를
느껴본 적은 없어요?

그보다는 절대적으로 동경하는 사람, 꼭 이 감독님이랑, 이
배우랑 일하고 싶다는 소원이 없어졌을 때 오히려 무력감이
찾아왔어요.

선택받지 못하는 무력감보다는 선택할 것이 많지 않은
무력감이라는 거죠?

아역 배우였을 때는 답답할 때가 있었어요. 물론 저는
운이 좋아서 다양한 캐릭터, 다양한 작품들을 많이 했지만
대체적으로 어린 배우들에게 주어지는 역할은 어른들이
생각하는 청소년 캐릭터거든요. 행복한 가정에서 하하호호
하는 귀여운 아이이기니, 옷 안 사준다고 투정 부리는 아이,
엄마 아빠가 싸워서 속상한 아이…. 이런 것들이 청소년들이
겪는 고민의 전부는 아니잖아요. 그보다 훨씬 더 깊고 진지한
내면이 많은데 말이죠. 그래서 성인이 되면 좀 더 다양한
감정과 경험을 표현할 수 있겠다고 생각했죠. 그런데 막상

147

어른이 되었는데도 그 답답함이 딱히 해소되지는 않더라고요. 창작자들이 생각하는 어른 여자의 삶, 여성 캐릭터가 진짜 사람이 아닌 듯한 느낌을 받았어요. 그런 시나리오를 계속해서 읽다 보면 찾아오는 무력감이 더 큰 것 같아요. 내가 구현하고 싶은 것은 살아 있는 사람인데, 진짜 인간을 표현하는 일인데, 영화 속에서는 그런 사람으로부터 오히려 점점 멀어지는 느낌이 들면서 다른 무력감이 찾아왔어요.

결국 그 답답함에 이르면 배우들이 직접 시나리오를 쓰거나 연출을 준비하더라고요.

그쪽 능력은 안 돼서 대신 나에게 주어진 캐릭터를 진짜로 만들어가려고 애쓰는 중이에요. 끝내 받아들여지지 않기도 하지만 그래도 계속해보려고요. 이 역할을 진짜 사람으로 만들고 싶다는 것. 그게 최근 5년간의 제 화두였어요.

계기가 있었나요?

<풍문으로 들었소>가 끝나고 나서 그런 느낌이 들었어요. 너무나 멋지고 비상한 인물을 연기하고 나서 찾아오는 공허함 같은 것, 그리고 이런 진짜 캐릭터들과의 만남을 계속 이어가고 싶은 욕심. 서봄을 연기할 때 감동적인 순간들이 많았거든요.

서봄의 가장 큰 매력은 무엇이었어요?

연대할 줄 아는 것.

<그때는맞고지금은틀리다>는 의외의 선택이었어요.

아침에 대본이 나오는 상황이라 제 역할을 끝까지 파악하지 못한 채 끝난 영화였어요. 그저 유명한 '담배짤'을 남긴 영화 정도로 해두죠. 하하하.

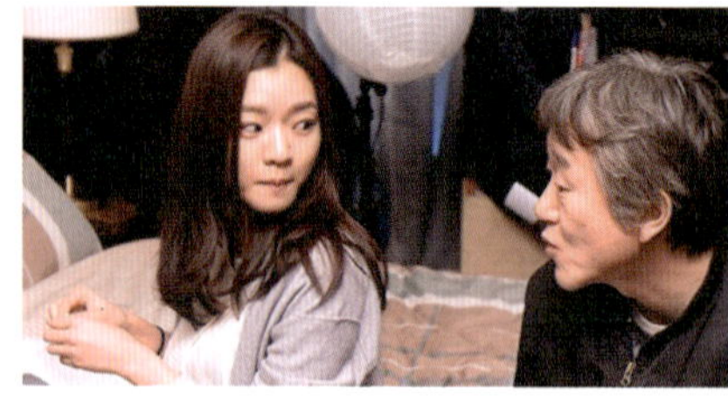
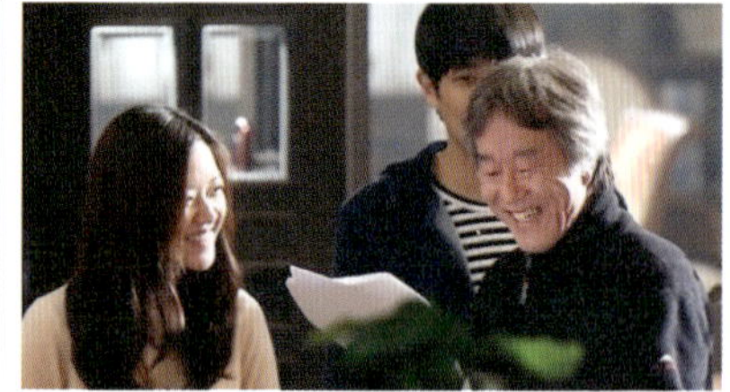

<풍문으로 들었소> ©SBS

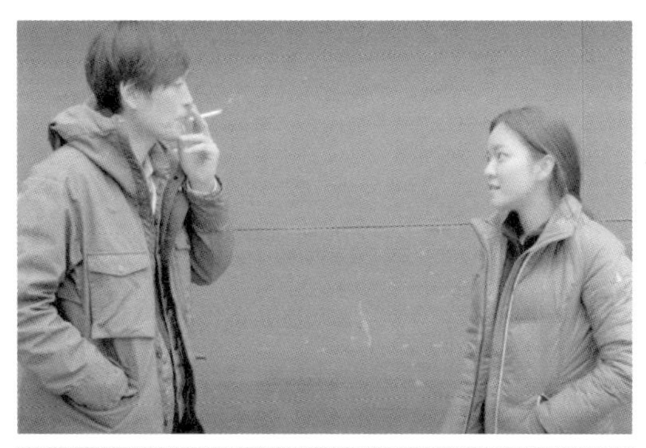

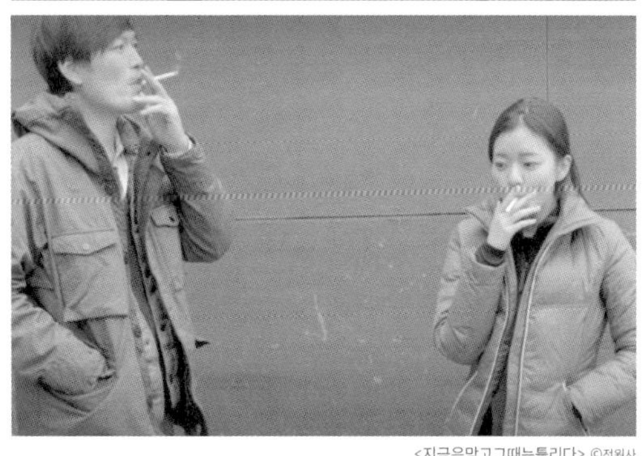

<지금은맞고그때는틀리다> ⓒ전원사

고아성의 성장

고아성의
어프로치 approach

////

"그런 생각이 들었어요.
나중에 나이가 들고 기억력이
희미해질 때쯤이면,
무엇이 내가 만들어낸 경험이고
무엇이 진짜 겪은 경험인지
헷갈릴 수도 있겠다는 생각."

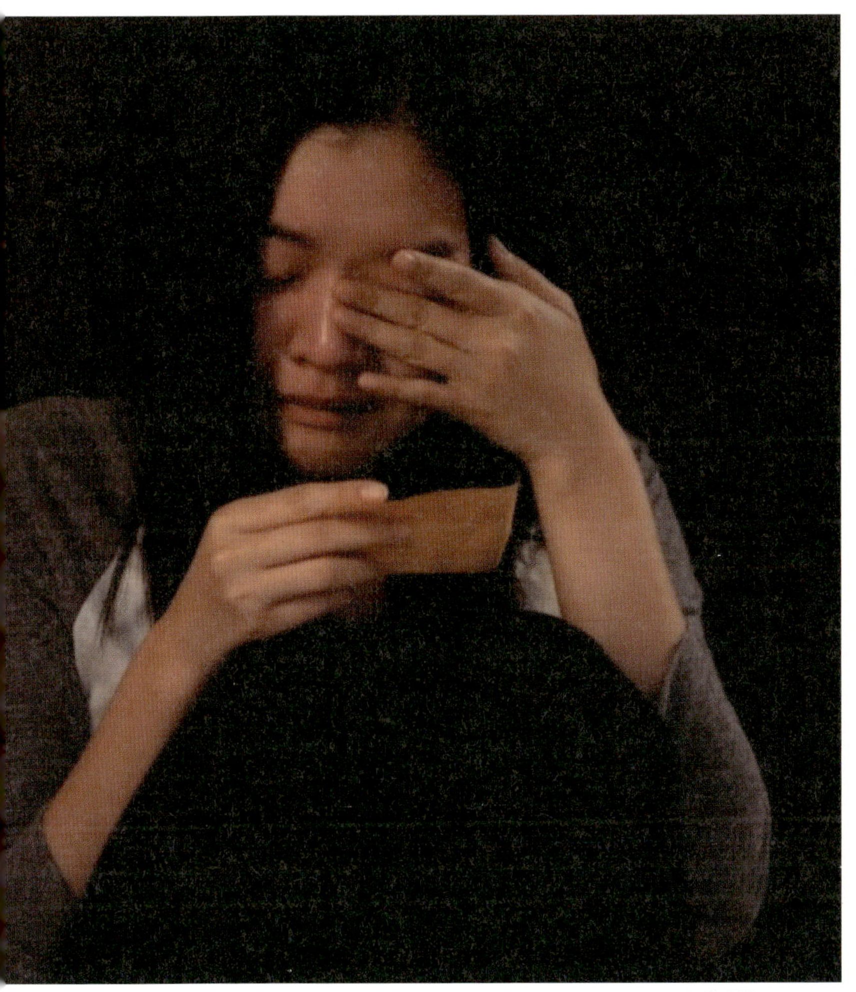

가장 힘든 연기는 무엇인가요?

화내는 연기. 저는 살면서 화가 났던 적이 별로 없어요. 한 번도 언성을 높여서 싸우거나 화를 내 본 기억이 없어서, 제가 그런 연기를 해야 하는 순간은 다 가짜처럼 느껴지기도 해요. 방금 한 게 진짜 화내는 거랑 가까울까?

151

유난히 더 닿을 수 없는 경험들이 있어요. 아이의 출산이라든가(<풍문으로 들었소>),
가족을 잃은 경험(<우아한 거짓말>). 이런 역할이 주어지면 거의 자신을 놓을 때까지
끊임없이 생각하는 것 같아요. 그래서 밤에도 계속 그런 꿈만 꿔요. <우아한
거짓말> 때는 친했던 언니가 자살하는 꿈을 일주일 내리 꾸는 거예요. 그래서 어느
날 아침에 눈을 떴을 때는 '아, 이 언니가 떠난 지 며칠이 지났구나'라고 착각할
만큼이었어요. 그렇게 찍은 영화를 끝내고는 너무 힘들었는데, 어쩌면 이것이
앞으로 배우로서 살면서 계속 겪을 일이구나 싶었어요. 얼마 전에 영화 <증인>을
보던 중이었어요. 재미있게 영화가 한참 흘러가던 중에 나무 그늘 밑에서 햇살을
받는 향기 얼굴을 딱 보는데 갑자기, 내가 잃어버린 동생이라는 생각이 들면서
하염없이 눈물이 나는 거예요. 나는 실제로 동생도 없는데…. <우아한 거짓말>은
유독 햇살이 많이 비춰 내렸던 영화였거든요. 그때 이런 생각이 들었어요. 나중에
나이가 들고 기억력이 희미해질 때쯤이면, 무엇이 내가 만들어낸 경험이고 무엇이
진짜 겪은 경험인지 헷갈릴 수도 있겠다는 생각.

<오피스> 준비하면서, 제가 딱 원하던 눈빛의 전환이 분명히 머릿속에 있었어요.
관객들도 처음 보는 얼굴이면 좋겠다고 생각했고요.

배우를 처음 시작할 때 가지고 있던 용기와 자유의 정도가 일을 하면 할수록, 조금
더 많은 사람들이 알아볼수록 자연스럽게 떨어져요. 저도 어쩔 수 없이 그렇게 가고
있었던 것 같고요. 그런데 <오피스>의 미례 역할을 통해서 속이 시원해지는 느낌이
있었어요. 내가 이런 감정도 느낄 수 있는 사람이구나, 표출하는 연기는 이런 쾌감이
있구나. 몸은 너무 힘든데 속은 너무 시원했어요.

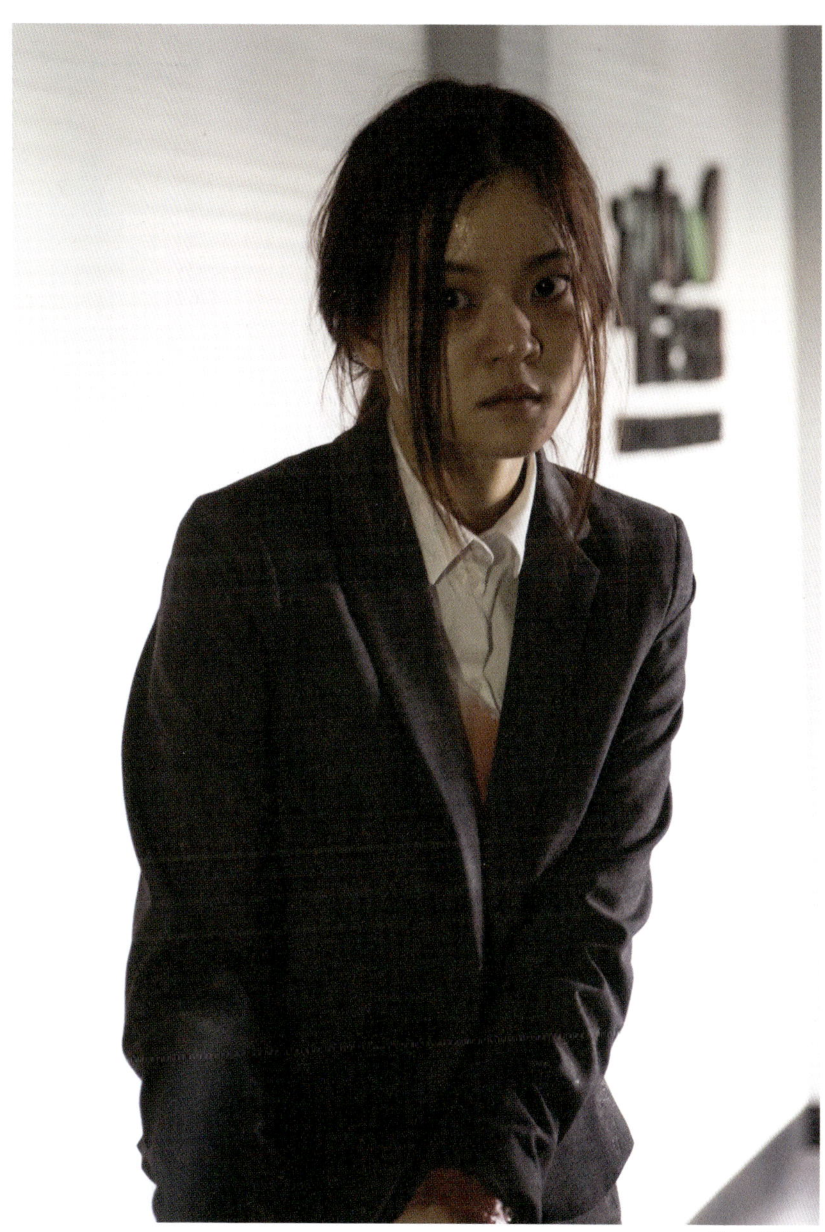

<오피스> ©리틀빅픽처스

고아성의 어프로치

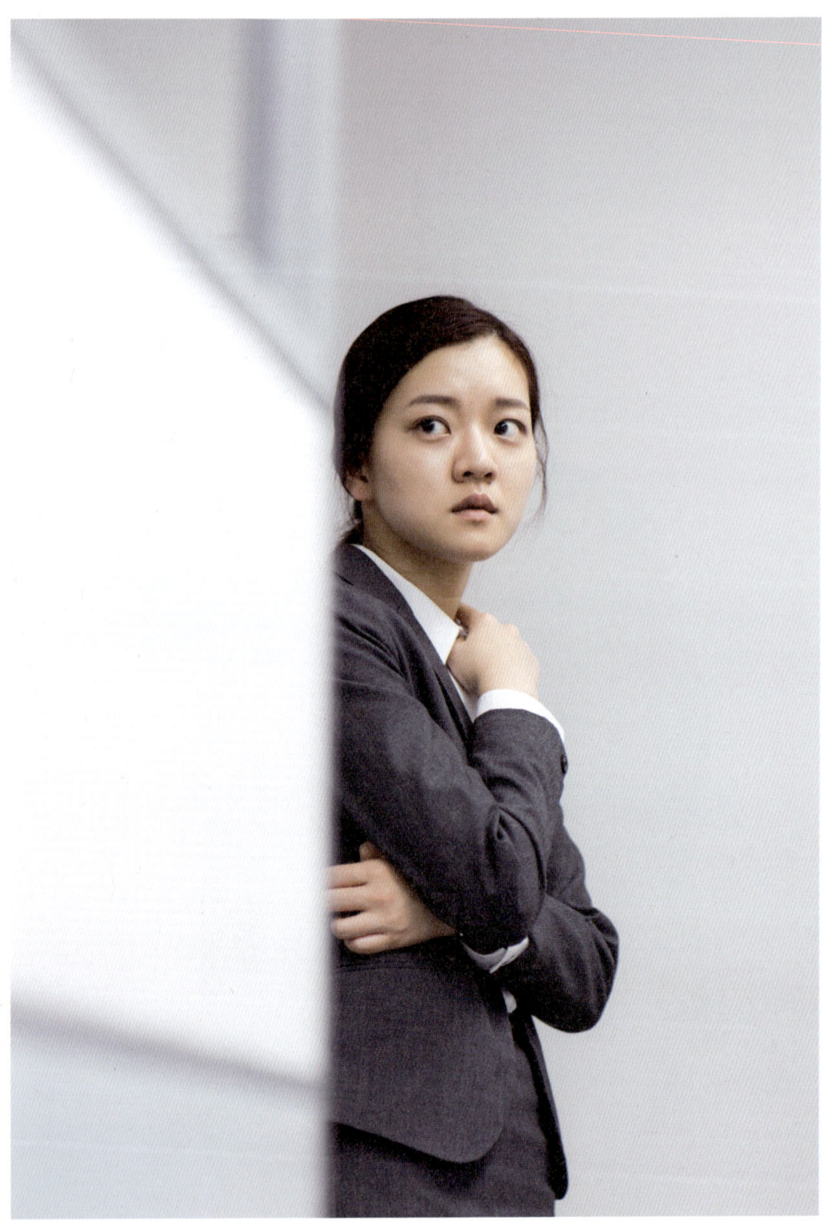

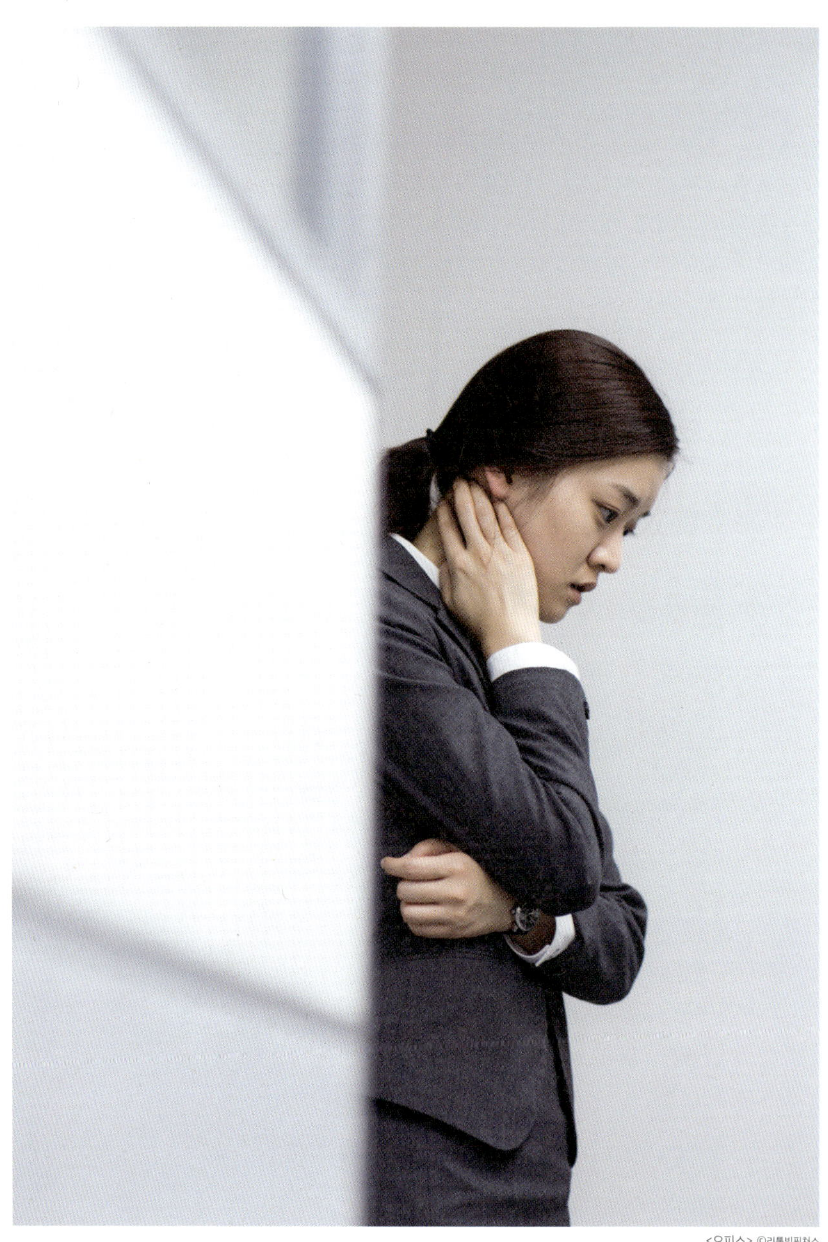

고아성의 어프로치

1988년은 제가 살았던 시대가 아니잖아요. 순경이지만 수사보다는 커피 심부름을 도맡아 해야 하던 윤나경과 어떻게 만나야 할까 고민하다 지금과는 미묘하게 다른 그 시절 서울 여성들의 말투에 집중했어요. 80년대 후반 뉴스 영상을 되게 많이 찾아봤어요. 그 안에 특별한 억양들이 많더라고요. 대체적으로 친절하고 상냥해요. 90년대만 해도 "기분이 조크든요"처럼 조금 더 거침없고 당당한데 말이죠. 원래 감독님이 요구한 부분은 아니었지만 계속 내 목소리를 녹음하고 들으며 수정하고 연습했죠.

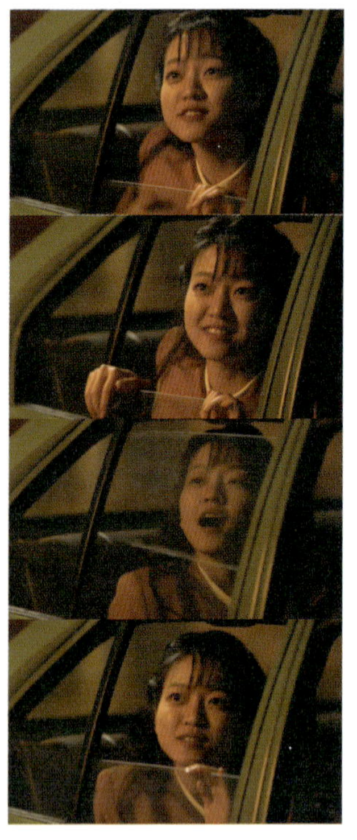

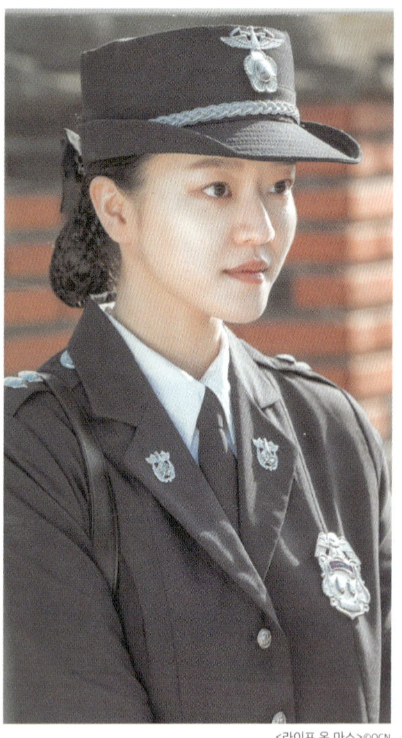

<라이프 온 마스>©OCN

공감 능력은 태생적일 수도 있고 혹은 배우 생활 중 자연스럽게 학습된 부분도
있을 수 있을 텐데요. 고아성 배우를 만나면서 느꼈던 것이, 누군가의 감정 안으로
들어가는 속도나 정도가 유독 빠르고 깊다는 것이었어요.

그게 약간 약점이기도 하고 단점이기도 해요. 왜냐하면, 제가 꽂히는 것에만
마음이 동하니까. 그런데 다른 배우들도 각자 자기에게 깊이 다가오는 순간을
끌어올려서 다른 신에도 힘을 싣는다는 걸 알게 되면서 그 방법을 배운 것 같아요.

하지만 어떤 공감은 그렇게 구체적인 인지 과정을 통하지 않고도 이루어지잖아요.

정말 예상치도 못하게 찾아오는 순간들도 있죠. <풍문으로 들었소>에서
아기를 낳고 엄마한테 전화하는 신에서, "엄마도 나 이렇게 아파가며 낳았나"
라고 말하는데 저도 모르게 충청도 사투리를 썼던 거예요. 숏 들어갔던 순간에 왜
그랬는지 기억이 안 나는데.

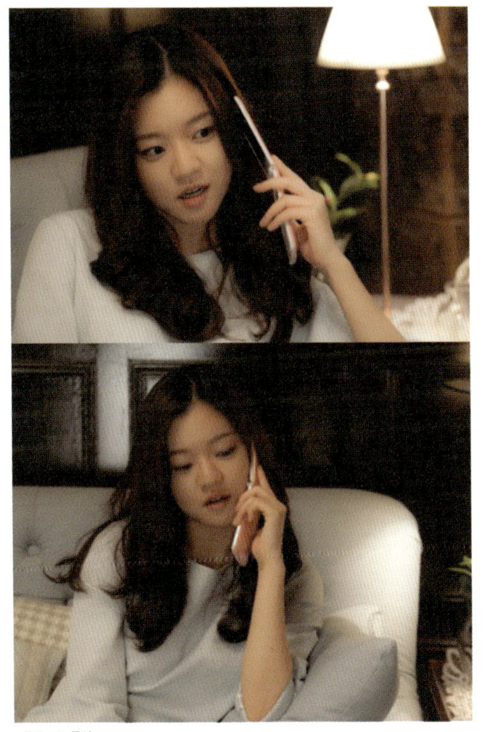

<풍문으로 들었소>©SBS

어디서 나온 사투리였을까요?

대체 뭘까… 집에 와서 골똘히
생각을 해봤는데, 외할머니가
충청도 분이셔서 엄마가
외할머니한테 전화할 때만
쓰는 사투리가 저도 모르게
나온 거예요. 연기라는 것이
다 내 통제 하에 이뤄지는 것이
아니구나 싶었죠. 사실 이런
경험을 이야기하는 것 자체가
좀 민망해서 말하지 않았지만,
배우라면 모두 한 번쯤은 이런
기억이 있을 거예요. <항거>에서
독립선언문을 낭독하는 장면
찍을 때도 그랬어요.

고아성의 어프로치

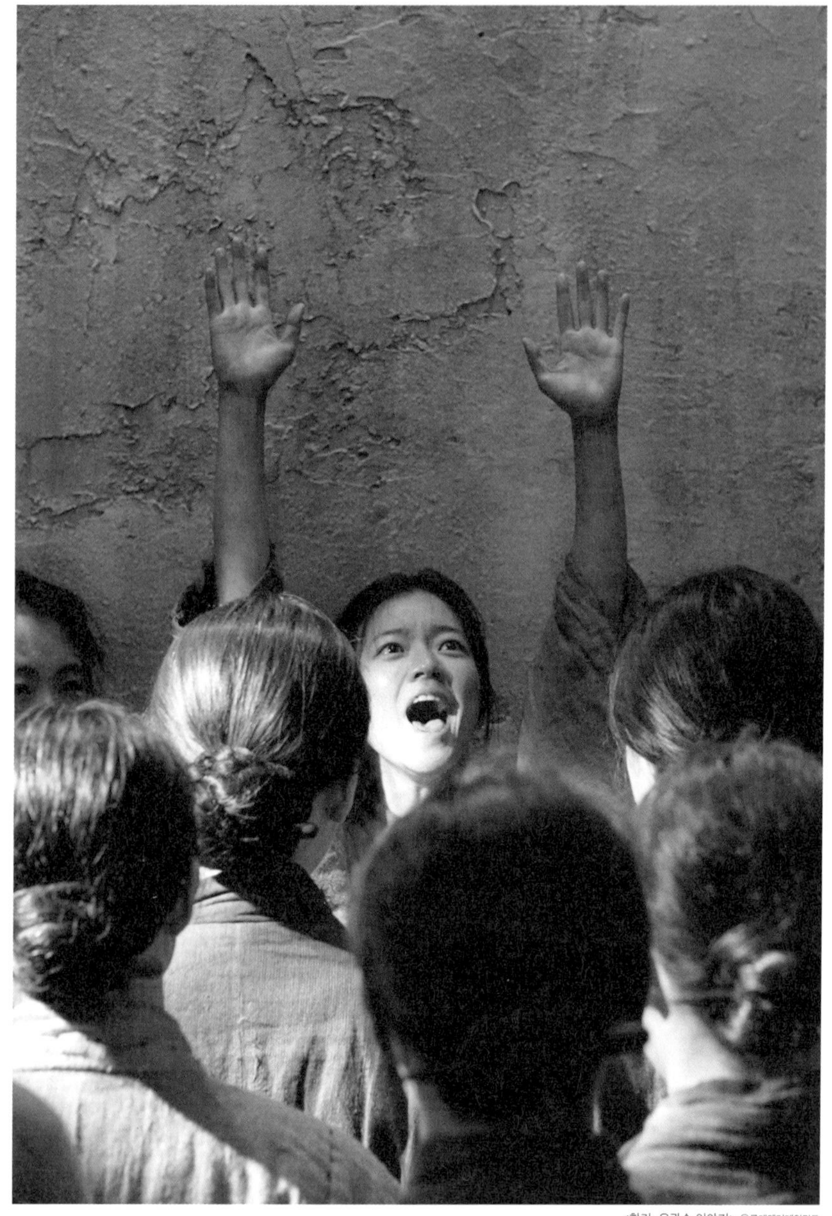

<항거: 유관순 이야기> ©롯데엔터테인먼트

"우리는…" 하고 첫 대사를 시작하고 잠시 멈춘 이후부터 "대한독립만세"를
부르기까지 폭풍처럼 휘몰아쳐가는 신이죠.

<항거> 촬영 기간은 전반적으로 혼이 나가
있었지만 그 신은 정말 숏 들어가는 동안의
기억이 없을 정도로 기이한 경험이었어요.
카메라 앞에 섰는데 너무 떨리고 집중도 안
되고 그 긴 대사도 기억이 안 나더라고요.
그러다 자! 레디~ 하는데 갑자기 오디오
감독님이 마이크를 바꿔야 한다는 거예요.
제 심장 소리가 너무 크게 들어가서 위치를
바꿔야 한다고. 마이크를 옮기는 동안도
카메라 감독님부터 앞에 선 배우들 얼굴까지
너무 크게 느껴졌어요. 아, 큰일 났다고
생각하는 데 액션, 하는 순간부터 진짜
기억이 하나도 없어요. 누가 편집한 것처럼
필름이 끊긴 느낌. 그리고 이어지는 기억이,
컷은 이미 한 상태였고 배우들이 모두
부둥켜안고 울고 있었어요.

그간 작품을 해오면서 어쩌면 내
작은 그릇 안의 변주는 이미 끝났다는
느낌이었어요. 나라는 배우가 만들어낼
수 있는 이미지는 여기까지고 잘해봤자
되풀이지, 결코 다른 사람이 될 수 없다고.
게다가 <항거> 때 처음으로 제가 기성
배우라는 것이 단점이라는 걸 인지했던

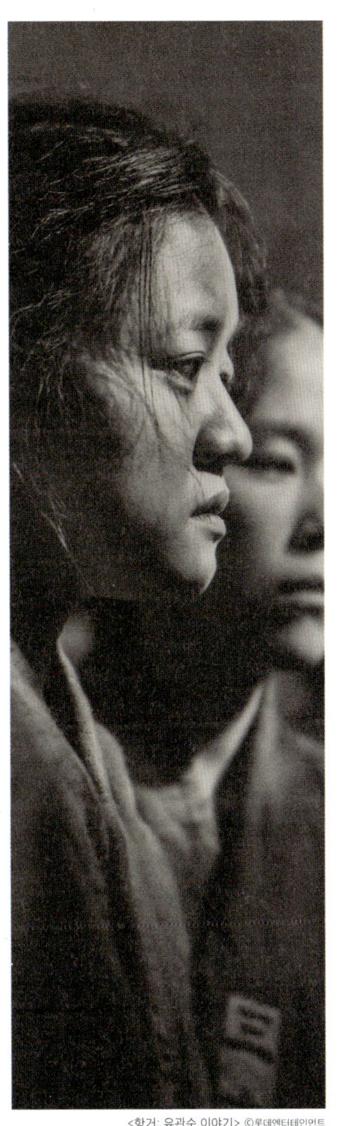

<항거: 유관순 이야기> ©롯데엔터테인먼트

159

것 같아요. 이미 저를 봐왔던 사람들에게 제가 과연 유관순으로 받아들여질까. 한 5회차 정도 찍고 모르겠다, 계속 거짓말하는 것 같다고 고백했더니 감독님이 너무 반가워하는 거예요. '나는 배우들이 안다고 했을 때만큼 불안한 적이 없다. 모른다고 할 때가 더 좋다'고. 그리고 '유관순이 된다는 건 쉽지 않을 거다. 그 사람이 되려고 하지 말고 그냥 옆에 있다고 생각하면 어떨까?'라고 다독여주셨어요. 제가 어려움을 솔직하게 고백했다는 사실과 예상치 못한 답변을 들었다는 것만으로도 한 발짝 나아간 느낌이 들었어요. <항거>는 다른 작품과 접근이 달랐어요. 일정 정도 포기하고 시작한 작품이랄까요. 어차피 내가 유관순 열사의 경지에 이르지는 못할 거다, 결코 그분에게 닿지 못하더라도 마음만은 부끄러움 없이 최선을 다하자고.

그래도 어딘가 입구를 찾긴 해야 하잖아요.

　아쉬웠던 건 유관순 열사의 목소리였어요. 어렸을 때부터 사진으로 봐온 익숙한 얼굴에서 나오는 목소리는 어떤 목소리였을까, 그걸 처음으로 상상해본 거예요. 꿈에서 자주 제 이름을 부르는 목소리를 들었어요. 매번 다른 목소리로. 아성아- 아성아? 아성아! 어느 날 연기할 때는 오늘 꿈꾼 목소리를 따라 해야 되나, 싶기도 했죠. 하루는 엄마에게 "유관순은 어떤 목소리였을까?" 물었는데, 엄마가 "애 목소리였겠지" 이러는 거예요. 하긴, 17살이었으니까, 아직 어린 목소리였겠구나. 그때 깨달았어요. 굳이 성숙한 어른의 목소리, 거대한 위인의 목소리를 만들기 위해 애쓰지 않아도 되겠구나.

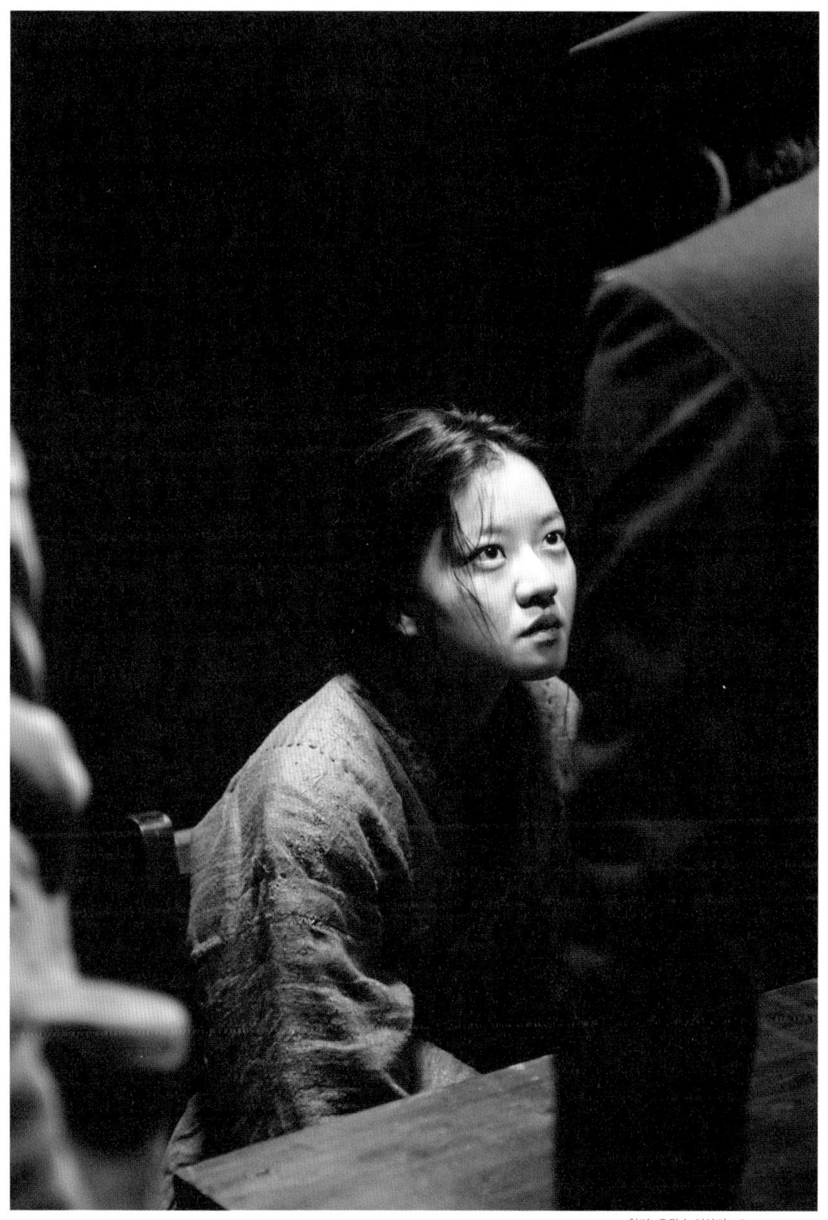

<항거: 유관순 이야기> ©롯데엔터테인먼트

고아성의 어프로치

그럼요. 서대문 형무소에서 <항거>를 찍을 때는 아무 생각 없이 계속 분장한 제 손발만 쳐다봤던 것 같아요. 손의 주름, 해진 피부, 고문당해 상한 손톱, 상처 입은 발, 이런 걸 하염없이 보고 있기도 했어요.

다가가는 만큼 보내기도 힘든 캐릭터였나요?

마지막 촬영 날. 오늘이 마지막인 건 알고 있는데 너무 덤덤해서 좀 이상할 정도였어요. 옥사에 혼자 누워 있는 짧은 촬영이었는데 감독님이 '이 순간만큼은 너 자신을 생각했으면 좋겠다', '네가 가장 어릴 때 기억을 떠올렸으면 좋겠다'고 해서 거기에만 집중하려고 했죠. 그런데 아직 몇 컷 더 남았겠지, 하는 순간, 촬영이 모두 끝났다는 거예요. 그래서 "진짜 끝났어요?"라고 말하는데 갑자기 눈물이 터지고 다리에 힘이 풀려서 정말 기어 다닐 정도로 울었어요. 그런데 사실은 촬영 끝나고 개봉하기 전까지가 더 힘들었어요. 열심히 집중한 대가처럼 후엔 내 안이 너무 텅 비고 다시는 겪고 싶지 않을 정도로 공허했어요. 나는 비상한 인물이라고 주문을 걸어가며 진하게 두 달을 보내고, 다시 너무나 초라한 나로, 원래의 삶으로 돌아온 느낌, 그게 너무 힘들더라고요. 외출도 하고 산책도 하면 좀 나아질 거란 걸 머리로는 알겠는데 거의 아무것도 안 하고 집에만 있었어요. 그런데 희한하게 <항거>가 개봉하고 인터뷰도 하고 관객들도 만나면서 조금씩 회복되더라고요. 그렇게 한창 바쁘게 지내다가 스케줄을 다 마치고 집으로 돌아가는데 그날은 아직도 해가 떠 있는 거예요. 그래서 집에 가다 말고 해가 길어진 거리를 혼자 걸었어요. 뭔가 채워졌을 때만 가능한 오만한 산책이 있구나, 란 걸 처음 알았어요. 이 여정의 마지막을 실감했어요. 그렇게 관순을 떠나보냈죠.

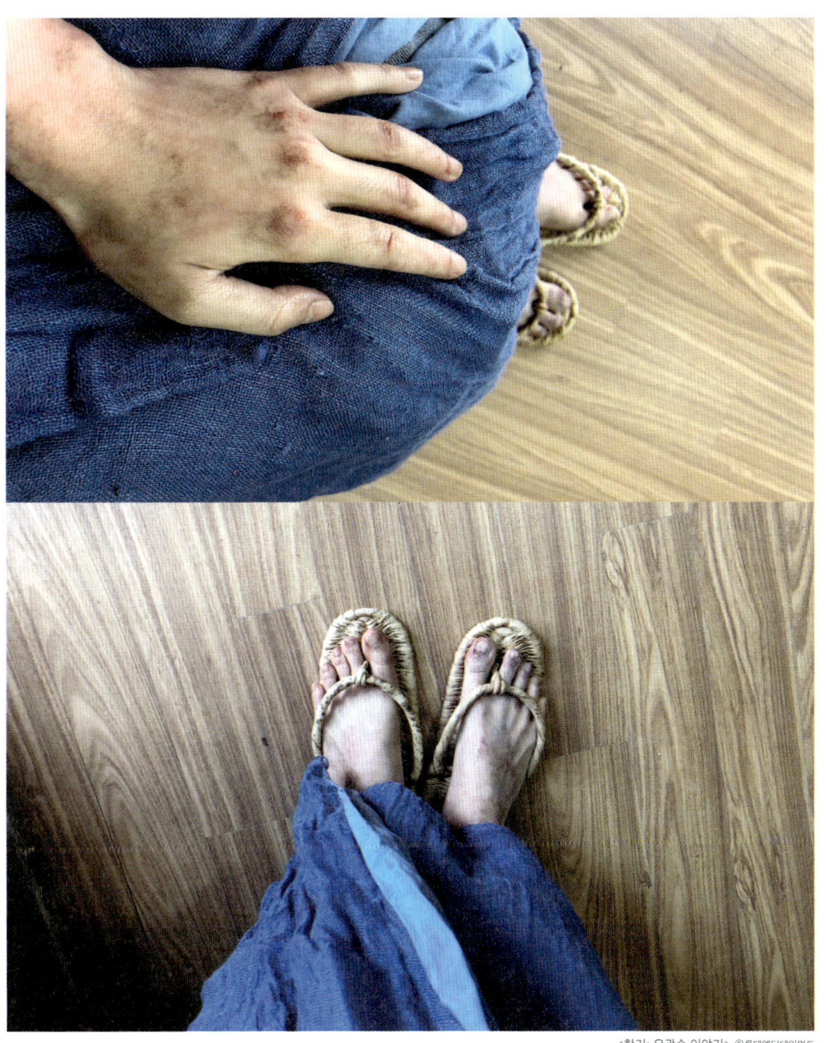

<항거: 유관순 이야기> ⓒ롯데엔터테인먼트

163

고아성의
동료들
//////

"이건 자랑인데,
스태프분들이 끝나고
연락이 왔어요.
너랑 일해서
너무 좋았다,
네가 주연 배우어서
너무 좋았다고."

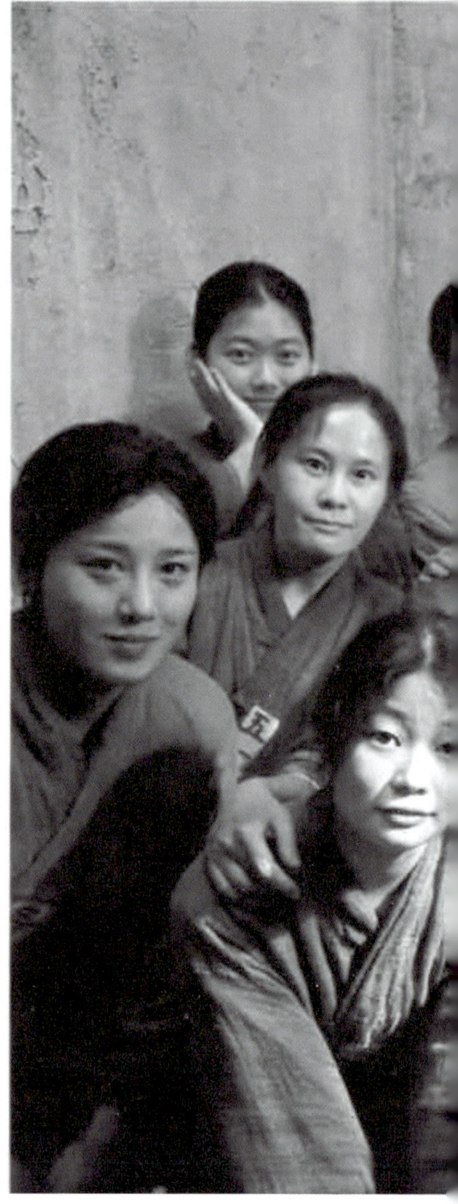

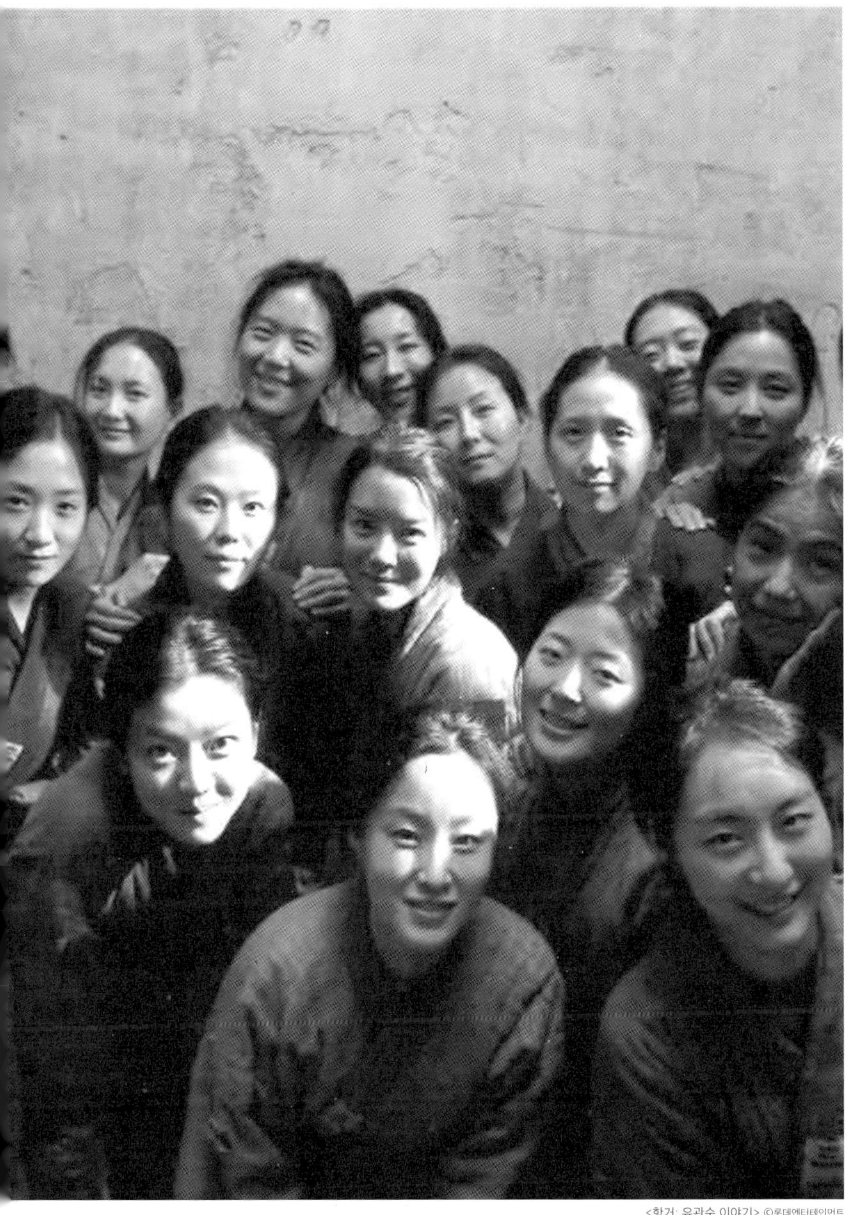

<항거: 유관순 이야기> ©롯데엔터테인먼트

고아성의 동료들

　　<괴물> 끝내고 나서 송강호 선배님이랑 꼭 다시 한 번 작품을 함께하고
싶었어요. 어려서 간과했던 것들을 다시 만난다면 기쁘게 재회할 수 있을
것 같기도 했고요. <설국열차> 작업을 하며 송강호 선배의 인간적인
면모를 많이 봤던 것 같아요. 특히나 타지에서 감독님을 제외하면 유일한
한국인 배우라, 다른 현장보다 더 돈독하게 지냈거든요. 쉬는 시간이면
연극 때부터 옛날 얘기도 많이 해주시고. 사실 제가 얼마나 어린 후배예요.
그런데 정말 많은 이야기를 솔직하게 다 해주셨어요. 이 작품에 대해 본인이
어떤 생각을 하는지, 어떤 스트레스를 받는지까지. 동료 배우로 대해주시는
걸 느끼면서 더 좋아진 것 같아요.

또다시 아버지와 딸로 만났지만 〈설국열차〉에서는 떨어져서 애타게 찾는
〈괴물〉과는 달리 시종일관 한 몸처럼 붙어있는, 사실은 한 패처럼 연기한
작품이었죠.

　　<설국열차> 촬영 중에 기억나는 순간이 있어요. 사우나 칸 촬영이었는데,
저를 찾던 남자가 일일이 문을 열어보고 저랑 송강호 선배님은 한 여자분
등 뒤에 숨어 있었어요. 그 남자가 처음엔 문을 닫았다가, 촉이 와서 다시
열자 저희가 튀어나가죠. 저는 기어 나가고 선배님은 그 남자와 액션을
하는데 그게 다 한 테이크로 촬영됐어요. 그 길고 복잡한 장면을 두 번이나
테이크를 갔는데, 동선도 복잡하고 연기도 어렵고 감독님도 뭔가 마음에
안 드는 눈치였어요. 저는 슬슬 걱정이 되기 시작했는데, 선배님이 딱
그러더라고요. "아성아, 이런 건 하다 보면 나온다"라고. 그 말을 듣는데
너무 안심됐어요. 선배님을 점점 알게 될수록, '편하게 하라'는 그 말이
결코 단순한 과정에서 나오는 말이 아닌 걸 알거든요. 정말 수많은 경험과
인고의 시간 끝에 나온 통찰이라는 걸요. 이 작품을 함께하며 인간적으로도
배우로서도 더 존경하게 되었어요. 정말 나는 끝까지 저 지점에 도달하지
못할 거야, 라는 생각이 들 정도죠.
한번은 길리엄 역의 배우 존 허트가 연기를 하고 컷 소리가 나는 순간,
제이미 벨이 어깨를 치면서 "존! 이번 연기 너무 좋았어!" 이러는 거예요.
경력은 말할 것도 없고 나이도 마흔여섯이나 차이 나는데. 그런데 존
허트가 너무 행복해하면서 "고마워, 나 좀 괜찮았지" 이러는데 정말
멋지더라고요. 그걸 보면서 송강호 선배님이 "외국 배우들은 저런 마인드가

있구나” 하면서 신기해하셨어요. 그래서 다음에 송강호 선배님 연기할 때를
기다렸다 저도 그랬죠. “어우, 선배님 이번 연기 진짜 좋았어요!”(웃음)

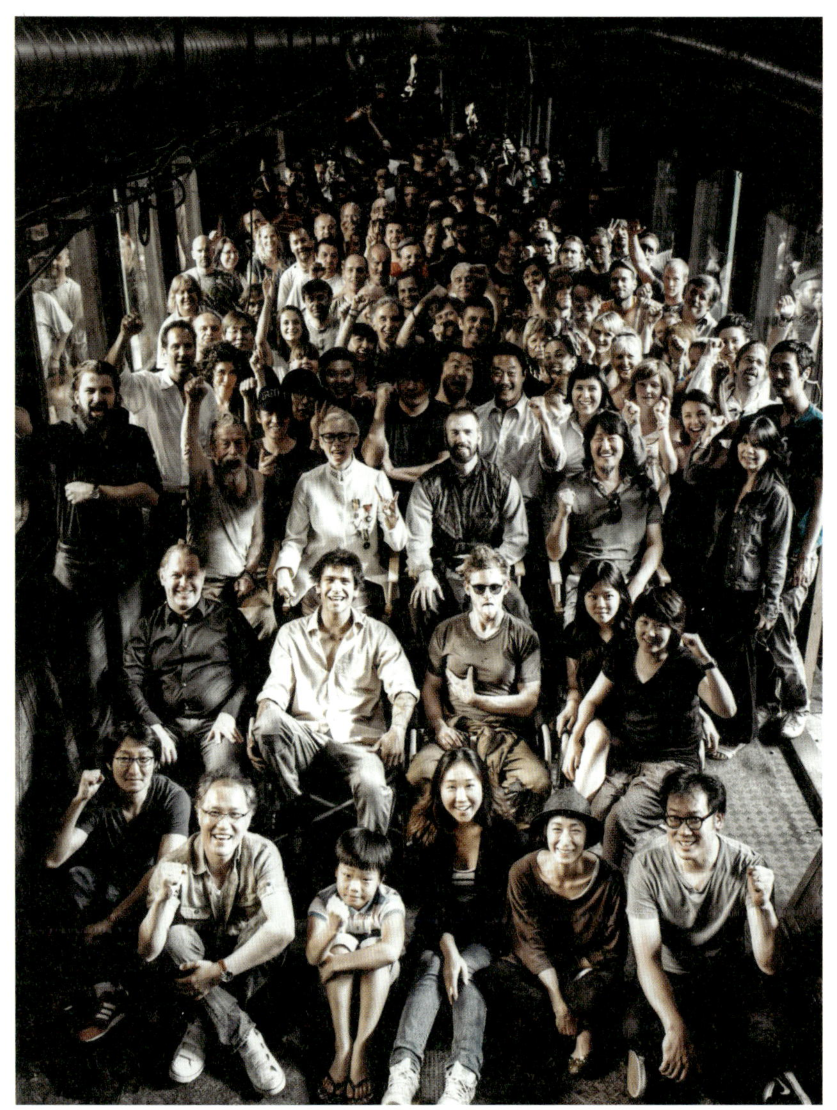

<설국열차> ©CJ엔터테인먼트

고아성의 동료들

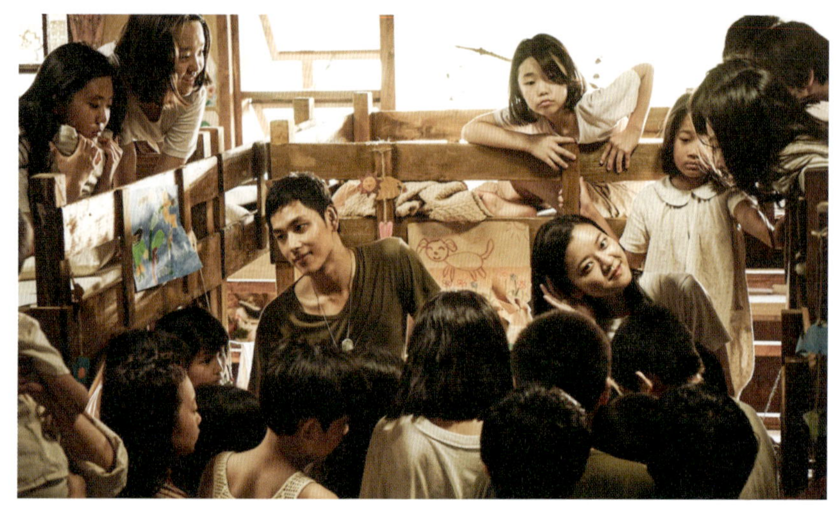

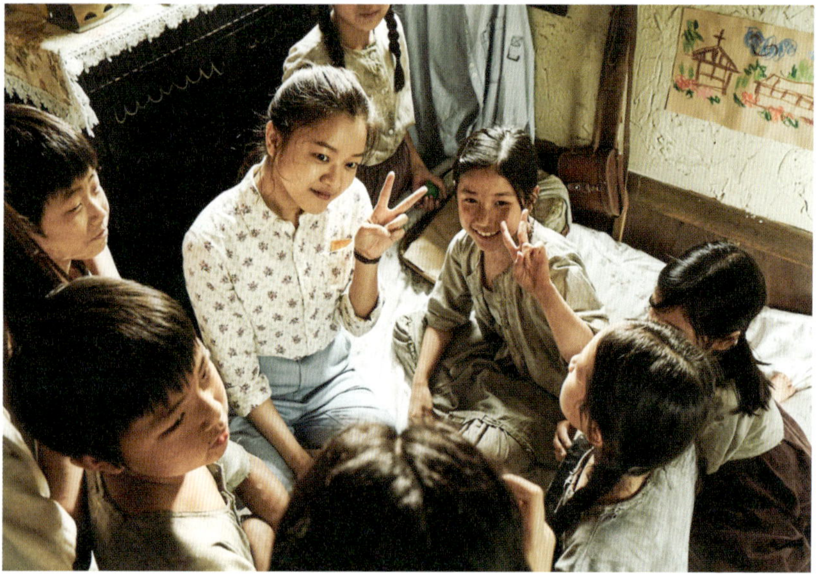

<오빠생각> ⓒ넥스트엔터테인먼트

168

2006년생 이레는 저보다 한참 어린 배우지만 <오빠 생각>을 함께 찍으면서 제가 배운 부분이 있어요. 다 같이 합창하는 장면을 찍고 모두 모니터 앞으로 가는데 이레만 가만히 있는 거예요. 그래서 이한 감독님이 왜 체크를 안 하느냐고 물으니까 이레가 그러더라고요. 모니터링하면 자기 안 좋은 점만 보게 돼서 도움이 안 되는 것 같다고. 사실 생각해보면 저도 늘 그랬던 것 같거든요. 그래서 그 이후로 저도 모니터링을 잘 안 하게 됐어요.

그러니까요. <오빠 생각>의 임시완 배우는 처음 보는 유형의 배우였어요. 뭐랄까, 연기를 이성적으로 접근하는 매력을 처음 알게 해준 사람이랄까. 저는 시나리오대로 상황이 연출되더라도 내가 마음이 안 갔다고 느끼면 계속 찜찜해하거든요. 그런데 시완 오빠는 촉발 지점을 찾아 결국 자기 마음을 움직이게 만들어요. 그건 명백한 능력이었어요.

<항거> 촬영 전에 가장 큰 걱정이 다른 배우들과의 앙상블이었어요. 작은 옥사 속에 있는 사람들이 한마음이 되어야 한다는 건 분명한데, 이건 누가 리드한다고 되는 것도 아닐 테고 내가 만들 수 있는 것도 아닌데, 어떻게 우리만의 분위기가 형성될까…. 그런데 첫 촬영에 감이 왔어요. '이건 되겠다.' 혼자 촬영할 때는 혼자서 기운을 끌어올리다가 8호실에 들어가서 배우들과 함께 있으면 절로 만들어지는 힘이 있어요. 김새벽, 김예은, 정하담 같은 배우들과는 꼭 다시 다른 작품에서 함께하자고 약속할 만큼 너무 행복한 만남이었죠. <오피스>는 함께 일하는 배우들과 열린 소통을 이룬 첫 작품이었어요. 김의성, 배성우, 류현경 그리고 박정민 배우까지, 모두 오픈 마인드의 배우들이에요. <오피스> 이후로 제가 많이 바뀌었어요. 그 전까지는 배우들이랑 서로의 연기에 대해 터놓고 얘기를 못 했거든요.

169

막연하게 예의가 아니라고 생각했나 봐요. "이렇게
하실 건가요?" 물어보는 게 실례인 것 같아서 리딩 때 조금
파악하고 현장에서 맞춰보면 되겠지 그랬는데, <오피스>부터
달라졌죠. 처음으로 배우들끼리 사적으로 리딩도 해보고
서로 대사도 맞춰주고 했어요. "너랑 있으면 상대적으로
내 에너지가 떨어진다. 네가 좀 더 올려야 될 것 같다" 같은
얘기를 스스럼없이 할 수 있을 정도로.

어느덧 선배님들로 가득했던 촬영 현장이 점점 또래들로, 때론
후배들로 채워지는 변화의 과정이 있었을 것 같아요. 그렇게
경험치가 더 많은 동료로서 현장에서의 나의 역할, 태도 같은
것들도 조금씩 변하는 느낌 같은 걸 받나요?

네, 최근에 특히 많이 느껴요. 가장 크게 변했던 건 드라마
<라이프 온 마스> 이후였던 것 같아요. 그 현장에서 정경호
선배님은 너무 완벽한 리더였어요. 동료들이 다 일할 맛
나게 만들어주는 태도랄까. 그게 너무 멋있는 거예요. 그래서
이후에 저도 의도적으로 그걸 따라 했어요. <항거>에서도
그랬고, 촬영 마친 <삼진그룹 영어토익반>에서도요. 이건
자랑인데, 스태프분들이 끝나고 연락이 왔어요. 너랑
일해서 너무 좋았다, 네가 주연 배우여서 너무 좋았다고.
이게 다 정경호 배우님의 영향입니다. 제가 좋은 사람이 된
느낌이에요.

관객에게 좋은 배우가 되는 것과 동시에 현장에서 어떤 동료가
되는가 역시 이 일의 아주 큰 부분이죠.

그게 정말 큰 것 같아요. 사실 처음 만나면 누구나
어색하고, 내 할 일 열심히 해야지, 하다가도 결국 모두가
좋은 작품을 만들기 위해 한자리에 모인 사람이란 걸 느끼게
돼요. 그때 제가 먼저 마음을 열고 다가가면 모든 면에서 더
좋아지고 편해지더라고요. 너무 소중한 경험들이었어요.

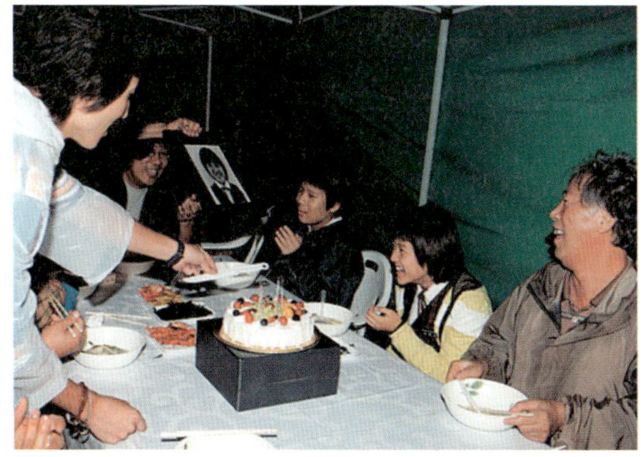

<괴물> ©쇼박스

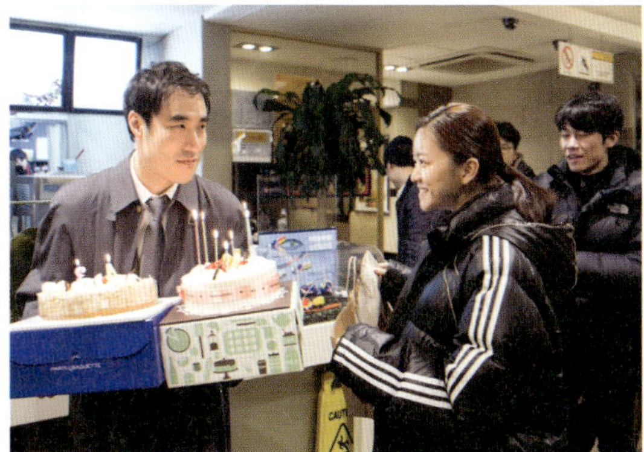

<오피스> ©리틀빅픽쳐스

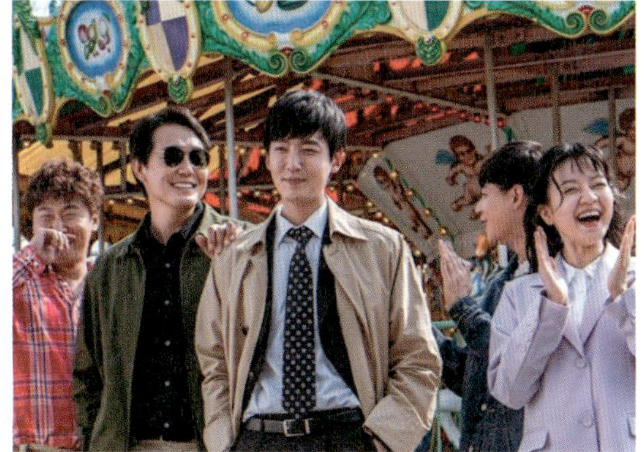

<라이프 온 마스> ©OCN

고아성의 동료들

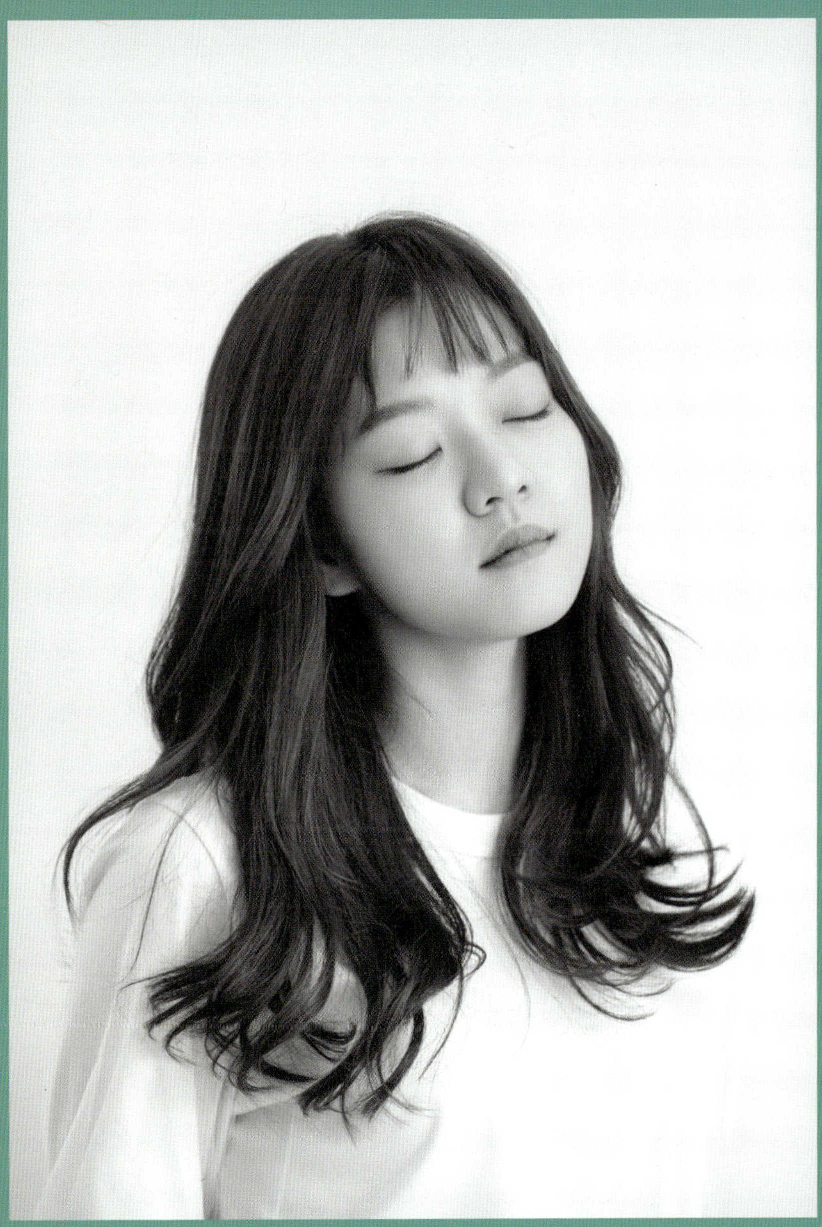

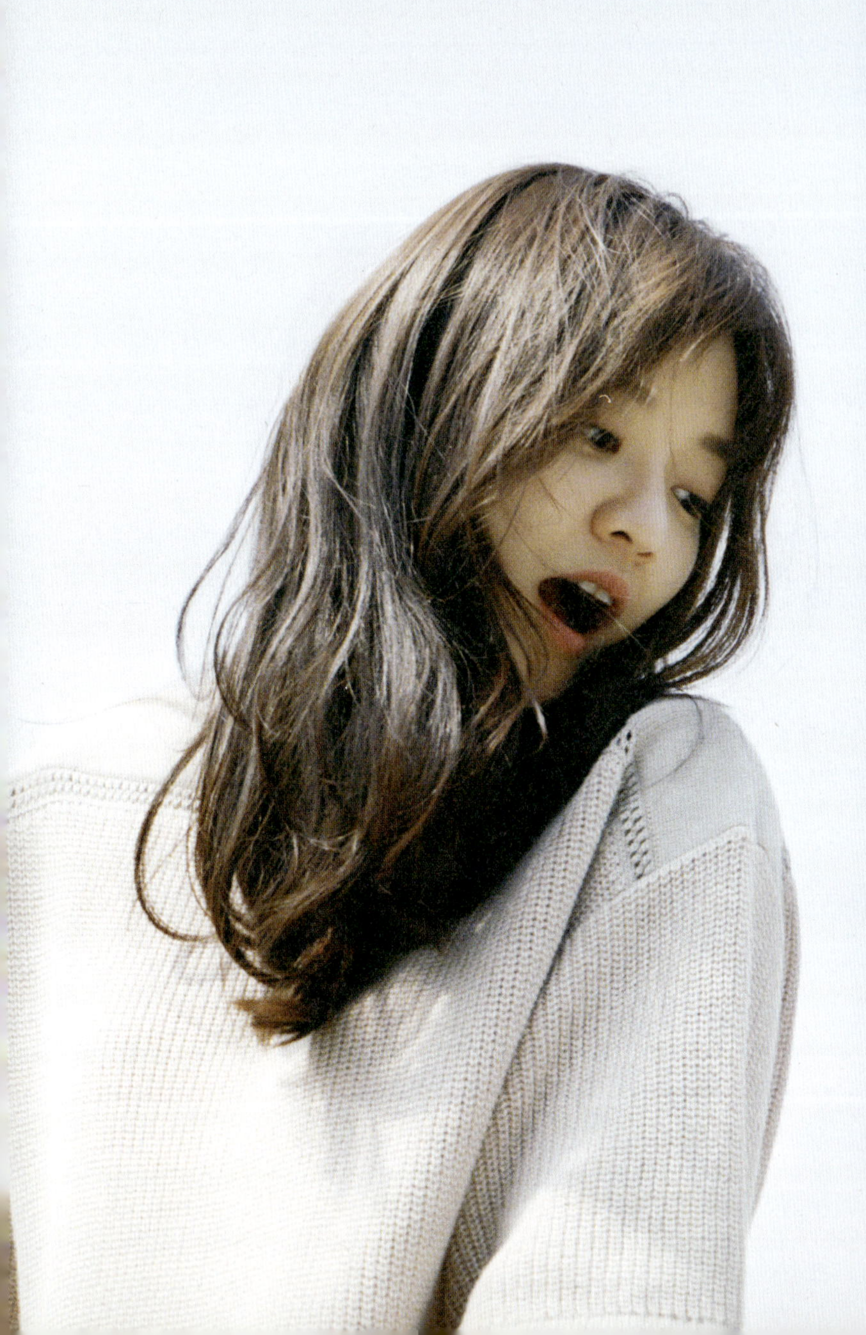

"Do the Next Right Thing!"

카메라 앞에서 25년, 지금의 배우 고아성은 행복한가요?

이 일이 너무 좋지만 또 동시에 언제 그만둬도 된다는 생각을 하면서 버티고 있는 것 같아요. 하면 할수록 어렵고 이번에 잘했다고 계속 잘할 거란 보장도 없는 일이에요. 볼링이 아마추어가 프로를 이길 수 있는 스포츠라고 하잖아요. 한순간의 착오로 각도가 어긋나서 프로도 실수를 하고, 아마추어도 스트라이크를 치죠. 연기도 비슷한 것 같아요. 한순간의 판단으로 아주 다른 결과가 나와요. 이런 걸 숱하게 경험해오면서 종종 수렁에 빠지기도 하고…. 감사하게도 적성에 맞는 일이지만 적성에 맞는데도 못하면 더 괴로운 일이고요. 그렇게 20여 년이 흐른 것 같아요. 그래도 계속하겠죠? 앞으로 20년도 이렇게만 흘렀으면 좋겠어요.

만약 '넥스트 액터' 시리즈가 계속 이어진다면, 10년 후 서른아홉의 고아성 배우가, 열두 번째 넥스트 액터에게 어떤 이야기를 해주고 싶으세요?

Do the Next Right Thing. 열두 번째 넥스트 액터님, <겨울왕국 2>의 이 대사로 제 마음을 대신하고 싶어요. '넥스트 액터'에 이름을 올렸다는 건 이미 배우가 되고 싶던 소망을 이루었고, 어느 정도 자신만의 작은 성취를 이뤄낸 분이라는 뜻이겠죠? 하지만 이제부터 어떻게 배우의 삶을 이어나가야 하는지가 관건일 거예요. 그건 10년 후의 저나 지금의 당신이나 마찬가지겠죠. 당신만이 갈 수 있는 길을 가세요. 그리고 고수하세요!

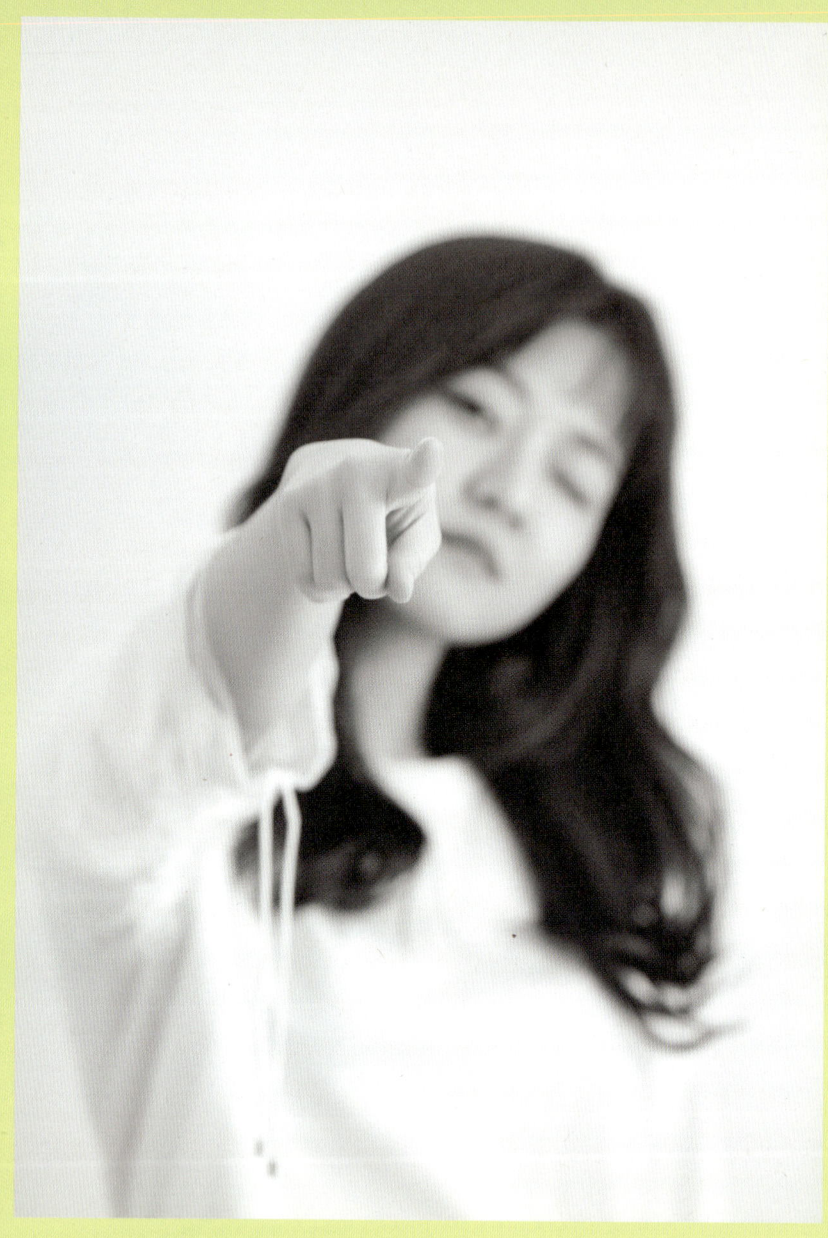

next actor

넥스트 액터 NEXT ACTOR
고아성

초판 2쇄 2024년 11월 5일

기획	무주산골영화제 X 백은하 배우연구소
글	백은하, 고아성
편집	백은하
디자인 · 일러스트	윤자영
사진	황혜정
교정 · 교열	곽지희
인쇄	이지프레스

펴낸 곳	백은하 배우연구소
출판등록	2019년 2월 21일 (제2019-000023호)
주소	서울특별시 종로구 자하문로38길 12 2층 (03020)
전화	02-379-2260
홈페이지	www.unalabo.com
이메일	unalabo@icloud.com
인스타그램	@una_labo

ISBN 979-11-966960-2-3 (04680)
ISBN 979-11-966960-0-9 (세트)

값 16,000원

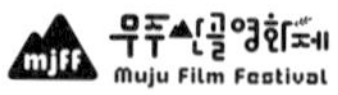 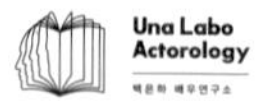

WHO'S THE NEXT?

ACTOR ________